鼠疫

[法] 阿尔贝·加缪——著
凌珊——译

中国出版集团
现代出版社

图书在版编目（CIP）数据

鼠疫 / (法) 阿尔贝 · 加缪著 ; 凌珊译 . -- 北京 : 现代出版社 , 2020.4
ISBN 978-7-5143-8416-1

Ⅰ. ①鼠… Ⅱ. ①阿… ②凌… Ⅲ. ①长篇小说—法国—现代 Ⅳ. ① I565.45

中国版本图书馆 CIP 数据核字 (2020) 第 047309 号

鼠疫

作　　者：［法］阿尔贝 · 加缪
译　　者：凌珊
策划编辑：王传丽
责任编辑：张瑾
封面设计：所以设计馆
出版发行：现代出版社
通信地址：北京市安定门外安华里 504 号
邮政编码：100011
电　　话：010-64267325　64245264（传真）
网　　址：www.1980xd.com
电子邮箱：xiandaivip.sina.com
印　　刷：三河市南阳印刷有限公司
开　　本：880mm × 1230mm　1/32
印　　张：10.5
字　　数：256 千字
版　　次：2020 年 5 月第 1 版　　印　　次：2020 年 5 月第 1 次印刷
书　　号：ISBN 978-7-5143-8416-1
定　　价：52.00 元

目录

鼠疫第一部

1

用另一种禁锢的生活来描绘某种禁锢的生活，用虚构的故事来陈述真实的事件，两者都是合理的。

——丹尼尔·笛福

这篇小说里非同寻常的事件发生在二十世纪四十年代某一年的奥兰城。通常认为，这些事件不该发生在那里，情况有点反常。奥兰城仅仅只是一个平凡的城市，它不过是法属阿尔及利亚沿海的一个城市而已。

我们不得不承认这座城市本身非常丑陋。它的外表很平静，单从它平凡的外貌，很难看出它和同纬度的其他商业城市有什么不同。不过时间久了，你就能观察出它的不同寻常。比如没有鸽子，没有树木，没有花园！在这样的城市里既看不见鸟儿扇动翅膀，也听不到树叶落地的沙沙声。总之，这是一个毫无生机、让人提不起精神的城市。在这座城市里，只有通过天空才能看得到季节的变化。春天意味着有大量的清新空气，有小贩从郊外运来的一篮篮的鲜花。这里的春天是在市场上出售的。夏天，太阳炙烤着过分干燥的房子，墙上落满灰色的尘埃，人们只有躲在紧闭的百叶窗里才能过活。秋天一到，又总是暴雨，到处泥泞不堪。只有在冬天，才算迎来了晴朗宜人的日子。

要了解一座城市，最常用的途径就是打听那里的人们如何工作、如何恋爱以及如何死亡。在我们的小城，不知是否是天气所致，三者都是以大致相似的方式进行的，被以同样狂热而漫不经心的态度来看待，事实上大家都很无聊，所以都专注于自己的嗜好。人们努力工作，是为了使自己变得富裕。正如他们所说的，他们的主要兴趣在商业上，他们生活的主要目的是做生意。当然，他们也追求一些简单的乐趣，如做爱、看电影以及享受海水浴。但他们很明智，所有的这些乐趣被理所当然地安排到了周六晚上和周日，而其他日子需要用来挣更多的钱。每到傍晚，离开办公室后，他们就准时地聚集到咖啡馆里，或结伴到马路上散步，或者就待在阳台上呼吸新鲜空气。年轻人喜欢寻找一些新鲜而猛烈的刺激，上了年纪的人的嗜好，也不过就是参加个滚球协会，或是在朋友和圈子里的宴会上打打纸牌、赌赌钱。

有人肯定会说，这些现象并非这座城市所特有。的确，我们同时代的人都这样生活。我们看到人们从早忙到晚，然后把剩下的时间消磨在纸牌、咖啡和闲谈上，没有比这更平常的了。虽然如此，仍然存在着这样的城市和地方，那里的人不时地对生活之外的其他事情抱有幻想。通常情况下，这并不能给他们的生活带来些许改变，可是这种幻想的存在本身就是一种收获。而奥兰城恰恰相反，它是一座完全不带幻想的城市，换句话说，它是一座完全现代化的城市。因此，也没有必要来详细说明我们这里的生活恋爱方式。男人们和女人们，不是因后悔他们所谓的“爱的契约”而迅速离婚，就是随着时间的消逝，渐渐安于两个人的夫妻生活。除了这两个极端，通常没有中间状态。这也谈不上独特。和其他城市一样，由于缺少时间和思考，人们对于爱情通常是处于相爱而又不自觉的状态。

奥兰城较为特别的是人们经历死亡的艰难。说艰难也许不太恰当，更准确地说是痛苦。生病绝不是件令人愉快的事，但在有些城市和地方，有人生病了会得到帮助，也就是说在某种程度上可以顺其自然。

一个病人需要人们的关怀和体贴，这是很自然的。然而在奥兰城，极端的气候、忙碌的生意、恶劣的环境、短暂的黄昏、对生活幸福的追求等，都需要有一个健康的身体才行。所以一个病人在那里会感到相当的孤独。一个垂死的人被困在因炎热而噼啪作响的墙壁之后，而其他人不是在打着电话就是在咖啡厅里讨论着汇票、提单以及折扣等，这个垂死的病人会感到怎样的孤独？试想一下，即使在现代生活的条件下，在这个干旱之地，当死神来临时，该是何等难受！

这番介绍也许能使人对我们的城市有一个清晰的概念了。这其中没有添加任何夸大的成分。所有这些描述想要强调的，都是这座城市的外表和生活的平庸。一旦生活成了习惯，人们就能毫无痛苦地度日。既然这座城市也有了这种习惯，我们也就认为一切都已趋于完美。从这个角度看，生活也许就不是那么动人了。不过，在这座城里至少没有发生过混乱，人们的坦率、勤劳和热情总能赢得游客的好评。这座城市没有什么风景，也没有植物，甚至没有灵魂，一切都好像在休养生息，却能给人一种宁静的感觉，把人带入安静的梦乡。另外要说句公道话，奥兰城周围的风景确实美得无与伦比，它坐落在一个平坦的高原中间，周围是阳光照耀着的丘陵，前面是一个风景如画的海湾。唯一令人感到遗憾的是，城市是背着海湾建造的，如果不走上一段路，你是看不到美丽迷人的海面的。

奥兰城的生活正是如此，所以这里的居民是根本不会预见到发生在那年春天的那些小事件的，尽管那是我们将要记录的灾难的先兆。这些事在有些人看来很自然，而对于另外一些人来说，却让人难以置信。但是，不管怎么样，对于一个写报道的人来说，他不能顾及这些观点的差异，他的任务仅仅是在他了解那些密切影响人们生活的真实发生的事件，且在那些事件有成千上万的见证者可以做证的时候，他可以对大家说："事情就是这样发生的。"

再者，这件事的叙述者——到时候读者就会对他有所了解——只是由于一种机缘巧合才使他有机会收集到一定数量的证词，而且当时的形势使他本人也卷入了他要叙述的事件中去，否则他是没有充分的理由来从事这项工作的。

正是在这种情况下，他才有机会充当一个历史学家的角色。当然，一位历史学家，即使只是个业余人士，也总是要用直接或间接的材料作为指导的。现在，本故事的叙述者收集了如下材料：第一，是他自己的所见所闻；第二，其他目击者的叙述，因为他的角色使他能收集这篇报道中所有人物向他倾诉的心里话；第三，最终得到的文字档案，他可以从中抽取一些他所认为有益的片断，并按照自己的方式引用它们。他还打算……

是时候让评论和舆论的注意力转向这个故事本身了。有关这个事件的头几天的经过，我还需要说得详细点才行。

2

四月十六日早晨，贝尔纳·里厄医生离开他的诊所，在楼梯口中间，脚下踢到一只死老鼠。当时他没多想，只是把它踢到一边就下楼了。但是，当他来到街上时，细想这只老鼠死得不是地方，于是他又转回来把这件事情告诉了守门人。而守门人老米歇尔对这件事的奇怪反应，使他更加感到自己的发现不同寻常。在他看来，楼道里出现死老鼠非常奇怪，仅此而已；而在守门人看来，这简直荒唐可笑。他断言这里没有老鼠。医生对他说楼梯上确实有一只，而且差不多已经死了。但守门人还是坚持自己的判断："这栋楼里没有老鼠。这只老鼠肯定是有人从外面带进来的。总之，这是个恶作剧。"

那天晚上，里厄站在楼房的过道中掏钥匙打算上楼回家，忽然看到过道的尽头窜出一只湿漉漉的老鼠，摇摇晃晃地朝他这边爬过来，然后又停下来，像是在找回平衡，然后又向前移动了一下，原地转起圈来，发出小声的嘶叫后竟然倒在了地上，从它咧开的嘴里吐出一摊血来。医生盯着它看了一会儿就上楼了。

他思索的并不是那只老鼠，那摊吐出的血又勾起他的心事。他已经病了一年的妻子明天要出发去一个山里的疗养院。回到家，他的妻子正遵照他的嘱咐躺在卧室里。这是为这趟劳累的旅途做些准备。她看见他时微笑了一下。

"你知道吗，我现在感觉好多了。"她说。在床头灯的亮光下，医生注视着那张转向他的脸。他的妻子已经三十岁，尽管带着病中的倦容，但在里厄看来，那张脸还一如她年轻时的模样。这也许是因为她的笑容胜过其他的一切。

“想办法再睡会儿，”他说，“护士十一点才来，我中午把你们送去火车站。”他吻了一下她微微渗出汗水的额头。她的微笑一直伴着他走到门口。四月十七日，也就是第二天早上八点，守门人在过道上叫住医生，咒骂着那些搞恶作剧的家伙又在大厅里放了三只老鼠。而且那些老鼠显然是被人用捕鼠器抓来的，流了很多血。守门人拿着那几只老鼠站在门槛好久了，他想咒骂几句以便让那些干坏事的人自己站出来承认。但是没有人过来。

“看着吧，我会把这些家伙一并抓起来。”老米歇尔嚷着。

里厄更加困惑，他决定先从外环的几个街区开始他的巡诊，那里住的都是些比较贫穷的病人。那些地区垃圾收集要晚得多。他开着车沿着笔直的土灰色公路行驶时，留意着被丢在人行道上的垃圾箱。他一路上数着，在烂菜叶堆和杂物里发现了差不多有十二只老鼠。

他巡诊的第一位病人是一位慢性哮喘病患者，他躺在一间既是卧室又是餐厅的小房间的床上。这是一个面孔生硬、满是皱纹的西班牙老人，他面前的毯子上放着两盘豆子。他原来半坐在床上，见医生进来，他向后仰了一下身，想喘口气，重新发出老哮喘病人的那种呜呼声。他的妻子拿来一个面盆。

“咳，医生，”打针时老人说：“昨天它们都跑出来了，您看到了吗？”

“他是说老鼠，”他的妻子补充道，“有邻居抓到了三只。”

老人搓着手接着说：“它们跑出来了，所有的垃圾桶里都能看得到，一定是老鼠闹饥荒了！”

里厄很快发现这个街区里所有的人都在谈论老鼠的事。出诊结束后他开车回家。

“有一封您的电报，先生，在楼上。”老米歇尔说。

里厄问他有没有看到别的老鼠。

“哦，没有了，”守门人说，“没有再出现过，我一直在这儿盯着，那些坏小子不敢来捣乱。”

里厄从电报中得知他的母亲次日来。她因为儿媳外出养病，所以过来替儿子料理家务。医生走进房间时，护士已经在那儿了。他看了看妻子，她穿着定制的长裙，化了淡妆。他走过去笑着对她说：

“看起来好极了，气色不错。”几分钟后，他们到了火车站，他把她安顿在卧铺车厢里。她看着车厢的隔间说：“这对我们来说太贵了，不是吗？”

“你需要这些。”里厄回答道。

“关于老鼠的传闻是怎么回事？”

“我也解释不了。确实有点奇怪，不过会没事的。”

然后他语速很快，请她原谅他对她的疏忽，他本该一直守在她身边。她摇着头，意思好像是叫他别再说了。但他接着说：

“你回来时，一切都会变好的。我们会有一个崭新的开始。”

“说得真好，”她眼里闪着亮光，“我们要重新开始。”接着她转过身，背对着他，望向窗外。站台上，人群熙熙攘攘，推来搡去。这时传来了火车头的哧哧声。他温和地喊了一声妻子的名字，她转过身时，他看到她的脸上已满是泪水。

“别这样。”他低声安慰道。微笑又出现在她满是泪痕的脸上。她深吸了一口气：“你回去吧，一切都会好的。”他把她紧紧地抱在怀里，然后转身走回站台。现在，他立在站台上，只能透过玻璃窗看她的笑容了。“亲爱的，一定要照顾好自己！”他叮嘱着，但她已经听不到了。

在火车站站台出口的地方，里厄碰到了治安法官奥顿先生，他还领着自己的儿子。医生问他是不是要去旅行。这位身材高大、皮肤黝黑的奥顿先生，看起来像是人们以前所说的“高雅人士”，脸上总是带着几分忧郁。他亲切而简练地回答道：

“不，我在等我的太太，她去探望我的家人了。”火车鸣起了长笛。

“老鼠……”治安法官说着。里厄朝着火车行驶的方向看了一眼，又回过头来转向出口处。“老鼠？这没什么大不了的。”他答道。这时，他的注意力完全转移到了一个车站工作人员的身上，因为他手里提着一箱子死老鼠。

那天下午，门诊刚开，一位叫雷蒙·朗贝尔的年轻人拜访了里厄。听旁人讲他是一名记者，早上就已经来过。他是个矮个子，宽肩膀，神情坚决，眼睛明亮，给人一种处变不惊的感觉。他穿着运动外衣，说话开门见山。他正在为巴黎的一家大报社调查阿拉伯人的生活状况，需要咨询一些关于当地人的卫生条件方面的情况。里厄告诉他情况并不好。不过，在双方进一步交谈之前，里厄想知道这个记者能不能如实报道。

“当然能。”朗贝尔说。

“我指的是，”里厄说，“你能否对这种情况进行全面的谴责。”

“全面的，恐怕做不到，我不得不承认这一点。但我想情况真的那么糟糕吗？”

“不，”里厄平静地说，“还没那么糟糕。”他问这个问题仅仅是想知道朗贝尔的报道能否做到坦率而又毫无保留。

“对那些有所保留的东西，我的陈述是毫无意义的。”里厄补充说，“因此我不能为您的报道提供依据。”

“您的话简直和圣茹斯特如出一辙。”那个记者笑着说。

里厄继续用平静的语调说，是否是圣茹斯特的语言他不知道，但那是一个对世界感到厌倦的人的语言，不过这个人和其他人有同样的看法，因此，就他本人来说，不会接受不公正的事物，也决不迁就。

朗贝尔缩着脖子瞧着医生。“我想我理解您的意思。”他起身告别时说道。

医生把他送到门口，“谢谢您能这样看待问题。”

朗贝尔有点不耐烦了，“是的，我理解，请原谅我的打扰。”

在和他握手的时候，里厄告诉他城里发现了大量的死老鼠，也许他可以写一篇有关的报道。

“啊，太好了！”朗贝尔叫起来，“我对这件事很感兴趣。”

下午五点，医生又要进行另一轮出诊时，碰到了一个人，尽管还很年轻，却有着深陷的脸颊，眉毛又浓又粗。这个人名叫让·塔鲁，里厄在公寓顶层的西班牙舞者那里碰见过他几次。他正抽着烟，眼睛盯着下面楼道上一只垂死挣扎的老鼠，这只老鼠就快没命了，正在做最后的抽搐。他抬起头，用那双灰色的眼睛注视着医生，带着深沉的目光。他跟医生打了招呼，表示这件事很奇怪，老鼠都从洞里跑出来死了。

“的确，”里厄说，“让人感觉很不安。”

“是的，我们从来没碰到过类似的情况。但我发觉这还挺有趣，可以说是相当有趣。”塔鲁把他的头发捋到后面，又看了看那已经一动不动的老鼠，然后对里厄笑着说，“可是说真的，医生，我觉得守门人要负很大责任。”

这时医生看到守门人立在房子前，背靠着入口处的墙，脸上失去了往日的红润。

当里厄医生向守门人说明新发现的死老鼠时，老米歇尔回答道：“是的，我知道。我每次能看到两三只。但别处的房子也都是这样的情况。”

他看上去沮丧而焦虑，一副心不在焉的样子，双手不断地摩挲着脖子。里厄问他现在身体状况如何，守门人没说自己不舒服。照他的说法，这是着急上火的缘故。老鼠给了他一个沉重的打击，只要它们消失，一切都会好起来的。

第二天，也就是四月十八日的早上，医生去车站接他的母亲回来时，发现老米歇尔的脸颊凹进去更多了。从地下室到一楼，楼道上竟然有十几只老鼠倒在楼梯上。邻居的垃圾桶已经填满了死老鼠。

医生的母亲听到这个消息却一点也不惊讶，“有时候就是这样的。”这是个满头银发、身材矮小的老太太，有一双温柔黑亮的大眼睛。

“见到你真让我高兴，贝尔纳，”她说，“这些老鼠改变不了什么。”医生点点头，母亲一来，一切都将变得容易多了。

不过，里厄还是往市政办公室打了个电话，他认识里面的主任。他问那个人有没有听说最近有大量老鼠露天死亡的事。主任叫梅西埃，他说自己已听说，甚至在他离堤岸不远的办公室里也发现了五十多只死老鼠。他们也很担心，他问医生这件事的严重性。里厄也不能给出确切的答案，但他认为灭鼠行动队有必要采取一些措施。

“是的，”梅西埃同意了，“如果确实有必要，我会签发命令的。”

“很有必要。”里厄回答。他的女佣刚刚告诉他，她丈夫工作的大工厂里也发现了几百只死老鼠。

就是从这一刻开始，我们的市民开始不安起来。因为从四月十八日起，人们在附近的工厂和仓库里发现了大量的死老鼠。有时碰到还在抽搐的老鼠，人们不得不上去踩死它。从远郊到市中心，里厄先生经过的大街小巷，到处都是市民们收集到的成堆的死老鼠，它们被丢弃在垃圾桶或臭水沟里。那天晚报抓住死老鼠这件事，责问当局为保障市民的安全，是否采取了紧急措施以阻止这种让人恐慌的情势蔓延。而事实上，市政府根本没有制订应对计划，但总算在召集相关人员开会商讨对策。随后卫生部门收到了一条指令，每天从黎明开始收集死老鼠。收集起来后，再用两辆专车把老鼠运到垃圾焚化厂焚烧。

但是接下来的几天里，情况变得更加糟糕了。街上死老鼠越来越多，每天早上的收集任务也越来越繁重。到了第四天，老鼠开始成批死亡：它们像潮水一样从屋角、地下室、地窖还有污水管涌到光亮的地方，在灯光的照射下，它们走路摇晃，原地打转，然后倒在惊恐的人们身边。晚上，在走廊和巷子里到处都能听到它们临死前的尖细叫声。早上，下水道里都是死老鼠，它们的尖脑袋上满是血迹，有些已经腐烂发胀，有些身体僵硬，但胡须还翘着。市中心也一样，住宅楼或后院里死老鼠一堆又一堆。甚至在行政大楼和学校操场的偏僻角落里也有，有时候还出现在露天咖啡座旁，后来又蔓延到阅兵场、大马路、沿海公路的步行区，波及的范围越来越大。每天早晨清理完死老鼠后，地面上能暂时干净一会儿，但不久后死老鼠就又陆续出现，一直持续一整天。在人行道上，不止一个夜行人踩到过刚死不久还有点弹性的老鼠尸体。就仿佛负载我们房屋的大地正在清洗它的体液，让它内部作祟的疮疖和脓血升到表面来发作。这个素来平静的小城，几天之内竟会发生如此大的变化，就像一位身体非常强壮的人突然感到体温飙升，血流像野火一样燃烧不停。固有的宁静被打破了！

事态的发展甚至引起了兰斯多克信息处（对各种问题迅速反应的机构）的注意，在电台做了一次谈话节目，宣布仅仅四月二十五日一天就有六千二百三十一只老鼠被收集并焚烧。这个数字震惊了公众。在此之前，人们还只是抱怨这个有点令人反感的意外事件而已，而如今，人们开始意识到这个目前还无法估计其影响程度，又找不到其根源的事件的危险了。只有里厄医生的患哮喘病人，那个西班牙老头儿继续摩挲着两只手，笑着重复着一句话："它们出来了。它们出来了。"他说话时带着一种老人的童真。

四月二十八日那天，兰斯多克信息处报告当天收集的死老鼠数量共有八千只，城里市民的恐慌情绪达到了顶点。人们指责政府，要求其采取根除的措施。有些在海边有房子的人扬言要搬去那里。但到了第二天，信息处又宣布这个怪现象突然停止了，卫生机构收集到的死老鼠的数量微不足道，整个城市这才松了一口气。

然而就在当天中午，里厄医生在楼房前停车的时候看到在路的尽头，守门人正吃力地走过来，他拖着脚，低着头，四肢张开像发条一样摇晃着。老人挽着一位神父的胳膊。里厄认识这位神父，碰见过他几次，他是帕纳卢神父，一位博学而活跃的社会活动家，在城里很受大家尊重，甚至连那些不关心宗教事务的人对他也十分敬重。里厄等着他们走近，老米歇尔眼睛发亮，呼吸急促。他说感到身体有些不舒服，刚才想出来走走，但他的脖子、腋下和腹部剧烈疼痛，不得不请求帕纳卢神父帮忙。

“这只是发肿，”老米歇尔说，“我可能有点用力过度了。”医生将胳膊伸到车门外，用手指在他的脖子根按了按。那里有一个木头结似的肿块。

“你先回去躺下，量一下体温，我下午回来时再来看你。”老米歇尔离开后，里厄向帕纳卢神父询问他对老鼠事件的看法。“噢，”神父说，“这肯定是一场瘟疫。”在那副散发着智慧的眼镜后面是他微笑的眼睛。

午饭后，里厄正在重读妻子从卫生所给他发的平安抵达的电报，这时电话响了。打电话的是他以前的一位病人，他是市政府的公务员。他曾长期忍受着主动脉萎缩的病痛。因为他家境不好，里厄给他免费治过病。

“您好！”他说，“您还记得我吗？现在我这儿有另外一个病人，我的邻居出了点事，请您快点过来一下。”

他声音听起来气喘吁吁。里厄想回来之后就去看守门人。几分钟之后，他就到了位于郊区芳草路的一幢矮房子前。在新修的、因油漆未干而发出难闻气味的楼梯中间，约瑟夫·格朗正走下来迎接里厄。他五十多岁，肩膀很窄，身材瘦弱，留着泛黄的胡子。“现在好点了，”他一边朝里厄走过来一边讲，“我刚才觉得他真是没救了。”

他擤着鼻涕。在顶楼也就是三楼，里厄读到左边的门上有一句用红粉笔写的话：“请进，我上吊了。”

他们走进去。一根绳挂在吊灯上，下面倒着一把椅子，桌子被推到角落里。

“幸好我及时把他放下来，”格朗总是用最简单的语言表达自己，但很难，“我刚要出去，就听到响声。当我看到门上的字后，以为这只是个恶作剧。但是他发出的呻吟很奇怪，可以说像是在经受莫大的痛苦。”

他捋了捋头发，“我想那样一定很痛苦。我就冲了进去。”

他们推开一扇门，里面是一间明亮而简朴的小屋，一张黄铜床摆在墙角。一个胖胖的小个子躺在黄铜床上。他深吸了一口气，用充血的眼睛看着刚走进来的他们。里厄突然屏住呼吸，这时好像听见角落里有老鼠在小声叫唤，但并没什么动静。里厄走到床边。他不是从很高的地方掉下来，也摔得不太重。当然还是有点窒息，需要拍一下X光片。医生给他打了一针，并安慰说过几天就能好起来。

“谢谢你，医生。”那个小个子病人气喘吁吁地说。里厄问格朗是否通知过警察局，但他却露出窘迫的神情。“没有，”他说，“我只想着最紧要的事了……”

“这是当然的，”里厄打断他，“让我来吧。”但是病人从床上挣扎着坐起来，装出自己没什么疼痛，身体还好的样子。

“请您放心，”里厄说，“这只是走个程序。”

“噢。”那个病人倒在床上，小声哭泣起来。格朗摆弄着胡子，走到病人身旁。“坚持住，科塔尔先生，”他说，“您要知道，里厄医生是个负责任的人，如果你自杀，里厄医生会被指责的。”科塔尔说刚才是他一时糊涂。现在心里很乱，他只想安静一会儿。里厄开了一个药方。

“很好，”他说，“我们先把这事放下，我过两三天再过来，但不要再做傻事了。”在楼梯台阶上，里厄告诉格朗，他不得不通知警察，但他会要求警察过两天再过来录口供。“今天晚上一定要看好他。他有家人吗？”“我也不太了解他家的情况，不过我会看着他的。老实说我跟他也不是很熟，但人总要互相帮助。”

在下楼时，里厄机械地朝角落望去，问格朗这个区的老鼠有没有全部消失。格朗表示对此一无所知。别人跟他讲过这件怪事，但他向来不太关心街道里的传闻。“我还有别的事要关心。”他解释道。

里厄和他握手告别。在给他的妻子回信之前，他还要赶去看看守门人的情况。

一路上，卖晚报的人大声叫喊着最新新闻：鼠患已经结束。里厄到了守门人那里，老米歇尔半个身子探出床边，一只手捂着肚子，一只手支着脖子，痛苦地把暗红色的胆汁吐到垃圾桶里。他费了好大劲才缓过来，重新躺回床上。他的体温升到了三十九点四摄氏度，四肢和颈部的淋巴结都出现了浮肿。在他的腹部有两个黑斑在渐渐扩大。体内的疼痛使他发出痛苦的呻吟。

“就像着了火，”他说，“这畜生要把我烧死。”从他发黑的嘴唇里含含糊糊地说出这些话，他转向医生，突出的眼球因疼痛而流出泪来。他的妻子焦急地看着医生。“医生，这是什么病？”她问。“什么病都有可能，目前还不能确定。至今晚为止，必须禁食，让他多喝水。”确实，守门人已经口渴得要命。回到家后，里厄打电话问他的同事里夏尔，他是城里最有声望的医生之一。

“不，”里夏尔说着，“我没有看到任何异常的迹象。”

“没有局部发炎的高烧病例吗？”

“稍等，我有两个淋巴结肿大的病例。”

“这还不算异常吗？”

“噢，那取决于你的‘正常’是什么意思。”里夏尔回答道。

那天晚上，守门人开始说胡话，体温升到了四十摄氏度，嘴里诅咒着老鼠。里厄尝试用固定术处理脓肿，在受到松节油的烧灼时，守门人号叫着：“啊！这帮畜生！”

但那个淋巴结仍然肿着，摸着像木头一样硬。守门人的妻子惊慌不安。

医生跟她说：“晚上您在这里看着他，有什么事马上叫我。”

第二天，四月三十日，一阵温热的微风吹过潮湿泛蓝的天空，风从远处的郊区吹来花的芬芳。清晨街道上的喧闹似乎比平日更加生动悦人。整个城市里，一星期来人们经历的那种无声的恐慌消失了。妻子的来信也使里厄放心多了。他迈着轻快的步伐，来到楼下守门人家里。事实上早上守门人的高烧已经退到了三十八摄氏度。这个虚弱的病人躺在床上微笑着。

“医生，您看他现在是不是好多了？”他的妻子问。“还要等等。”但到了中午，高烧一下子又升到了四十摄氏度，病人一直喊个不停，又开始呕吐。颈部的淋巴结一碰就疼，守门人真想把他的脑袋从身体上拿掉，越远越好。他的妻子坐在床的另一头，哀求地望着里厄。

“请您听我说，”里厄说，“他需要隔离接受专门的治疗。我马上给医院打电话派救护车过来接他。”

两个小时后，在救护车里，医生和老米歇尔的妻子俯视着病人，从他布满蕈菌的嘴边，断断续续地吐出几个字：“那些该死的老鼠！

那些该死的老鼠！”他脸色铁青，呼吸短促，全身淋巴结凸出。他摊开四肢瘫在铺位上，好像要用它把自己裹起来，又好像有什么东西在不停地呼唤着他。老米歇尔在无形的压力之下停止了呼吸。他的妻子放声大哭起来。

“医生，难道没有希望了吗？”

“他死了。”里厄说。

3

老米歇尔的死标志着这段令人担忧的时期结束了，但同时也标志着另一段更加困难的时期开始了。在后面的一个时期里，人们起先的困惑开始变为恐慌。我们的市民事后回忆，他们从未想到过我们的小城里竟会成为守门人得怪病和老鼠在光天化日之下死亡的地方。显然，他们的思想都处在这个错误之中，他们的想法需要重新修正。但是如果一切到此结束的话，那么他们也会对此习以为常的。可是除了守门人和穷人外，市民中还有一些人也走上了老米歇尔的道路。自此，人们才真正害怕起来，开始对其认真思考起来。

在展开叙述新事件的细节之前，讲述者认为提供另外一个见证人对我们已经描述过的那一时期的看法大有裨益。我们已经在前面的讲述中提到过他，让·塔鲁。他已经在奥兰城待了几天了，这段时间一直住在市中心的大酒店里。表面上看来，他好像过得非常舒适。然而，虽然城里的人对他已经非常熟悉，但却没人关心过他从哪里来，也不知道他为什么来。刚开春的时候，人们在很多公共场合都能见到他。他时常出现在海滩上，他喜欢游泳。这个爱笑的家伙，似乎对所有的娱乐都很喜欢，但又不沉迷其中。事实上，人们了解到他的唯一习惯就是殷勤地接待来自西班牙的舞者和歌手，其接待的数量在我们城里着实算得上多了。他留下的那些笔记本也算得上是对那段艰难时期的一种早期记录了。但那是一种不寻常的记录，写作者好像刻意用了一种疏离的笔调。乍看之下，你可能会觉得他是在努力通过望远镜来观察这里的人和事。在整个慌乱时期，他记录着那些将被历史学家忽视的历史。我们可能指责他性格怪癖，并猜想他是个铁石心肠的人。但他不仅仅留下了这些特殊时期的笔记，里面记录了大量次要的细节，这些细节不但有它本身的重要性，而且还会阻止读者对这位有趣的人过早地作出判断。

塔鲁的记录是从他刚来到奥兰城那天开始的。他的日记从一开始就显示出他对这个丑陋的城市感到满意。我们在其中找到了一段对装饰在市政办公室的两尊铜狮子的描写，还有他对城市无树、房舍不雅和城市布局混乱的宽厚评论。塔鲁甚至在其中记录了他在地铁和街道上听到的对话，而且没有添加任何自己的评论，除了后面的一则关于一个名叫坎普斯的人的对话。这也是因为塔鲁加入了这场在两个地铁售票员之间的谈话。

“你认识坎普斯吗？”其中一个人问。

“坎普斯？那个长着黑胡子的高个子小伙子吗？”

“就是他。那个扳道工。”

“是的，我想起来了。”

“听说他死了。”

“哦！什么时候的事？”

“在出现鼠患后不久。”

“啊，当时他身上有什么反应？”

“我也不太清楚。开始是发高烧，接着，由于他身体本身不是很好，他的腋下肿了起来。可能是因为那个原因死的。”

“但他看起来跟其他人一样健康啊！”

“不，他的肺不好。他原先在合唱团吹号，这对身体损耗很大。”

“原来是这样！”第二个人总结道，“吹号对身体确实没什么好处。”

塔鲁自己猜测，为什么坎普斯明知吹号对身体不好却还要进合唱团，他想知道这里面有没有什么更深层的原因导致坎普斯听从上帝神秘的指引，拿自己的生命冒险。

接下来的一篇里，塔鲁对他住处的窗户对面阳台上出现的场景印象深刻。他所住饭店的房间朝向一条横贯的小路，墙角的阴影下总有一群猫在酣睡。午饭后，整个城市仿佛因炎热而沉睡过去了，每天这时就会有一个小老头儿出现在小路对面的阳台上。他带着一种军人的风范，梳着一头齐整的白发，身材笔挺，神情严肃，他一边“喵、喵”地唤着小猫，一边把纸撕成一小片一小片的扔到小路上。那些小猫大概以为这是一群乱飞的白蝴蝶，都被花香吸引着来到小道的中间，小猫用它们的爪子试探着碰碰纸片。这时那小老头儿便用力向小猫吐痰。如果吐中了一个“靶子”，他就大笑起来。最后，塔鲁似乎对这个城市的商业非常着迷，无论是城市的外表，还是都市里的热闹景象，甚至包括城里人的生活乐趣，好像都是为了满足生意的需要而设。这种特质（这是他在日记本中使用的词）得到了塔鲁的赞许，在他赞扬的评论中，每一句都是用感叹句结束的。

在这个来访者的笔记中，以上列举的仅是一些表面上给人以个人评论感觉的段落。其中的严肃性和真实性也许会被读者在不经意间漏掉。比如在他的笔记中，记述了有一次，他发现酒店前台因为死老鼠而记错账，他在后面加了一段话：“疑问：怎样才能做到不浪费时间？回答：去体验时间的每一分每一秒。方法：在牙医的候诊室里选把不舒服的椅子坐着度过整个白天；星期天下午待在阳台上；听别人用自己不懂的语言作报告；选择一条最不舒适、最漫长的铁路旅行线路站着旅行；到演出剧场的窗口排队但买不到票；等等。”

在这些不着边际的思考和表述后，我们突然读到一段对城市里的有轨电车的详细描写，它的车厢样式，它模糊不清的颜色，它一贯的脏乱。然后他用了什么也表达不了的“真古怪”一词做了结论。

接下来，塔鲁写了许多关于鼠患的迹象，以下是他的记录：

“街对面的那个老兄和往常不一样。猫都不见了，也许是因为大量的死老鼠引发了猫们的捕鼠天性。照我看，它们是不可能吃死老鼠的。我记得自己养的猫是讨厌死老鼠的。它们应该是跑到哪个洞里去了，那老头儿也无可奈何。他现在头发也不似先前梳得精细，身体也没先前健壮，仿佛有什么心事。他在那待了一会儿，就转身回去了。但在他回屋之前，他对着空气漫无目地吐了口痰。

“今天，城里的一辆电车中途停了下来，因为在车上发现了一只死老鼠，但不知道它是怎么钻到那上面去的。两三个胆小的女人立刻下了车。老鼠被人扔出去之后，电车又发动了。

“酒店的夜班值班员是个头脑清醒的人，他跟我说他预感到这些老鼠会带来一场灾难。‘当老鼠从船上跑出来的时候……’我告诉他这样的预测会发生在船上，但对于城市，还没有人证实过这一点。但他却对此坚持己见。我问他会发生什么样的灾难，他说他也不知道，灾难是预测不了的。但如果是一场地震在酝酿的话，他是不会感到意外的。我承认有这种可能，然后他就问我是否对此有所担心。

“‘我唯一感兴趣的事情，’我对他说，‘是寻求内心的平静。’他终于完全明白我的意思了。”

“我发现酒店的餐厅里，有一家子特别滑稽。父亲又高又瘦，穿着一身黑色的衣服，扎着笔挺的领口。头中间是秃的，左右长着两簇灰色的头发。一双滚圆的小眼睛，细长的鼻子和一张没有曲线的嘴巴使他看起来就像一只有教养的猫头鹰。他总是第一个来到餐厅门口，然后站在旁边，让他那位小得像只黑鼠似的妻子先溜过去，然后活像两只卷毛狗的一双儿女跟在她屁股后面。到了餐桌旁，他要等妻子坐下了他才坐下，之后两只卷毛狗才爬到他们的座位上。他对家人不用爱称，跟他的妻子说话就像在诵读课文，而跟他的孩子又换上一种坚决的口吻。”

“‘妮可，你的表现很可耻。’小女孩听了都要哭了，这是自然的。”

“早上的时候，小男孩对鼠患的故事兴奋不已，他想在餐桌上讲几句：‘菲利普，在餐桌上不能谈论老鼠。以后不准再提到这个词。’‘您说得很对。’那只小黑鼠说。”

“两只卷毛狗把鼻子埋在食物当中。猫头鹰用头做了个简单的动作表示感谢。”

“这是个绝妙的例子，城里人们都在谈论老鼠的事。报纸都刊载了相关的内容。平常题材比较广泛的本地专栏，现在几乎全是对市政府的批评：‘这些老鼠尸体是会腐烂的，我们的官员难道不知道这严重威胁市民的健康吗？’酒店经理话题也离不开老鼠，抱怨这是件让人恼火的事情：在这么高档的酒店电梯里竟然发现了老鼠，在他看来完全是不可思议的事。于是我安慰他说：‘但是所有人都碰到了这种情况。’”

“‘正是因为这个，’他回答我说，‘弄得现在我们跟其他酒店都一个样了。’”

“他是第一个告诉我高热病例的，酒店用人中有一个人得了这种怪病。我很吃惊，人们都为此感到担心。”

“‘请您放心，这种病不会传染。’他急忙殷勤地解释道。”

“我就跟他说，传不传染对我来说都一样。”

“‘我知道了。原来先生和我一样是个宿命论者。’

‘我可没有预先对这类事情有任何感知，另外我也不是宿命论者。’我告诉他。”

从这里起，塔鲁的日记开始讲述那场引起大规模公众恐慌的高热病的一些细节，不安的情绪已经在公众中蔓延。在记录中，他还讲到在老鼠消失之后，那个小老头儿终于找到了他的猫，他重又耐心地玩起了那唾液飞弹游戏。塔鲁在其后记述了大约十二个相同的高热病例，其中大多数都以死亡告终。

作为另一个补充材料，塔鲁对里厄医生的描写插在这里正合适。就作者的判断而言，这段描述是相当可靠的。

“他看起来有三十五岁左右，中等身材，肩膀宽而有力，国字脸，黑眼珠，高鼻梁，下颌突出。黑头发剪得很短，嘴巴呈弧形，厚厚的嘴唇总是紧闭着。他看起来有点像西西里来的农民，黝黑的皮肤，黑胡子，整天穿着深色的衣服，但很适合他。”

“他走路很快。过人行道时也不变换步伐，但当他走上对面的人行道时总是轻轻地跳着过去。他有些心不在焉，开车的时候经常拐弯后忘记关掉转向灯。他从不戴帽子，很有专家学者风度。”

4

塔鲁的描写是非常准确的。里厄医生对事态发展的严重程度非常清楚。在守门人的尸体被隔离后，他给里夏尔打电话，询问他对这种由腹股沟开始的高热病例的看法。

“我也不知道是怎么回事。”里夏尔说，“有两位死者，一个是在发病四十八小时之后死亡的，另一个则是在发病三天后。而且第二例病人在发病隔天的复诊中有完全康复的迹象。”

“如果您那里出现新的病例，请通知我。”里厄说。

他又给城里的其他几位医生打了电话，询问的结果是最近几天时间里有二十个左右的相似病例，几乎都是致命的。于是他又给当地医疗协会主席里夏尔打电话，建议他对新病例进行隔离。

“可是，我对此也无能为力。”里夏尔说，“这样的命令只能由省里发布。另外，是谁告诉您这种病有传染的危险？”

“没有明确的依据，但是目前病人的症状绝对令人担心。”

然而里夏尔一再表示这事应该由省里采取措施，他所能做的就是向省长反映这些情况。

说话间，天气变坏了。守门人死后的第二天，大雾弥漫，洪水般的大雨从天而降，这场突如其来的骤雨过后，是一阵难挡的酷热。海面不再是原来的深蓝色，在漫天的大雾之下，海面上泛着灼人眼球的银灰色的光芒。春季的湿热让人对即将到来的炎热夏季的干爽心生期盼。在沙滩上，螺旋状的大雾渐渐向城里弥漫。在粉墙中间，在街道旁沾满灰尘的橱窗上，在肮脏的黄色电车车厢里，人们感觉被天空囚禁了。不过，里厄的那位西班牙老病号是另外一种感觉，他非常喜欢这种鬼天气。

“天气越热越好，就像煮着你一样。”他说，“这样的天气对我的支气管倒有点好处。”天气真的很热，这感觉和人发热一样。的确，整座城市都在发高烧，至少这种感觉一直困扰着里厄医生。但他知道这是十分不理智的。他觉得可能是因为这几天碰到的烦心事使他产生了这样的感觉。那天早上他为了科塔尔的事特地去了趟芳草街，警察要向他了解情况。他想他现在应该放松一下，设法调整自己的精神状态。

到了目的地之后，他发现警察还没来。格朗正在楼梯口等他，于是他决定先到他家里坐坐，开着门等。这个市政职员住着两间屋子，里面的家具都很简陋。唯一引人注目的是一个白色的木制书架，上面摆了两三本字典，还有一块黑板，上面还能读到被擦去一半剩下的两个字——“花径”。

据格朗说，科塔尔这个晚上睡得很踏实，好像恢复得不错。但是他自己早上醒来的时候，却头疼得厉害。格朗看起来非常疲惫和不安，在房间里来回地踱步，把桌子上一个很大的装满手写稿的档案袋打开了又合上。

他告诉医生其实他对科塔尔不太了解，但相信他家里还是有点资产的。科塔尔是个古怪的人，很长时间以来，他们之间的关系仅限于楼梯上碰到时互相问候一下而已。

“以前，我跟他只谈过两次话。几天前，我在门口台阶那儿打翻了我带回家的一盒粉笔，里面装着红色和蓝色的粉笔。科塔尔正好要出去，就帮我把粉笔捡了起来。然后他问这些不同颜色的粉笔是用来做什么的。”

格朗就向他解释说他在复习拉丁文，他读书的时候学过，但现在已经都忘得差不多了。

“我就是这么打算的，”他跟医生说，“别人告诉我学习拉丁文有助于更好地理解法文的字词。”

所以他在黑板上写了几个拉丁文的词。他用蓝粉笔把这些词的词性变化和变位的词尾先抄上，又用红粉笔写上不变的词根。“我也不知道科塔尔听懂了没有，但他好像挺感兴趣的，又向我要了一支红色的粉笔。我当时只是有点奇怪，但谁知道……我从没想到过他是这样用的。”

里厄本想问他们第二次谈话的主题，但这时警官跟他的秘书到了，他想先听听格朗的口供。医生注意到当格朗提到科塔尔的时候，总是把他称为“那个不幸的人”，甚至有一次他用到了“残酷的决定”这样一个说法。在谈到当事人自杀的动机时，格朗在措辞上格外纠结。最终他把这归结为“抑郁的内心”这个原因。警官询问科塔尔之前是否有什么行为暗示了他的“自杀决定”。

“他昨天来敲过我的门，”格朗说，“向我借几根火柴，我就给了他一盒。他说很抱歉打扰我，不过邻居之间，他希望我不要介意。他还向我保证归还我的那盒火柴。我叫他留着用好了。”

警官又问这位公务员，他有没有什么奇怪的地方。

“让我感到奇怪的是他好像总想跟我聊聊，但那时我正在忙工作。”格朗转向里厄，带着一副难为情的表情补充说：“一件私人的事。”这时，警官想去看看病人。里厄认为最好是他先过去和科塔尔讲一下，让他对问讯有点心理准备。里厄到他的房间时，科塔尔只穿着一件浅灰色的法兰绒睡衣坐在床上，带着一种焦虑的表情。

“是警察来了，对不对？”

“是的。”里厄说，“不过别担心，他只是例行问讯几个问题。”

但是科塔尔回答说这根本一点用处都没有，他也不喜欢见警察。里厄安慰他："就几个简单的问题，然后就没人再来打扰你了。"医生转过身正要朝门口走去，这个小矮子科塔尔又叫住了他，在医生走近床边时，他拉住医生的手说：

"医生，对于一个寻过死的人，他们该不会动粗吧？"里厄端详了他一会儿，最后向他保证绝不会发生那种事，并且他也会在这儿保护他的病人。科塔尔似乎这才放心了。里厄把警官叫了进来。他们向他陈述了格朗的证词，并问他是否可以具体讲一下他的行为动机。他没有看警官，仅仅回答说"抑郁的内心，这样很好"。警官严厉地问他是否还会再次发生这样的事，激动的科塔尔有点生气地说"不"，他现在只想一个人安静一下。

"我得跟您重申一下，"警官用一种生硬的语气说，"现在是你打乱了别人的平静。"里厄示意他别说了，问讯也就此停止了。

"宝贵的时间就这样浪费了，"警官叹了口气，"我们还有很多事要做，最近人们都在议论高热病……"

然后他问医生这件事是否会对市里造成严重威胁,里厄表示不好说。

"一定是因为天气的原因。"警官总结道。

无疑是天气的原因。随着白日时间的流逝，什么东西摸起来都黏糊糊的。每出诊一次，里厄的担心就又增加一点。那天晚上，郊区一个老病人的邻居手按着腹股沟，边呕吐边说着胡话。他身上淋巴结肿得比守门人的还要厉害，有一处已经开始化脓，裂开了，就像因熟透而裂开的水果。回到家，里厄给省药品站打电话。当天在工作笔记上他只写道："否定回答。"城里各处都电话通知他也出现了相似的病例。显然要治病就先得试试切开脓肿，划出十字的手术切口之后，从淋巴结里就流出了带血的黏稠的脓水。病人的四肢竭力向外张开，切口上血流不止。病人的腹部还是出现了黑斑，腿上的淋巴结停止化脓后又重新肿了起来。大多数时候，病人通常在腐败的恶臭中死去。

关于鼠患的新闻，本地报纸一言不发。因为老鼠死在街上，而人死在家里。报纸只关心街面上的传闻。与此同时，政府和行政官员正在碰头商议。既然每个医生只遇到两三个病例，就没有人想过要采取什么行动。但这只是个数字累加的问题，一旦加起来，总数就令人吃惊。仅仅几天工夫，死亡病例成倍增长。对那些担心这种怪病的人来说，很显然这是一场真真切切的瘟疫。里厄的一位同事来看他，这位同事叫卡斯特尔，比他要年长。

“显然，”他对里厄说，“您已经知道这是什么病了？”

“我在等待分析结果。”

“我知道，而且我不需要分析。我在中国做过几年医生，并且二十年前我在巴黎也看到过几个病例。当时人们也是这样，只是没有人敢叫出它的名字罢了：决不能惊动公众。接着正如我的一位同事所说的：‘这不可能，每个人都知道它已经在西方国家绝迹了。’是的，每个人都知道，除了那些死者。去干吧，里厄，你和我一样清楚这是怎么回事。”

里厄沉思着。透过办公室的窗，他看着天边环抱着半圆形海湾的峭壁。蓝色的天空中一片灰暗的云彩随着下午的到来慢慢淡了下去。

“卡斯特尔，确实，”他说，“这简直难以置信，但一切都证明这就是鼠疫。”

卡斯特尔站起来，朝门走去。“您知道别人会怎么回答我们吗？”老医生说，“它在温带国家已经绝迹好多年了。”

“这又能说明什么呢，绝迹？”里厄挺起肩膀回答，“是的，您不要忘了，它在巴黎再次出现时，也是在它绝迹了二十年之后。”

“是的，但愿这次不要比那次更糟糕，但这确实让人难以置信哪！”

5

“鼠疫”这个词终于被第一次提及。在贝尔纳·里厄站在窗后的这一刻，请允许叙述者对医生的迟疑和吃惊做一番辩护。因为差异很小，他的反应也和大多数市民一样。灾难本是常事，但当它落到自己头上时，人们很难相信这就是灾难。历史上，鼠疫和战争都曾多次发生，然而处在鼠疫和战争中的人们也会同样惊讶。事实上，和城里的市民一样，里厄医生也感到猝不及防，因此我们需要理解他们的这种犹豫，也同样要理解这其中同时存在着不安和自信的矛盾心理。当战争爆发的时候，人们会说：“这太愚蠢了，仗打不了多久。”战争显然是一个愚蠢的行为，但这并不影响它打下去。蠢事总是存在，如果人不整天考虑自己的话就能意识到它的存在。

在这方面，我们的市民和世上的所有人一样，都只关注自己的世界，换句话说，他们是完全的人道主义者，他们不相信会有瘟疫。瘟疫是一种和人类无关的东西。人们告诉自己瘟疫只是一场噩梦，终将消失。然而它又总是不消失，而且还一场噩梦接一场噩梦。真正消失的是人类，而且首先是那些人道主义者们，因为他们没有采取防护措施。我们的市民并不比其他人更应该受到责备，他们只是不够谦虚谨慎，这才是罪魁祸首。他们总是认为他们对一切皆有办法，认为灾难是不可能真正发生的。继续忙他们的生意，为出门旅行做准备，自行其是。他们怎么可能想到会发生使他们前途毁灭、往来断绝、交易停止的鼠疫呢？他们幻想着自由，然而一旦瘟疫来临，谁都不可能自由。

尽管里厄医生已经从他的朋友那里得到了消息，有一些分散在各处的病人，在毫无征兆的情况下死于鼠疫，但危险对他来说依然像做梦一样不真实。原因很简单，作为一个医生，他对于疾病有自己的看法，并且有比一般人更强的想象力。透过窗户看这城市，小城平凡依旧，想到即将到来的令人担忧的灾难，医生焦虑不安。

他在试着回想他所知道的关于这种疾病的一切资料。一些数据从他的记忆中浮现出来，他回忆起历史上三十几次大鼠疫曾造成近亿人死亡。但死近亿人又算什么呢？人只有在打仗时才知道死人是怎么回事。既然人在死时只有被别人看见才受重视，那近亿像种子一样被掩埋的尸体不过是想象中的阵阵青烟罢了。医生想起了君士坦丁堡的那场鼠疫，据普罗科佩记载，它一天就夺走了一万人的生命。一万的死亡人数相当于五个大的电影院里的观众人数。这就是即将发生的事。把这五个影院的人都集中到出口处，再把他们赶到城里的广场上，然后让他们成堆死去，甚至我们还可以在这些堆积成山的无名氏里找到几张熟悉的面孔。但这自然是不可能成为现实的，那么谁又知道那一万张面孔呢？总之，像普罗科佩这样的人所留下的数字是不准确的，这是众所周知的事。七十年前，在中国广东，当那里的居民意识到灾难的时候，已经有四万只老鼠死于鼠疫。但是，在一八七一年，人们也没有统计老鼠数量的有效手段，只是做一个大概的估算，显然这样统计出的数据很不准确。但我们尽可以推算一下，如果一只老鼠有三十厘米长，那四万只头尾相接的老鼠是……

医生猛地站起身，他太放纵自己的想象了，眼下是不应该这样的。有几个病例并不是疫病，只要留心照料，采取严格的隔离措施就可以了。他早已把症状记在心里：病人发红的眼睛，肮脏的嘴唇，头痛，腹股沟淋巴结发炎，口渴难耐，说胡话，身体出现黑斑，体内产生撕裂感，最后……结论是，在里厄医生的脑海里闪过一句话：症状吻合，他的医学手册里列举的一系列病症：“脉搏混乱，身体稍微动一下就能带来死亡的后果。”是的，在这些症状的最后，有超过四分之三的病人，他们因耐不住性子而移动了身体，这加速了他们的死亡。

医生依然站在窗边。窗外是春天晴朗的天空，而室内则回响着一个词：鼠疫。这个词不仅包含了科学期望赋予它的定义，还夹杂了一幅幅不同寻常的画面，显得与这个灰黄的城市格格不入。城市这时候刚刚苏醒过来，熙熙攘攘的，但还不至于嘈杂，总之它是快乐的，如果说快乐和无趣可以并存的话，那就是这座小城的真实写照。如此清净、悠闲的平静几乎毫不费力地否定了关于灾难的所有传说：雅典城，臭气熏天没有鸟鸣的停尸所；马赛的犯人把病人的尸体推进深坑；普罗旺斯正在修筑高大的围墙以阻止鼠疫的疯狂蔓延；君士坦丁堡的医院里，潮湿的病床已经腐烂得快贴到地面上，病人被吊钩拉着；十四世纪黑死病期间，随处可见戴口罩的医生；米兰墓地里有活人在寻欢作乐；恐怖的伦敦城里到处是装满死人的手推车，从晚上到白天随时随地能听见人们无休止的呻吟。不，所有的这一切还不足以打破这个春日的平静。看不见的电车叮当地从窗外驶过，生动地反驳着这里的残酷和疼痛。只有那片海，在星罗棋布的房子的尽头，见证着这个令人担忧的世界，它从没有平息过。里厄医生注视着这片海湾，想到了卢克莱修所讲述的在海边点燃的柴堆。在夜晚的时候，雅典人将死去的人运送到那里，但柴堆上的位置不够用了。为了将自己的亲人放到上面，那些活着的人举着火把相互扭打在一起，他们宁愿进行流血的战斗也要为亲人的尸体抢到位置。我们可以想象，在平静、阴暗的海水旁边那些被鲜血染红的柴堆，夜晚中打斗用的火把发出噼噼啪啪的响声，迸发出火星，有毒的浓烟弥漫着升向一直注视着他们的天空……

但是理性压过了浮想联翩的思考。“鼠疫”这个词已经被提出来了，灾难已经降临到这块土地上，它带走了一两个人，这也是事实。现在应该做的，是明确地承认必须承认的事实，驱赶心头的疑虑和阴霾，采取恰当的措施。如果灾难就此停止，最可能的情况是一切都会好转。而如果相反，我们也知道了灾难的真相，那么首先要弄清楚是否有方法对付它，并最后战胜它。

医生打开窗子，城市的喧嚣立刻响亮起来。附近的作坊传来一阵短促的口哨声，还有工匠来回拉锯的声音。里厄振作起精神。只有日常工作才是能够确定的，其他的都是不可靠的，都是些琐碎的事，对此我们无能为力。要紧的是做好自己的工作。

6

当外面通知格朗来访时，里厄医生还沉浸在他的思考中。作为市政厅的公务员，他的职责涉及很多方面，所以他也定期做一些统计工作。这样他就被安排去负责统计死亡人数。出于乐于助人的天性，他同意亲自给里厄送来每次统计结果的复印件。

医生看到同他一起进来的还有他的邻居科塔尔。公务员手中挥舞着一张纸。“医生，统计数字显示，”他宣读到，“在四十八小时内共有十一人死亡。”里厄先是跟科塔尔打了招呼并询问他的身体状况。格朗连忙解释道，是科塔尔自己坚持要过来感谢医生并为他给你造成的不便道歉。但里厄马上把注意力转向了统计资料。

“我们开始吧，”里厄说，“也许我们应该先给这个病取个名字。到目前为止，我们还没有任何进展。请你们跟我走一趟，我要去一趟化验室。”

“好的好的，”格朗一边跟在医生后面下了楼，一边答应着，“每样东西都应该叫出个名字。但它叫作什么呢？”

“我不能告诉你，再说这对你也没什么用处。”

“您瞧，”公务员笑着说，“这也不是那么容易的。”

他们朝着阅兵场走去。科塔尔一直没说话。街上的人渐渐多了起来。此处短暂的黄昏在夜晚降临之前早已退下，第一批星星出现在还泛着白的地平线上。几秒钟之后，街道上亮起的灯光模糊了整个天空，人们闲谈的噪声似乎也提高了一个声调。“请原谅，”在阅兵场的角落里格朗说，“我要去乘电车了。夜晚对我来说太神圣了，正如我们那儿的人常说的‘时不我待’。”里厄早已注意到出生在黑山的格朗有这种癖好了，他喜欢引用他们当地的俗语，然后加上一些不知从哪儿来的无聊的格言，就像“梦寐的时间”或者“仙境般的光线”。

“嗯，”科塔尔说，“这是真的，晚饭后就不能有人留在他家里了。”里厄问格朗是不是要回市政厅工作，格朗回答说不是，他是去做自己的工作。“原来如此，”里厄想说点什么，“那事情有进展了吗？”“从我开始做这件事起，多少有点。尽管从某种意义上来讲，进展不是很大。”“那它是关于什么的？”医生说完就停下了脚步。格朗含混不清地嘟哝了几句，把他的帽子严严实实地扣在他的两只大耳朵上。

里厄对他所说的关于个人成长的故事还是一知半解。这时公务员着急离开，他快步走上了马恩大道，道路两旁种着枝叶茂盛的榕树。到了实验室，科塔尔对里厄说他今天过来其实是希望医生给他点建议。里厄的手一直插在口袋里，捏着那张统计报告，他请科塔尔在就诊的时间再过来问他。可是过了一会儿，他又改变了主意，告诉他明天要去一趟他们街区，明天下午办完事后他就顺道过去看他。

送走科塔尔，医生又想到了格朗。他想，如果格朗在鼠疫中会发生什么，而且还不是现在这场也许不算很严重的鼠疫，如果是在历史上的那些大鼠疫中呢？“他就是那种在这种情况下侥幸逃脱的人。”他想起好像在哪里读到过一种说法，说鼠疫会放过那些脆弱的人，首先受到威胁的反而是那些体格健壮的人。他越想越觉得这个公务员有点神秘莫测。

第一次见到格朗，他不过是个市政厅的小公务员，神态动作都说明了他的身份。他身材瘦长，穿的衣服晃晃荡荡，他故意选特别大的衣服，想着这样可以穿得久点。他下牙床的大部分牙齿还在，而上面的都已经掉光了。他笑起来时，先掀开上面的嘴唇，嘴巴看起来黑洞洞的。如果再加上和修道院道士一样的走路姿势，总是贴着墙根悄悄溜进门缝里，还有他身上那股烟酒气和一副面无表情的样子，就只能想到他是一个整天坐在办公桌前的人，专心地核算城里浴室的收费标准，或者是年轻的秘书为写关于新增的生活垃圾清理税的报告收集材料。即使在一个毫无偏见的人看来，他也好像是天生的市政府的临时工，每天领六十二法郎的薪水，做着些默默无闻但又必不可少的工作。

这实际上也是他自己在职员登记表的“鉴定”一栏里写的评语。自从二十二年前他拿到了学士学位后，由于家里缺钱，他就没有再进修，而是接受了这份差事。据说本来别人跟他说有希望很快转正。显然，这需要在一段时间内证明他确有能力处理我们城市行政方面的棘手问题。他错过了那次机会，之后他们又跟他保证给他一个可以让生活过得比较宽裕的秘书的职位。诚然，格朗不是那种想飞黄腾达的人，这从他忧郁的笑容中可以得到证实。他想通过勤恳的劳动来保障自己的物质生活，因此可以问心无愧地从事自己喜欢的事，这样的期望已经使他心满意足了。他之所以接受人们提供给他的这份差事，也正是出于一些可敬的原因，正如人们所说的，是出于对理想的忠诚。

他这个临时工一做就是好几年，这期间生活开支大幅上涨，而格朗的工资虽然有那么几次一般的加薪，但还是少得可怜。他也跟里厄抱怨过这些，但似乎没人理会他的意见。这也是格朗的古怪之处，或者至少是他的特征之一。实际上他本来能够提出要求，即使不是那些他不确定的应得权利，至少还有别人对他做的保证。但是当初雇用他的办公室领导已经去世很长时间了，而继任者又想不起当初做的保证到底是什么了。但归根结底，是格朗没有适当的言辞。

正是这个最后的特征最形象地刻画了我们这位同胞，这点里厄也注意到了。正是因为这样的性格特点使他一直写不出那份他盘算已久的申请书，或者做些他的这种情况下必要的活动。这么说吧，“应得权利”这样的字眼他更加难以说出口，何况他自己也不是那么坚定，也不想用“作出的保证”来要求当初做保证的人给予他应得的东西，因为这未免显得过于大胆，而他只是个地位低微的小职员。另一方面，他又拒绝使用诸如“好意”“恳请”“感激”这样的套话，因为他觉得这有损他的个人尊严。由于找不到合适的言辞，我们的同胞就这样一直干着这份卑微的工作，直到如今上了年纪。之后，就像他跟里厄说的，经过一段时间的适应，他发现物质生活还算有保障，只要做到量入为出就好了，这对他来说已经足够了。他也从市长——一位本市的工业巨头——所发表的演说中得到了一句证明，市长极其肯定地指出，到底（市长反复强调这个词，因为全部的道理都在这个词上）我们还没有看到有人饿死。不管怎么样，这种苦行僧般的生活，到底让格朗从这一方面的忧虑中解脱出来。他在继续推敲他的用词。

他的生活态度，在某种意义上可以说是值得学习的。像他这样的人，不管在本市或是别处都是很少见的，他们一贯勇于坚持他们正确的思想。从他所说的只言片语中，我们看得到他的善良和感性。在如今的时代，已经很少有人愿意承认这种品质。他可以毫不羞涩地承认他深爱着他的姐姐和外甥们，他们是他唯一的亲人。他的父母在他很小的时候就已经去世了，想起他们，让他时常感到悲伤。他直言不讳他最喜欢每天下午五点从他们街区的教堂传来的钟声，它们柔和地回荡在空中。但是当他提到如此简单的感触时，每一个很小的字眼也要绞尽他的脑汁。到底这个困难才是他最大的烦恼。每次碰到里厄他总这样说：“唉！医生，我实在想学学怎么表达自己。”

那天晚上，医生看着公务员离去的背影，突然一下子明白了格朗想要说的话：他可能在写一本书或类似的东西。直到进了化验室，里厄才安下心来。他明知这样的想法很愚蠢，但他还是无法相信，在这个连职位低微的公务员都有高尚的癖好的城市里，鼠疫竟真的会降临到这里。更确切地说，是他很难想象在鼠疫中还会有人坚持着这样的怪癖，所以他认为鼠疫不会真的在我们的市民中蔓延开来。

7

第二天，里厄提出了被人们认为不合时宜的坚决要求，省里终于为此召开了卫生委员会会议。里厄表示:“现在人群中已经出现了恐慌，而谣言只会夸大事情的真相。”省长跟他说：“如果你愿意可以马上开展行动，但不要声张。”另外他又认为这只是虚惊一场。

里厄开车载上卡斯特尔，一同去省政府。“省里已经没有血清了，你知道吗？”卡斯特尔问道。“我知道。我给药品站打过电话，那边的主任也急得很，血清需要从巴黎调运过来。”“但愿不要花太长时间。”“我已经给巴黎那边发电报了。”省长待人和气，但很容易激动。

“先生们，那我们开始吧。”他说道，“需不需要我总结一下现在的情况？”里夏尔认为没有必要。医生们已经很清楚情况，现在唯一的问题是该采取什么样的措施。老卡斯特尔粗声说道：“问题是要确定这是不是一场鼠疫。”两三个医生听到这个名字都惊得叫出声来。其他人则似乎还有点犹豫。至于省长，他竟跳了起来，机械地转身向门口走去，好像是为了去确认一下这件骇人听闻的事有没有传到门外的走廊上。里夏尔却说根本不必要为此惊慌，现在能够确切证明这只是一种腹股沟并发症，任何不当的假设，无论是在科学上还是在实际生活中都将是危险的。老卡斯特尔一边安详地捋着他那发黄的胡须，一边抬起清澈的眼睛向里厄这边望了望，然后慈祥地看着在场的人，再次强调说他心里很清楚这就是一场鼠疫，但是，当然正式地承认这个事实需要采取一些严厉的措施。其实他也清楚这就是使他的同行们退缩的原因，但是为了使他们安心，他也就自愿承认这不是鼠疫的说法。省长很激动，说不管怎么样，这样的讨论不是好方法。

“现在的重点，”卡斯特尔说，“不是研究讨论方法的好坏，而是要让这件事引起大家的关注。”

这时里厄一直没有说话，大家就问他是什么看法。

“这是一种伤寒病性高热，同时伴有腹股沟淋巴炎和呕吐症状。我对病人的发炎部位做过切口。在化验室里进行的分析显示它里面包含一种短小形鼠疫杆菌。需要进一步说明的是，有一部分病菌的特异性变化并不符合典型病例的描述。”

里夏尔说还要斟酌一下再下定论，一批实验分析已经开始几天了，等统计结果出来后我们再考虑下一步措施。”

在短暂的沉默之后，里厄接着说：“当一种病菌可以在三天之内使脾脏的体积增大四倍，在肠膜上引起橘子大小的淋巴结肿块，并化成黏稠的脓浆，这就不允许我们再继续斟酌下去了。传染源在不断扩大，如果疫病继续以这样的速度扩散下去而不加以阻止，要不了两个月，半个城市的居民就可能死亡。所以，你们想称它为鼠疫也好，或者高烧也罢，这些都无关紧要。唯一重要的是你们要去阻止它夺走半个城市居民的生命。”

里夏尔又说道：“不该把目前的情况看得这么悲观，另外这个病的传染性也还没有被证实，因为病患的亲属们都还没有受到感染。”

“但其他人都死了，”里厄强调道，“好吧，当然传染性从来不是绝对的，除去我们所知的一个无限增长的数字和急剧减少的人口数量。这不是说把情况看得太过悲观，而是这样的情况要求我们马上采取措施。”

这时里夏尔想总结一下目前的情况，以找到阻止这场疾病的方法。

“如果它没有停止的迹象，那就必须采取法律规定的严厉措施；而为了实施这些措施，就需要确认这是否是一场鼠疫，而目前看来还没办法得出确切的结论，所以我们需要进一步思考。”

“现在的问题，”里厄坚持道，“不是去了解法律规定的措施是否够严厉，而是现在必须使用它们以阻止半个城市的居民送命。剩下的仅仅是行政事务，我们的国家体制已经安排了一个省长来处理这些问题。”

“这是当然的，”省长发话了，“但是我还是希望你正式地确认这是否是一场鼠疫传染病。”

“即使我们确认，”里厄说，“它还是会夺走半个城市居民的生命。”里夏尔马上紧张地插了一句，“事实是我们的这位同行相信这是一场鼠疫，他对症状的描述可以证明这一点。”里厄回答说他并没有想描述病症的意思，他只是在陈述他所见到的。而他所看到的，正是腹股沟淋巴结炎、黑斑、高热和四十八小时内死亡。“难道里夏尔先生，您可以负责任地断言不采取任何严厉的防疫措施，疫病就会自己停止？”

里夏尔迟疑了一下，看了看里厄，“那么请您来告诉我您的观点吧，您可以断定这就是鼠疫吗？”“您提这个问题就不对了，这不是用词上的问题，这可关系到时间哪！”“您的观点是，”省长说，“即使这不是鼠疫，当前及时的预防鼠疫的措施也必须开展起来。”“如果硬要我说出个观点，实际上正是这个。”在场的医生们开始互相议论起来，里夏尔最后总结道：“我们要负起责任行动起来，把它当作一场真正的鼠疫来对待。”这个说法得到了医生们热烈地响应。“我亲爱的同行，这也是您的意见，是吗？”里夏尔问道。“什么说法对我来说无关紧要，”里厄说，“只是我们不应该无视半个城市居民的生命安危，那样的话，这就可能真的会发生了。”

在一片不快的气氛中，里厄离开了。过了一会儿，他来到了那个弥漫着难闻的油污味和尿骚味的郊区。他看到一位垂死的妇女在喊叫着，她的腹股沟血淋淋的，她转过来面对着他。

8

会议的第二天，高热病人的数量仍在增加。连本地的报纸也好像感染上了这场高热，语气热情了许多，但它们对病情的报道也仅限于使用一些含沙射影的文字。第三天，里厄看到省政府很快在市里各处贴出了小布告，但颜色是白的，位置都选在城市最隐蔽的角落。从布告上很难看出政府机关正视事实的态度，采取的措施也不严厉，他们好像为了不惊动舆论而做了很多努力。布告的开头宣布，最近奥兰市出现了几起严重高热的病例，目前还无法确定它是否具有传染性。这些病例的特征并未达到令人真正担忧的程度，相信市民会保持镇静。尽管如此，为谨慎起见，省长采取了一些预防措施，希望大家能够理解。这些措施只是为了防止瘟疫，市民应给予理解并照办。省长完全相信市民会对他个人的努力给予精减的配合。

布告接着列举了具体的措施，包括通过在下水道注入毒气来实施科学灭鼠，并对水源进行严格检测。布告还提倡市民尽量讲究卫生，还要求身上有跳蚤的人到市诊所去。另一方面，所有病人家属必须及时上报医生的诊断结果，并同意病人在医院的特设病房内进行隔离。此外，特设病房有特殊设备用以救治病人，能在最短的时间内得到有效的治疗。另外几条补充条款规定病人的房间和所乘坐的交通工具必须消毒。最后要求病人家属也接受健康检查。

里厄医生突然转身离开布告处，向诊所的方向走去。

正等着他的格朗，看到他时又抬起手臂向他挥舞着。

“好的，”里厄说，“我知道了，数字又上升了。”昨天，市里死了十几位病人。医生告诉格朗晚上可能会过去看他，因为他还要去科塔尔那儿一趟。“您是对的，”格朗说，“他从您这里很是受益，因为我发现他变了很多。”“这是怎么回事？”

“他现在有教养多了。”“他以前不是这样吗？”格朗犹豫了一下。他不是说科塔尔从前没有教养，这个词用得并不准确。这个沉默寡言的人的举止是有些粗鲁。他全部的生活就是在他的房间和一个简陋的饭馆之间，出入神秘。平常他是个葡萄酒和饮料的代理商，渐渐地他也有了两三位来访者，看来是他的顾客。晚上，他有时会去屋对面的电影院。公务员甚至注意到科塔尔好像比较喜欢看强盗片。总之，在任何场合，这位代理商都显得孤僻而又多疑。

但据格朗说，现在他似乎变了一个人。

“我也不知道该怎么说，但是我觉得他开始极力想与人接近，和他们待在一起。他经常找我说话，邀请我和他一起出去，而我又一直不知道怎么拒绝他。除此之外，他还是挺让我感兴趣的，想来可能是因为我救过他的命。”

自他开始有自杀的倾向开始，科塔尔就一直没有接待过客人。无论是在路上，还是在他的供应商那里，他都试图博取人们的好感。还从没人像他一样跟这些杂货店的老板讲这么多奉承话，还有耐心听烟店的女店主唠叨个不停。

格朗说：“烟店的女店主是条十足的毒蛇，我曾警告过科塔尔，但他说我错了，应该还要看看人家好的方面。”

有那么两三次，科塔尔拉着格朗去城里的高级饭店和咖啡厅。事实上他已经开始出入这些场所。

“在那里挺好的，”他说，“而且那里面的人也好相处。”

格朗注意到里面的服务员对这位代理商照顾得特别周到，当他看到科塔尔为他们大方地消费时，他知道其中的道理了。科塔尔看来对别人回报他的殷勤十分在意。一天酒店服务员把他送到门口，还帮他披上大衣时，科塔尔对格朗说："这个伙计不错，他可以证明。""证明什么？"科塔尔迟疑了一下。

"哦，这个……证明我不是个坏人。"此外，他的脾气阴晴不定。有一天杂货店的老板稍稍对他怠慢了些，回到家后他就怒气冲天。"这个浑蛋，他拿的小费不比别人少。"他一个劲地诅咒着。

"哪些人？"

"所有其他的人。"

还有一次格朗在烟店那里看到了奇怪的一幕。本来他们正在热烈地谈话，然后那个女店主谈起一桩最近发生在阿尔及尔引起议论的逮捕事件。这个案子有关一个年轻的公司职员在海滩上杀死了一个阿拉伯人。

"要把这些败类都关起来，"那个店主说，"那么我们这些老实人就能松口气了。"

但她的话不得不停下来，因为科塔尔这时突然激动起来，没说任何抱歉的话，转身就往店外走去，只剩格朗和店主还立在那里。

后来，格朗还跟里厄讲了科塔尔性格上的一些其他变化。科塔尔一直保留着自由主义的观点，他最爱说的话是"大鱼吃小鱼"。但是一段时间以来，他就只买持正统观点的报纸来看，你甚至不敢相信他居然还像炫耀什么似的，在大庭广众面前读报纸里的文章。还有，他病好之后下床没几天，格朗要去趟邮局，他恳请格朗帮他给他远方的姐姐寄一张一百法郎的汇票，这是他每个月都寄的。但是格朗正要走的时候，他又说："给她寄两百法郎吧，给她一个惊喜。她一直以为我不关心她，其实我很爱她。"

后来他和格朗有了一次奇怪的谈话。格朗在科塔尔的一再要求下不得不回答关于自己每天晚上专心干的小事情。

科塔尔说："那么，我猜你是在写一本书。"

"如果你这么想，就算是吧，但我做的事比这要复杂得多。"

"啊，"科塔尔惊讶地叫了一声，"我也想和你一样这么做来着。"格朗听了很吃惊，科塔尔接着吞吞吐吐地说做艺术家就要忙很多事情。"为什么？"格朗问道。"那是因为艺术家比别人拥有更多的权利，所有人都知道这点，所以他要承担更多的事情。"布告贴出的那天早上，里厄对格朗说："照我看，是老鼠的事把他搞晕了头，跟其他很多人一样。这就是原因。或者他是在害怕高热病。"格朗回答道："我不认为是这样的。如果你愿意听听我的看法……"

这时灭鼠车正巧从房间的窗户下经过，发出一阵巨大的噪声。里厄停止了说话，直到两个人又能听见彼此讲话的声音，里厄心不在焉地询问公务员的看法。公务员用一种严厉的目光看着他说："人类有需要自我反省的地方。"里厄耸了耸肩，学着警官说道："我还有其他事要忙。"下午的时候，里厄和卡斯特尔一道开了个会。血清还没有运到。"另外，"里厄问道，"血清真的有效吗？这次的杆菌很特别。""我不同意你的看法。"卡斯特尔说，"这类生物一直存在着特异性，但是，从源头上讲，它们属于同一种类。""这也只是您的猜测，事实上，我们对它还不完全了解。""当然，这只是我的猜测，但是所有人都在等这个结果。"

一整天，医生一想到鼠疫，就觉得自己的头隐隐作痛。最后，他承认自己是害怕了。他去了两次挤满人的咖啡厅，他也和科塔尔一样，感觉自己需要沾点人气。里厄发觉这种想法很愚蠢，但是这也让他想起自己答应过要看望那位代理商。

晚上，医生发现科塔尔坐在他家餐厅的桌子前。当里厄走进去时，桌子上还摊着一本侦探小说。可是夜幕已经降临，而显然在夜幕中是很难看书的。一分钟前，科塔尔大概只是一直坐在那儿，在黑暗中思考着什么。里厄问他的身体状况，科塔尔重又坐了回去，嘟哝着说他很好，要是能保证没人来打扰他就更好了。里厄提醒他不能老一个人待着。

“不，我可不是这个意思，我是指那些专门找麻烦的人。”里厄就不说话了。“我也不是指我自己，希望你能理解。我在读小说呢。里面讲到一个倒霉的人一天早上突然被逮捕了。别人一直在留意他，而他却一点都不知道。别人在办公室里对他议论纷纷，把他的名字登记在册。您觉得这公平吗？您认为别人难道有权利对一个人做这些吗？”

“这要看情况，”里厄说，“从某种意义上说，别人完全没有这样的权利，但所有这些都是次要的。总之不能长时间地封闭自己，您要出去走走。”

科塔尔好像有点生气，说他成天在外边走动，如果有必要，整个街区的人都可以为他做证。甚至在街区之外，他也有不少朋友。

“您认识建筑师里戈先生吗？他就是我的一个朋友。”屋子里更暗了。郊区的街道也开始热闹起来，外面的灯一亮起来，就响起了一阵轻松低沉的欢呼声。里厄走到阳台上，科塔尔也跟着他走了出来。和城里的傍晚一样，从周围街区的上空吹来一阵微风，夹杂着人们的闲谈声和烤肉的香味。一群吵吵嚷嚷的年轻人走上了街道，一路上他们欢声笑语，一股自由的气息渐渐膨胀起来。夜晚，看不见的船只拉起响亮的汽笛，从海面上和来来往往的人群中传来熙熙嚷嚷的声音。这个动人的时刻对里厄来说再熟悉不过了，可是因为他所知道的那一切，这一刻却显得那么的沉重。

“能把灯打开吗？”他对科塔尔说。灯光一亮起来，这个小矮个子眨巴着眼睛望着他。“医生，请您告诉我，要是我生病了，您会在医院里照顾我吗？”“为什么不？”科塔尔又问，那么人们是否会逮捕一个住在诊所或医院里的人。里厄回答说这种事发生过，但是一切还取决于病人的身体状况。“我，”科塔尔说，“我对您有信心。”然后他请求医生让他搭车进城。

到了城里，街上的人已没有先前那么拥挤了，灯光也少多了。一些孩子还在门前玩耍。在科塔尔的要求下，医生把车停在了一群孩子面前。他们正一边玩着造房子的游戏，一边叫嚷着。但他们当中的一个，黑发梳得平整，脸上却很脏，用吓人的明亮的眼睛盯着里厄。医生移开了视线。立在人行道上的科塔尔，握了握医生的手。他说话声音沙哑，发音困难，还往背后看了两三次。

“人们都在谈论瘟疫，医生，这是真的吗？”“人们总是议论，这很正常。”里厄说。“您说得有道理。要是死了十个人，那世界末日也就到了，我们不该这样死。”发动机已经开动了。里厄的手握着变速杆，但他又注视着那个孩子，发现他一直目不转睛地盯着自己，带着严肃而又安静的神情。突然，没有任何过渡，那个孩子对他笑起来，露出整排的牙齿。

“那我们应该怎样？”里厄边对孩子笑着边问道。科塔尔突然紧紧抓住车门，极其激动地用痛哭一样的声音喊道：“一场地震，一场真正的地震。”说完就撒腿跑开了。地震没有发生。第二天，里厄整天在城里奔波，忙着和病人家属及病人商量和讨论。里厄从来也没有觉得他的职业会给他带来这么大的压力。直到现在，病人都很配合他的工作，他们完全信任他。现在医生第一次发现他们不愿多说话，并且带着惊恐和某种不信任，对他们的病情避而不谈。

这是一场他还不是很习惯的战斗。快到晚上十点的时候，他的车停在了老哮喘病人的屋子前，这是他最后一个要看望的病人。里厄感觉连从车座上下来都有些困难。他停下来环顾昏暗的街道，看到夜空中的星星出现了又消失了。

老哮喘病人靠在床上。他看起来好多了，还在数着鹰嘴豆，数过一遍后就把豆子从一只盘子放到另一只盘子里。他带着高兴的表情欢迎医生的到来。

“那么，医生，这是霍乱吗？”

“你是从哪里得知的？”

“在报纸上，广播也公布了。”

“不，这不是霍乱。”

“不管怎么样，”老人激动地说，“那些头头们太言过其实了，嗯？”

“不要相信那些谣言。”医生说。

他给老人做了检查。现在他就坐在这间简陋的饭厅中间。是的，他害怕了。他知道明天一早，郊区里还会有十几位腹股沟发炎、身体蜷缩着的病人等着他。仅有两三个病例在做了切口手术后病情有所好转。但他们中的大多数人，必须去医院接受治疗，而他知道医院对穷人意味着什么。“我可不愿让他去给他们做实验。”一位病人的妻子这样跟他说。他不去给他们当实验品，那他就会死，这就完了。目前所采取的措施根本不够，这是显而易见的。说到“特设装备”病房，他知道那是什么：两间由其他病人整理出来的房间，窗子被堵上，缠着卫生纱线。如果瘟疫不能自行结束，仅靠政府现在采取的这些措施是完全阻止不了的。

然而晚上的官方公告还是持乐观态度。第二天，兰斯多克信息处宣告省里采取的措施得到了市民的积极配合，已经报告了三十位左右的病人。卡斯特尔给里厄打电话。

“那些房间能提供多少床位？”

“二十四个。”

“现在城里的病人确定不止三十个吗？”

“有些人害怕，其余的大多数是没时间申报。”

“有没有注意尸体的掩埋工作？”

“没有。我给里夏尔打电话，告诉他一定要采取全面的措施，但他没回应。我又说需要建立一道真正针对瘟疫的防线，要是不严格控制的话等于什么都没做。”

“然后呢，他怎么说？”

“他说他没有权利。依我看，死亡人数还会上升。”事实上两个停尸间三天内就被塞满了。里夏尔认为需要征用一所学校作为备用医院。里厄焦急地等待着疫苗，并切开出现在病人腹股沟的淋巴结肿块研究。卡斯特尔又钻进他的故纸堆，希望找到阻止鼠疫的方法。

“老鼠得了鼠疫而死亡，或者与这类似的病。”卡斯特尔总结说，“它们身上成千上万的跳蚤携带了这种病毒，所以跳蚤引起了感染，如果不及时阻止的话，那么感染的人数将会呈几何级数增长。”里厄听了之后默不作声。

这时候时间好像停止了。太阳吸干了最后几场暴雨留下的水坑，从晴朗的蓝天中漏出一道黄光，在初起的热浪中传来飞机的轰鸣声，一切都渴望着安详。然而四天里，高热病却出现了惊人的四级跳：死亡人数从十六人、二十四人、二十八人，一直增加到三十二人。第四天由一所幼儿园改建的备用医院宣布投入使用。直到现在，我们的同胞还继续在用玩笑掩饰他们内心的不安，但现在走在街上时，他们显得更加沮丧和沉默了。

里厄决定给省长打电话。“目前的措施还远远不够。”

“我得到了数据，”省长说，“情况确实令人担忧。”

“很明显，它们不仅仅令人担忧。”

“我马上请示总督的指示。”里厄在卡斯特尔面前挂了电话。

“指示！他还真有想象力。”

“血清怎么样？”

“本周之内能到。”

通过里夏尔，省政府要求里厄写一份报告，用来寄到殖民地首府去申请上面的指示。里厄在其中放入了一份详细的临床诊断描述和一些数据报告。同一天，又有四十个左右的病人死亡。省长出面负责此事，就像他前面说过的，从明天起加强实施规定执行的措施。要严格控制病人的申报和隔离。病人的房间需要在封锁后进行严格消毒。病人家属必须接受安全检疫和隔离，在可能的情况下，市里会安排病人的埋葬工作。一天之后，血清由飞机运抵。它们暂时可以满足目前在治的病人。但一旦瘟疫暴发就不够用了。上面回应里厄的电报说保障库存已经耗尽，新的生产工作已经开始。

这时候，从周围的郊区开始，春天的气息飘进了街道。小贩花篮里的玫瑰花凋谢了，沿着人行道，它们的香味飘散在整个城市中。从表面看，一切都没有改变。电车在高峰期还是那么拥挤，白天却又空又脏。塔鲁还能看到那个小老头儿，他还在往猫身上吐口水。格朗每天晚上还是回家干他的神秘工作。科塔尔到处转悠。奥顿先生，那位预审审判长，仍整天带着他的家小。老哮喘病人还在捡豆子。我们有时候还能碰见那个叫朗贝尔的记者，总带着一副镇静有趣的表情。傍晚，一大批人拥到马路上，电影院门口还是排着长长的队伍。此外，瘟疫也好像退去了，几天中死亡的人数只有十来个。不久，死亡病例突然直线上升。在死亡病例又重新达到三十人那天，里厄盯着省长寄给他的急件说道：“他们已经害怕了。”急件上写着：“正式公布鼠疫，开始封城。”

鼠疫第二部

9

从这时起，可以说鼠疫已成了件大家的事。直到现在，尽管这些怪事引发了市民的惊异和不安，但每个人继续忙着自己的工作，一如往常。也是，生活还要继续。然而门一旦被关上，他们就意识到他们是一个集体——叙述者自己也和他们在同一条船上——他们还要安排自己的生活。结果是，原本属于个人的感受，比如与相爱的人的离情别绪，从最初几个星期起，突然成了所有市民的共同感受，伴随着恐惧，这才是这段漫长的流放时期里人们最主要的痛苦。

封城造成的最显著的后果之一，是人们突然要面临毫无思想准备的分离。母子、夫妻或是恋人，在几天前分别时，他们在站台上说了两三句叮嘱的话后相拥道别，带着人类愚蠢的自信，满以为几天或最多几个星期后就能再次相见，这次分离对他们的日常生活几乎没什么影响，可是突然一下子，他们发现自己要无助地面对与亲人相隔两地，既无法相聚又无法通信的事实。因为在省政府发出法令几小时之前，城门就已经关闭了，显然他们并没有考虑到这一类特殊情况。也可以说，这次疫病突然蔓延，首先对我们的市民造成的影响是，迫使他们放下他们的个人感情。法令实施那天的头几个小时里，一大批人拥到政府要求解决问题，有的是打电话，有的是直接找官员反映情况。每个人的问题都值得关心，但同时又不可能考虑。事实上，过了好几天我们才意识到自己处在一个毫无妥协余地的境况里，现在“通融”“照顾”“破例”这些已经失去了意义。

甚至连通信这样简单的需求也无法满足。一方面，实际情况是市民无法使用平常的联系方式，城里与城外已经完全失去了联系；另一方面，政府还颁布了新的法令，禁止一切往来信件，以防止信件成为传染途径。刚开始，几个有特权的人还可以在城门那儿接洽，但要经过守卫哨兵的批准才能往外面捎信。也正是在瘟疫开始的那几天，哨兵有时也会出于同情心行些方便。但是一段时间之后，当哨兵了解到情况的严重性后，他们就不敢再为这类事负责了，因为他们自己也不清楚这样做的后果。起初还可以用长途电话，但是因为繁忙的通话堵塞了公共电话亭和电话线路，导致电话中断了好几天，于是政府给出了严厉的限制措施，仅允许在诸如生死事和婚事等紧急情况下使用电话。最后剩下唯一的联系方式就是电报了。我们这些以心灵、感情和肉体联系着的生物，现在只能在一封用大写字母书写的十来个字的电报里寻找与过去的联系。实际上由于在电报中能使用的词汇很快被用完了，这段漫长的共同生活或痛苦的感情，在定期的通信中最后都被简短地归结为几句套话：“好。想你。爱你。”

我们当中也有一些人，他们仍坚持不懈地写信，不断地幻想能与外面取得联系，最后他们又不得不承认一切都只是幻想。可能有些设想的方法真的成功了，但我们不得而知，因为我们收不到对方的回信。一连几个星期，我们重复写同样的信，发出同样的消息和呼吁，而一段时间之后，原先发自肺腑的心声都变成了空洞的字眼。我们还是机械地抄写同样的内容，试图用这些毫无生气的句子表现出我们的艰难。到最后，这些贫乏而又固执的自言自语，这些对着墙讲出的枯燥无味的话，对我们而言，反而还没有电报上几句规范化的用语显得有用。

又过了几天，人们认识到出城显然是不可能的，于是他们又想到是否可以申请让瘟疫发生之前出城的人回来。经过几天的考虑，省长给出了肯定的回答。但是明确地指出，回城的人在任何情况下不得再次出城——回城自由，但不得擅自出城。这样有几个家庭，当然是极少数的，把情况想得太简单了，在没有仔细考虑的前提下，只是一心想着早点再次见到自己的亲人，就催促他们抓紧机会。但是，很快，被鼠疫困在城中的人意识到了回城的危险性，于是重又接受了承受这种分离的痛苦。在疫病最严重的时候，我们能够看到相比于他们所承受的对死亡的恐惧，我们人类的情感反而变得更加坚强。但我并不是说，就像我们期待的那样，两个恋人彼此之间的爱情就一定能够超越他们所承受的苦痛。我说的只是老医生卡斯特尔和他的妻子，他们结婚多年，在瘟疫发生的前几天，卡斯特尔夫人刚好去了邻近的城市。他们甚至也不是那种可以供世人学习的模范夫妻。叙述者可以很有把握地说，到目前为止这对夫妻还对他们的结合不是非常满意。但是正是这场持久的分离，让他们确信他们无法离开彼此，并且当他们意识到这个真相时，鼠疫已变得无足轻重了。

上面的这个例子是个例外。对于大多数人来说，这次隔离显然只有到瘟疫消失的那天才会结束。而对于我们所有人，我们的感情生活——我们本以为已经对它非常熟悉（我前面提到过的，奥兰人过着简单的生活）——正在改变面貌。那些对女伴一向报以最大信任的丈夫和男友现在也开始心生嫉妒。那些自以为在爱情上轻浮随性的男人们也变得忠贞不渝起来。那些跟随母亲长大的儿子以前对她们并不关心，而现在在他们的脑际经常浮现母亲脸上的皱纹，内心充满了他们的担忧和悔恨。这场突如其来的隔离，没有给我们留下任何的出口，也没有可以预见的未来，使我们狼狈不堪、不知所措。现在，对离别不久但又相隔千里的亲人的回忆占据了我们的日子。事实上，我们经历的痛苦是双重的——首先是我们自己的痛苦，其次是我们思念在外面的亲人——儿子、妻子或者恋人所产生的痛苦。

如果换一种环境，我们的市民会在寻欢作乐、忙忙碌碌之中寻找排遣。但是此时此刻，鼠疫又让市民无事可做，只能在这座被丢弃的围城里转悠，一天接着一天地重复着这种令人失望的回忆游戏。在他们漫无目的的散步中，他们总会来到那几条同样的马路，而且大多数时候，在这样一个小城中，这些路又正好是在过去的某个时候，他们与现已不在身边的亲人一起走过的。

因此，鼠疫给市民带来的第一个影响是流放之感。叙述者确信他所写的能够代表所有人的感受，因为这是他和许多市民的共同经历。那时刻不离的空洞感正是这种流放之感，一种明确的情绪，一种记忆之箭，幻想着时光倒流，或者相反，盼望着时间飞逝。有时，我们放任自己沉浸在这样的想象之中，欢欣地等待着回家的亲人按响门铃，听到楼梯上他们熟悉的脚步声。彼时，我们有意地忘记火车停开这件事，在平日傍晚火车到达的时间在家里等待着亲人归来。当然，这种游戏不会持久。总有一个时刻我们会清醒地意识到火车是不会来的。我们知道这种分离注定要持续下去，我们要试着去安排余下的时间。一旦如此，我们又会重新陷入被囚禁的状态，最后只剩下可以回忆的过去。即使我们当中有些人还在期待着未来的生活，但很快他们也会放弃这样的幻想，因为幻想最终会惩罚那些相信它的人，在幻想的同时，他们很可能会受伤。

特别是，我们的市民很快就克制了以前养成的推算他们还要分离多久的习惯，甚至在公共场合也是这样。为什么？这是因为当一些最悲观的人把这段分离的时间说成例如六个月的时候，他们就会为这一时期事先做好承受所有痛苦的准备，鼓足勇气接受考验，并竭尽全力来熬过这段漫长而痛苦的日子；然而那时，可能是一位偶遇的朋友，一则报纸上的消息，或者是头脑中闪过的某个怀疑，某种突生的洞察力，让他们意识到没有理由不相信这场疫病不会持续半年以上，可能是一年或者更长的时间。

这时，他们保留着的勇气、意志和耐心突然全都崩溃了，以至于他们认为自己再也不可能重新填补上心底里的缺口。于是他们强迫自己不再去想解放的期限，不再期望未知的未来，或者可以说强迫自己时刻“低着头”过日子。但是这种小心翼翼、逃避痛苦、自我封闭、拒绝战斗的方式当然不会让他们如愿以偿。在他们不惜任何代价竭力避免这种极不希望的精神崩溃发生的同时，连能把鼠疫忘在脑后，幻想将来与亲人团聚的画面的时间——这样的幻想还是经常发生的——也被他们省去了。现在他们被困在深渊和险峰之间，不上不下，他们不是在生活，而是在那里沉浮，被遗弃在迷茫的日子和毫无结果的回忆中，像一个飘忽不定的幽灵，除非甘愿生根于这片痛苦之地，否则就会成为无物。

他们体验了囚徒和流放者所经历的一切痛苦，那就是生存在毫无意义的记忆之中。他们无时无刻不在留恋过去，但感到的只是一片惆怅。其实他们真想把与自己现在等待的他或她那时能做而未做的事情填补进过去的回忆当中。同时在他们的囚禁生活中，即使是在比较快乐的情况下，他们也会随时回忆起远在他乡的亲人，想到未能满足他们的事。对现实的无奈，对过去的厌恶加上对未来的绝望，他们感觉自己就像是受到人类的法律制裁或者仇恨报复而过着铁窗生活的人。最后，为了从这种难以忍受的空虚感中逃脱，他们想到的唯一办法就是让火车在幻想中再次开动，让反复的门铃声响彻等待的时间——然而这门铃却固执地保持着沉默。

但是如果这的确是一种流放，那么我们中的大多数人感受的是一种在本地的流放之感。所以，尽管叙述者只了解了一般人的流放之感，但也不得不提一下像记者朗贝尔这样的人。对于他们，因为他们是被突如其来的鼠疫关在城内的，这也倍添他们的流放之感——既不能和亲人相聚，又远离自己的家乡。在所有的流放者中，他们的流放之感是最强烈的，因为不仅时间引起他们内心的恐慌，而且空间也束缚着他们，一堵高墙将他们与那个能给予他们庇护的故乡远远地隔开。我们看到他们在满是尘土的城市里整天游荡，低声呼唤着只有他们知道的故乡的傍晚与清晨。他们把思乡之情寄托在令人费解的事物上：掠过的飞燕，黄昏的露珠，或者有时在荒无人烟的街道上出现的一抹斜阳。而对于这个能让人们排解一切烦恼的外部世界，他们却闭起眼睛，视而不见，宁愿沉浸在他们那些过于逼真的幻想中，竭力想象着这样一片土地：在那里两三座小丘，参天的树木和几张妇女的面庞沐浴在一片光芒之中，构成了一种对他们来说无可替代的梦境。

最后我们来谈谈最耐人寻味的恋人的情况。这恐怕也是叙述者最有资格谈论的事情。这些人受到不少其他的烦恼，其中必须提到的是他们愧疚的情绪。目前的处境，事实上能够使他们极其客观地来思考彼此之间的感情，并且在这些情况下，他们往往能发现自身的缺陷。首先，他们发觉自己已经很难准确地想象出远方的恋人的动作姿态和所作所为。他们抱怨自己对对方的日程安排竟一无所知，责怪自己过于轻率，没有去仔细了解对方，并且装腔作势地认为，对于一个恋爱中的人来说，了解对方的时间安排并不是一切快乐的来源。从此刻开始，他们很容易就会去重新追溯他们的爱情，并觉察它的美中不足之处。在平常的日子里，我们都自觉不自觉地明白，任何爱情都可以变得更加完美，然而我们又或多或少心安理得地承认，自己的爱情仍然处在不足的阶段，但是回忆之中的我们却是苛刻的。这个来自于我们外部世界的侵袭了整座城市的不幸，不仅带来了让人抱怨的苦难，而且还必然引起我们自身的痛苦，也使我们不得不接受这种痛苦。这正是疫病转移人们的注意力，并把事情搞得复杂化的方式之一。

这样每个人都应该一天接着一天勇敢地生活下去，独自面对上帝的旨意。那种得过且过的生活从长远来看也许能磨炼人的意志，然而目前它还没有任何价值。比如说，市民中有一部分人已经成了另一件事的奴隶，他们受到晴雨天气的支配。看他们的样子，就好像他们这是第一次直接地听凭天气的左右。看到一道金色的阳光，他们的脸上就会露出喜悦的笑容，而到了阴雨天气，他们的脸上就像蒙上了一片愁云。就在几星期之前，他们还不齿于这样的脆弱和无力的屈服，因为那时他们还要面对所有人，并且从某种意义上来说，他们身边的人比他们自己还要重要。而从此刻开始，相反地，他们肤浅地只听任老天随意的安排。也就是说他们毫无道理地受苦，又毫无依据地抱着希望。

最后，在这种极端的孤独中，没人期望邻居的帮助，人人都带着自己的不安和孤独生活着。如果我们当中的某个人，偶然一次试着袒露心声或者讲出自己的情感，他所得到的回应不管是什么，大多数时候都将伤害到他自己。那时他就会意识到跟他对话的人和他自己都只是在自言自语。一个人讲的确实是他经过几天的深思熟虑和痛苦之后最终的选择，他想表达的东西已经在他的心里酝酿了很久，他满含着等待，神情激动。而另一个人则认为他只是在发一些老生常谈的牢骚，他的痛苦是拿来在市场里叫卖的，他的忧伤是一打一打的。无论回答是出于好意还是敌意，总是与讲话者的意愿相违，因此还是保持沉默为好。或者至少对那些无法忍受沉默的人，还有其他不善于讲真心话的人来说，他们愿意接受这种市场里的语言，用一种老生常谈的语气，聊聊简单的人情往来、时事动态和坊间流言。也正是在那里，最真实的痛苦习惯于通过平庸的套话讲出来。鼠疫的囚徒也只有以这种代价来换取守门人的同情或引起听众的兴趣。

但最重要的一点是，不管烦恼有多么痛苦，不管空虚的内心感到多么沉重，这些流放者们，在鼠疫发生的初期，却可以说是一群幸运的人。事实上在人群中出现恐慌的同时，他们的心事却都集中在所思念的亲人身上。在所有人的不幸中，爱情的自私心理保护了他们。他们想到鼠疫，那也是因为在某种情况下鼠疫带给他们永久分离的危险。这样他们甚至在心里产生一种对疫病心不在焉的态度，而这正好被当作是一种泰然自若的心态。绝望将他们从惊恐中带了出来，他们的不幸倒给他们带来了好处。比如，如果我们当中某个人得鼠疫而死，那也总是在他毫不提防的时候发生。正当他沉浸在内心不断的自我对话的时候，突然被揪了出来，不经过任何过渡阶段，一下子被扔到最寂静无声的地底。他们根本来不及做什么。

10

在市民想办法适应这种流放生活的时候，鼠疫把卫兵领到了城门，使驶向奥兰的轮船掉转了航向。从封城那天起，再没有任何交通工具入城。那天起，城里的汽车给我们的感觉就是一直在原地绕来绕去。从大道的高处望下去，港口也是一副形单影只的样子。作为这条海岸线上最大的港口之一，往常热闹的景象如今突然一下子都消失了。几艘接受检疫的船舶还停在那里，但是在码头上，卸去绳索的升降机，倒翻在一旁的货车，孤零零堆放着的酒桶和袋子，这一切都说明贸易也已经被鼠疫夺走了生命。

尽管这些景象已非同寻常，市民仍难以理解究竟发生了什么。而除了隔离或者害怕这样共同的感受之外，他们还是把自己的担忧放在第一位。还没有人从事实上接受这场疫病，大多数人首先注意到的是那些破坏了他们的习惯或者影响他们的利益的事。他们为此感到愤怒，但这并不是应对鼠疫的合适的情绪。他们的第一反应，更多的是指责政府。对于媒体的批评："难道我们不能想出一种比计划的措施更为灵活的方式吗？"省长的回应却是相当出人意料的。直到现在，不管是报纸还是兰斯多克信息处都还没有收到有关疫病的统计数据的官方通告，而是省长自己每天往局里送数据，并要求它每周公布一次。

可是，就这样，公众也没有立即作出反应。第三周公布的死亡人数达到了三百零二人，而事实上公众根本从没想到过这数字的后果。

一方面，这些人可能并非都是死于鼠疫；另一方面，城里也没有人知道平常的时候每周会有多少人死去。城市的人口有二十万人之多，大家不清楚这是否只是正常的死亡率——这属于我们从不去关心的一类数字，尽管它关系到我们每一个人。这样说来公众此刻所缺少的是比较的对象。只有经历了一段较长的时间，他们才能觉察到死亡的增长，并对事情的真相形成一个清楚的认识。到了第五周，数字变成了三百二十个，第六周是三百四十五个。至少现在这样的数字增长可以说明一些问题了。但这个事实还是不足以让处在担心中的市民产生事关重大的印象，他们会说，这毕竟只是暂时的。

于是路上依旧车水马龙，露天咖啡座也照旧人来人往。总的说来，他们并不算是懦夫，他们还能够谈笑风生，而不是唉声叹气，对显然是暂时的不便也笑脸相迎。因此城市的面貌还是照旧。可是到了月底，也是在下文要提及的祈祷周快要临近的时候，更严重的情况使城市的面貌有了变化。首先，省长在交通和物资供给方面采取了一些措施：严格限制食物供给，汽油定量分配，甚至包括节约用电，只有生活必需品才通过陆运和空运送达奥兰。于是，我们看到，市里的交通渐渐减少，直到差不多都停止了；高级商店一家接着一家关门，其他商店也挂上了“停止营业”的告示牌，尽管它们的门前还驻留着排成长队的顾客。

这样奥兰城就呈现出了一个独特的面貌：路上行人的数量急剧增加，甚至在平常的上班时间也会如此，很多因为商店或者机构的关闭而变得无所事事的人挤满了街道和咖啡座。这时候他们还不算失业，只是在休假中。这时的奥兰城，比如到了下午三点左右，在一片晴朗的天空下，就会给人一个错误的印象，觉得这是一座处于节日中的城市：封锁交通和关闭商店都是为了方便庞大的游行队伍通过，而挤满街道的居民也都是前来参加庆祝活动的。

电影院从这个大假中受益颇多，生意兴隆，但是省里电影胶片的流通也中断了。两个星期之后，影院不得不更换节目单，但没过多久，电影院只得整天重复播放相同的电影。然而它们的收入倒没有因此而减少。

最后要讲到的是咖啡厅。幸亏在这个以葡萄酒和烈酒贸易而著称的城市里还有很大的库存，所以，咖啡的供应不成问题。老实说，这里的人喜欢喝酒。一个咖啡厅甚至挂出了写着“好酒除菌”的牌子，其实公众也已经接受了这样的观点，认为酒精能够对已感染的病人起到保护作用，酒精使他们的意志变得坚强。每天凌晨两点左右，从咖啡厅里走出一群数量可观的酒鬼，他们堵在马路上，满口胡言。但是所有的这些变化，在某种程度上来说，是如此的超乎寻常，变化速度是如此之快，以至于让人很难认为它会成为一种常态而且持续下去。结果是我们仍旧把私人事务摆在第一位。

封城两天之后，里厄医生正从医院走出来，碰见了科塔尔，看见他带着一副满意的笑容。里厄称赞他的脸色。

“是的，我身体已经完全好了。”这个小矮个子说，“医生，请告诉我，这该死的鼠疫，呸！严重起来了吗？”

医生对他点点头。而对面那个人却带着一种欢快的语气重复道：“它没理由现在就停止呀！这下子一切都要变得乱七八糟了。”他们一起走了一阵，科塔尔讲到他们街区里一个大杂货商囤积了一批食品用来高价倒卖。人们过去找他并把他押到医院去的时候，有人在他的床底下发现了食品罐头。“他在那里面就死了，靠鼠疫可赚不了钱。”看样子，科塔尔好像知道很多这类道听途说的有关疫病的故事。比如他说有人告诉他，一天早上，市中心有个人发现了鼠疫的征兆，他当时因为生病嘴里说着胡话，就突然冲到屋外，倒向他在路上碰到的第一个女人，抓着她大喊自己得了鼠疫。

“好极了！”科塔尔强调道，但他用的一种可爱的语调和他肯定的态度有点不太合适，“大家都要疯了，这是肯定的。”

同样的，当天下午，格朗也把他的秘密告诉了里厄医生。他在里厄的办公桌上看到了里厄夫人的照片，他看着里厄。里厄说他的妻子在另一处养病，而格朗却说：“某种意义上，这算是一个机会。”医生答道，这可能确实是个好机会，但他只希望妻子快点好起来。

“啊，”格朗好像很惊奇，“我理解。”从里厄跟他认识开始，他们就无话不谈。尽管他还是要努力地找合适的词，但他几乎总能成功地找到，就好像他已经把他正在说的东西思考了很长时间。他年纪轻轻就和穷邻居家的一个年轻女孩珍妮结婚了。也正是因为结婚，他才辍学并接受了现在的这份差事。之后珍妮和他从没有走出过他们的街区。他去她家看她的时候，珍妮的父母还嘲笑他这个沉默寡言又笨手笨脚的求婚者。她的父亲是个铁路工人，一歇下来，就会坐到角落里靠着窗，一边看着马路上的行人一边沉思，他的那双大手摊开放在腿上。她的母亲总是忙着家务活，珍妮则在一旁帮忙。她长得很小巧以至于格朗看见她过马路时总是担心不已，因为汽车在她面前显得像个庞然大物。一天，珍妮站在圣诞商店前，看着橱窗惊叹不已，然后她背身依偎着他，仰头对他说：“多美呀！”他扣紧了她的手指。正是这个情景确定了他们的婚姻。

余下的故事，照格朗的话说是极其简单的。和所有人的故事一样：我们结婚了，彼此还存着一点爱，然后工作，如此多的工作以至于忘了去爱对方。后来珍妮也开始工作，因为格朗的主管没有兑现他的诺言。现在，需要一点想象力来理解格朗接下来想说的话。他工作后总是很疲惫，人也变得越来越沉默，无暇去关心他年轻的妻子，让她感受到他的爱。一个不停工作的男人，生活的贫穷，没有保障的未来，晚餐时桌上的沉默，在这样一个小天地里已没有爱情的位置。珍妮大概已经感到痛苦，然而当时她还忍着没有离开他，这是因为当我们受苦时有一段时间是不自知的，一晃就是好几年。再后来，她就离开了，当然她不是一个人离开的。“我爱过你，但是现在我累了……选择离开时我并不快乐，但是不一定要为了幸福才去寻找新的开始。”这就是她信中的大意。

格朗那时也承受着痛苦，他也可以重新开始，正如里厄提醒他的那样。但问题是，他已经失去了信心。

他就是经常想念她。他现在想做的就是给她写一封信为自己辩解。“但是这很难，”他说，“对此我考虑了很长时间。在我们相爱时，我们不需要说话也能彼此理解，可是我们又不是一直爱着对方。在那段时间，我本可以说些话把她留住，但是我没有做。”格朗把脸埋在一块方巾里擤鼻涕，然后把胡子擦干净。里厄注视着他。

“请原谅，医生。”格朗说，“但是，我又该怎么说呢……我信任您，在您面前，我能说话，说出来我才好受些。”

很明显，格朗和鼠疫相隔万里。

傍晚，里厄打电话给妻子，跟她讲封城的事，说自己很好，嘱咐她要照顾好自己，对她说他很想念她。城门关闭后的第三个星期，里厄在医院的门口发现有个男人在等他。“我猜，”那个等他的人说道，“您应该认识我。”里厄觉得自己认识他，但一时又想不起来，有点犹豫。“我在此事发生之前就已经来了，”对方说，“来向您询问一些关于阿拉伯人生活状况的问题。我叫雷蒙·朗贝尔。”“啊，是的。”里厄说，“那么您现在可有的写了。”对方显得有些紧张。他说这次过来不是为了这个，他想请医生帮他个忙。“请您原谅，”他补充道，“但我在城里没有其他认识的人，不幸的是我们报社的通讯员又是个蠢货。”

里厄邀他一起去中心门诊部，因为他还要到那里下达一些指令。他们需要从黑人区的小巷那儿穿过去。傍晚临近了，以前这个时候城市是非常喧嚣的，而现在却显得出奇的安静。几声响起的号角划破了余晖未尽的天空，但这只是说明军队要去执行任务了。这期间，他们沿着坡度很大的街道往下走，两旁是阿拉伯式的房屋，房屋有着蓝色、赭石色和紫色相间的墙头，朗贝尔激动地说着话。他把妻子留在了巴黎。确切地说还不算他的妻子，但也差不多了。他在封城一开始时就给她拍了封电报。起先他认为这种事只是暂时的，他只想尽快联系上她。但他在奥兰的同事却告诉他，他们无能为力，因为邮局把电报退回来了，省政府的一位女秘书也对他嗤之以鼻。最后他排了两个小时的队才发上电报，上面他只打了几个字："一切都好。不久再见。"

但是今天早上起床的时候，他突然想到毕竟他不知道事态会持续多久。于是他决定马上离开奥兰。由于得到别人的介绍（他的工作给他这种便利），他有机会接触到省长办公厅主任，他跟主任说明缘由：他和奥兰没有什么关系，没有理由留在这里，而且他只是碰巧来到这儿，他理所当然可以离开，即使出去后要接受检疫隔离他也在所不惜。主任跟他说，他能理解他的心情，但是大家都不能例外，总之是因为事态确实严重，这是他们决定不了的。

"但是，"朗贝尔说，"我在这里终究只是个外乡人。"

"也许是这样，但是我们还是希望疫病不要持续下去了。"最后他还试图安慰朗贝尔，他能在奥兰找到很好的报道资料，如果仔细想想，任何事都有好的一面。朗贝尔只能对他耸耸肩。这时两个人已经走到了市中心。"医生，我想您能理解，这实在可笑。我来到世上又不是专门写报道的，我反倒有可能是为了来和一个女人一起生活的，这难道不是理所当然的吗？"里厄也说任何情况下这都是说得通的。

在中心大道上，人群也与往常不同。三三两两的路人急匆匆地往远处的住所赶，没有人笑。里厄想到这可能是兰斯多克信息处今天公布的通知造成的结果。二十四小时之后，市民开始期待。但是在当天，人们对这个数字仍然记忆犹新。

朗贝尔又说："要知道我和她是不久前才认识的，我们相处得很好。"里厄没有说话。

"我打扰到您了，"朗贝尔又接着说，"我只是想问您是否可以给我开张证明，证明我没有得这该死的病，我想您可以帮我这点忙。"

里厄点点头，这时一个小男孩撞到他的腿上摔倒在地，他轻轻地把男孩从脚边扶起来。他们重新出发，来到了阅兵场上。围绕着一座布满肮脏灰尘的共和国雕像，榕树和棕榈树的枝丫低垂下来，一动不动的，上面也沾满了灰尘。他们在纪念碑前停了下来，里厄把脚跟往地上敲，一只脚敲完又换了另一只，因为他的脚上也盖了一层白色的灰尘。他又瞧瞧朗贝尔。他的毡帽偏到后脑勺上了，领带下衬衣的领扣解开了，胡子也胡乱刮过，这位记者还真是既固执又爱赌气呀！

"请相信我对您的理解，"里厄终于开口了，"但是您的理由并不充分，我不能给您开这份证明，因为事实上我并不知道您是否得了这种病，再者我也不能肯定在您走出我的办公室到您走进省政府期间，您是否会受到感染。然后即使……"

"然后怎么样？"朗贝尔说。

"然后，即使我给您开了这份证明，一张字条也帮不了您的忙。"

"为什么？"

"因为现在城里有几千个和您情况一样的人，但是我们还是不能让他们出去。"

"可是要是他本身并没有得鼠疫呢？"

"这样的理由还不够充分。我也知道这种做法很愚蠢，但考虑到它关系到我们每个人的安危，还是应该这么做。"

"但是我不是这里的人。"

"从现在起，很遗憾，您和所有人一样都算这里的人。"

对方突然激动起来：“我向您发誓，这是个人道问题。也许您并未考虑到像这样的隔离对相处愉快的两个人来说意味着什么。”

里厄没有立刻回应，过了一会儿他才说他考虑过他们的情况。他真心实意地希望朗贝尔能够找到他的妻子，也期望所有相爱的人能够团聚，但是不能否认他们还要遵守法令和法律，这里发生了鼠疫，他的职责就是做好他应该做的。

“不，”朗贝尔痛苦地说，“您理解不了，您讲的都是些大道理，您生活在抽象观念中。”

医生抬起眼睛看着那座共和国雕像，说他不知道自己是不是在讲大道理，但是他讲的都是事实，两者完全不是一回事。记者整理了一下领带。

“那么，这是不是就是说我还要想想其他办法？但是，”他用一种挑衅的口气说，“我仍旧要离开这个城市！”

医生说他能理解对方的想法，但是这跟他没什么关系。

“不，它和您有关。”朗贝尔突然大声说，“我来找您是因为我听说您对上面的决定有很大的发言权，于是我想着您至少可以撤回您前面帮着做过的决定，但对您来说又是一样的。您没有思念过任何人，您根本没考虑过那些被迫分开的人们。”

里厄承认从某种意义上说确实如此，他是不愿意把这些人考虑进来。“好哇，我算知道了。”朗贝尔叫道，“您要说的是公共服务，但是最好的公共服务是让每个人都高兴。”“我们走吧。”医生好像刚回过神来，一会儿想到这儿，一会儿想到那儿。“现在还不是作出判断的时候，但是要是您生气了，就是您的错了。如果您能先把这件事放一放，我会为此感到高兴的。有些事是我的职责不允许我做的。记者不耐烦地摇着头：“是的，生气是不对。我还烦了您这么长的时间。”里厄要求他记住他说过的话，但不要记仇。他们肯定还有机会碰面的。朗贝尔突然困惑起来。“我也相信。”沉默片刻之后，他说道，“是的，我相信会的，撇开我刚才的冒犯和您对我说的那些话。”他又迟疑了一下，“但是我还是不能同意您的观点。”

他把他的毡帽向前额这边拉低了点，就疾步离开了。里厄看见他走进了塔鲁住着的那家酒店。

医生也摇了摇头。当然记者盼望重获幸福的急切心情是有理由的，但是记者对他的指责是不是对的呢？“您生活在抽象概念里。”鼠疫张开它的大嘴，肆意蔓延，平均每周的遇难者有五百人之多，而他在医院里度过的这些日子难道也是抽象的吗？是的，这场灾难也有抽象或不现实之处，但是当这种抽象观念涉及人的生死时，就要认真对待了。而里厄只知道这不是件容易的事。比如，他管理辅助医院（现在已经有三家了）就不是件容易的事。他叫人把那个朝向门诊室的房间改装了一下，以供接收病人之用。在那个房间里，地面被掏空做成了一个水池，里面倒上了消毒药水，池中央有一个用砖垒成的小平台。病人被抬到平台上，迅速脱去衣物，扔到池里。经过清洗、晾干、穿上医院的粗制外套等步骤后，病人被送到里厄那里，然后进入病房。现在不得不动用学校的操场来安置这些病人，现有的五百个床位差不多都被用上了。早上里厄亲自主持病人入院、防疫、腹股沟肿块切开等工作后，还要核对统计数字，下午又回到门诊室。到了晚上再去出诊，回到家时已是深夜。前天晚上，他母亲把他妻子发来的电报递给他时，注意到他的双手在抖。

“没事的，母亲。”他说，“只要坚持下去，我就不会这样紧张了。”

他体格健壮，抵抗力强。其实他还不感到疲劳，但是他出诊时碰到的事却让他受不了。诊断出疫病注定会马上激怒病人。这时才真的是抽象和困难的开始，因为病人的家人会被告知无论生死都将再也看不到病人。“可怜可怜我们吧，医生！”洛雷夫人说，她是在塔鲁住的酒店里工作的那位女服务员的母亲。这又意味着什么？当然，他可怜她们，但是这改变不了什么。还是要打电话，不久就听到救护车的鸣叫声响起。邻居们起先会打开窗户看一看，过一会儿，他们匆匆关上窗户。这时一切都开始了：打斗，眼泪，说服，总之这都是抽象的。在这个被高热和焦虑笼罩的公寓里，上演着疯狂的剧目。但是病人还是要被带走，这时里厄也就能离开了。

刚开始，里厄仅仅是打个电话，来不及等救护车到，他就又要赶往下一位病人家里。但是他走之后，病人的亲人就把门锁起来，宁愿和鼠疫拼个你死我活也不愿接受隔离。他们会尖叫，但还是不接受隔离的命令，警察来了，甚至动用了武力，病人会被当作敌人一样受到攻击。于是开始的几周里，里厄不得不在病人家里直到救护车到来。之后，政府给每个医生分配了一个志愿监察员，这样一来，里厄就能顺利地去下一个病人家了。但是最初，他每晚都会碰到像今晚在洛雷夫人家一样的状况。这是一个装饰着折扇和假花的小公寓，当他走进去时，那位病人的母亲挤出笑容来。

“我真心希望这不是人们谈论的高热病。”他掀开被单和病人的衬衣，沉默地注视着病人腹部和大腿上的红斑和肿大的淋巴结。母亲看到女儿的腿就克制不住地惊叫起来。每个夜晚，面对着显示出致命症状的腹部，那些母亲都这样号哭，脸上带着不知所措的神情。每个夜晚，里厄的手被她们的手紧紧抓住，她们声泪俱下；每个夜晚，救护车的鸣叫声都会引发这样痛苦而又无济于事的场面；每天晚上，都要经历这样一段类似的难熬的时间，里厄已经不期望别的，他只知道这样的情景会无限期地重复上演。的确，鼠疫和抽象概念一样一成不变，也许唯一变化着的就是他自己。今晚站在象征共和国的雕像脚下，他感觉到了这一点，觉察到那种难以抵御的麻木不仁的感觉开始侵入他的内心。他一直注视着朗贝尔，直到他消失在那个酒店的大门里。

几个星期令人疲惫不堪的生活过去了，市民们仍旧会在每个黄昏之后拥上街头，在那里原地转圈。这时里厄明白了他没有必要再强忍自己的怜悯之心了。

当怜悯变得无用的时候，我们就会对怜悯感到疲倦。在那些压得他喘不过气来的日子里唯一能使他感到轻松的是他感到自己的心肠渐渐变硬了。他知道这反倒便利了他的工作，这也是他此刻感到欣慰的原因。而每当他的母亲深夜两点开门迎他回家时，都为他漠然的眼神感到悲伤不已，因为里厄对现在能得到的唯一的母爱的温暖也这样的漠然。然而为了与抽象作斗争，就要求他像现在这样。但是怎样才能让朗贝尔明白这些呢？对于朗贝尔来说，抽象概念就是一切阻碍他追求幸福生活的东西。说真的，里厄也知道，在某种意义上记者说的是对的，但是他同时也知道，有时抽象观念要比幸福的生活更加要紧，而在那种情况下，也仅在那种情况下，我们必须重视前者。这正是朗贝尔将要遇到的情况，这是里厄从朗贝尔今天向他说的一番推心置腹的话中了解到的。这样，大家的个人幸福和与鼠疫有关的抽象概念之间的这种沉闷的斗争，就会以一个新的局面展开，成为城里所有人在这个漫长时期里的全部生活。而里厄将全程参与这场斗争。

11

然而，在这件事中一些人看到的是抽象概念，而另外一些人看到的却是某种真理。鼠疫发生后一个月，情势变得令人沮丧。首先是由于疫情再次暴发，其次是因为帕纳卢神父作了一场措辞严厉的布道。这位帕纳卢神父就是在老米歇尔生病之初帮助过他的那位耶稣会神父。帕纳卢神父以其在碑铭复原工作方面的权威地位而闻名，经常在奥兰地理学会简报上发表文章。他过去作的关于现代个人主义的一系列报告，使他赢得了广泛的听众，比许多这方面的专家还要受欢迎。他在报告中强烈地捍卫严格的正统基督教，同时排斥现代的放纵主义和古代社会的蒙昧主义。面对当前的情势，他毫不犹豫地决定继续向他的听众传播真理，因此他具有很高的威望。

到了月底，城里的教会组织决定以他们自己的方式来抵抗鼠疫：组织一次为期一周的集体祷告活动。这个显示公众虔诚的集会，结束的时候举行了一次隆重的弥撒，向为照料鼠疫病人而献身的圣人——圣罗克祈祷。借这次机会，人们要求帕纳卢神父出来讲话。半个月前，他已经从有关圣奥古斯坦和非洲教会的研究工作中抽出身来，在这方面他在所属的教会中占有一席之地。这位天性热情、充满激情的神父答应了人们的请求，毅然接受了这一任务。在布道之前，大家就已经议论纷纷了。这次布道也算得上是这一时期的一件大事。

祈祷周吸引了数量众多的公众。这并不是因为奥兰城的居民平时不虔诚，其实他们也是虔诚的，但是星期天的早上，弥撒敌不过海水浴对人们的诱惑。这更不是因为他们突然想到要皈依宗教，而是因为，一方面封城后城门紧闭，海水浴是不可能了；另一方面他们现在的精神状态很特别：他们打心底里不愿承认这个令人震惊的、使他们受到打击的事实，但他们又明显感觉到周围的某些东西确实改变了。很多人一直等待着疫病自己结束，并且相信它会放过他们的家人，结果是他们感觉自己并没有受到任何恩惠。对他们来说，鼠疫只不过是一个令人讨厌的不速之客，既然来了也总有一天会走。他们虽然害怕，但不至绝望。鼠疫成为他们的生活方式，但他们还没有忘记鼠疫之前的生活。总而言之，他们还在观望。从宗教的角度看来，就像其他许多问题一样，鼠疫赋予了他们一种特殊情感的表达方式，这种特殊的情感也不属于热情或者麻木，我们倒可以用一个词来定义它——“客观性”。参加祈祷周的大多数人会有个自己的说法，就像有的信徒对里厄讲的那样：“不管怎么样，这总没什么坏处。”

不管怎么样，城里的大教堂这一周几乎每天都挤满了虔诚的信徒。开头几天，很多居民待在门廊前种着石榴和棕榈的院子里，听着祝圣和祈祷的声浪一直涌到街道上。渐渐地这类在外面的听众也决定参加集会，混在众多信徒中害羞地唱着颂歌。星期日那天，大量的人群拥入教堂的大殿，最后都挤到了教堂前的小广场和最后几级台阶上。从昨夜开始，天色阴暗，大雨如注。那些站在外面的人就打起了雨伞，教堂的空气中飘浮着一股蜡烛香和湿衣服的气味。这时，帕纳卢神父走上了讲道台。

他中等身材，相当粗壮。他靠在讲道台的栏杆上，两只大手抓着木栏。人们远远地只能看到一个黑色的、敦实的轮廓，一张两边泛着红光的脸颊，鼻梁上面架着一副钢制的眼镜。他的声音洪亮，热情洋溢，远远地就能听见。他面对着翘首以盼的听众，用措辞严厉的句子，一字一顿地讲出："我的弟兄们，你们正处于不幸之中！我的弟兄们，你们这是罪有应得！"立刻，听众中出现了一阵骚动，从教堂内一直传到外面的小广场上。

神父接下来讲的话，在逻辑上似乎和这样一个悲天悯人的开场白不相衔接。然而正是接下来的这段话才让市民们明白了，神父在这里使用了一种高超的演说技巧，像猛击一棍似的，一下子就点出了他整个布道的主题思想。紧接着，帕纳卢神父诵读了《圣经》里的《出埃及记》中关于埃及发生瘟疫的原文，他接着说："史上第一次出现这种灾难是为了打击上帝的敌人。埃及法老违抗天意，于是鼠疫降临，使他屈膝。有史以来，上帝发动灾难，使那些盲目自大的人屈服于他的脚下。你们把这点认真反思一下。跪下吧。"

外面的雨越来越大。他的最后那句话，在全场的寂静中讲出。暴雨打在教堂的彩绘玻璃窗上，发出连续的爆裂声，把他的话衬得更加响亮了。在如此大的声响作用下，有几个听众在迟疑了一会儿之后，竟情不自禁地滑下了他们坐着的祷告椅，跪下了。其他人也学着他们，一个紧挨着一个，教堂里除了几把椅子发出的折断声没有其他的杂音，不一会儿所有的听众都跪到了地上。这时帕纳卢神父又挺直了身子，深吸了一口气，用一种更加有力的声调讲道："如果今天，鼠疫降临到你们的头上，那是因为你们该认真思考的时刻到了。正直者不用对此感到害怕，但是恶毒者就该打战了。在人间这个广阔无垠的粮仓里，无情的灾难敲打着人类的种子，直到麦秆上脱下麦粒。麦秆会多于麦粒，受上帝召唤的人总比得救者多，而这种不幸并不是上帝的意旨。长久以来，这个世界充斥着恶行；长久以来，这里的人们蒙受着神的宽恕而得以繁衍生息。人们以为只要能忏悔，什么罪都可以犯。有了忏悔，每个人都有恃无恐。时候到了，我们自然会忏悔罪恶。从现在到那时，最容易的事就是顺其自然，剩下就让仁慈的神来决定。好吧，这样的状态再也不能持续下去了。那么长时间里，上帝一直用他怜悯的目光，俯视着这个城市里的人们，现在他厌倦了等待，他在长久的期待中失去了信心，于是他转过脸去。失去上帝之光的我们，如今要长久地处于鼠疫的黑暗之中了。”

大厅里有人像马那样不安地呼着鼻气。停顿片刻，神父用稍低的声调接着说：“《金色的传说》中说，在翁伯托国王时期，意大利北部伦巴第地区经受了一场鼠疫的浩劫，情况严重到活着的人几乎不够去掩埋死者。这场鼠疫主要在罗马和巴黎地区横行。当时一个善神显灵，他命令一个恶神拿着他捕猎的长矛去敲打房屋，他在屋顶上敲多少下，这个屋里就要死多少人。”

帕纳卢这时将他的两只短胳膊伸向广场的方向，就好像他指着雨幕后的某样东西。“弟兄们，”他再次有力地说道，“今天同一位死神来到了我们的街道上。看着他，这位鼠疫的使者，如同金星一般美丽，同他自己的凶恶一样闪亮，站立在你们的屋顶之上，右手将他的那杆红色的长矛举过头顶，左手指着你们的其中一间房屋。过一会儿，也许他的手指就会伸向你们家的大门，响起长矛敲打木头大门的声音。再过一会儿，鼠疫来到你们的家中，坐在你们的房间里，等待着你们回家。它就坐在那里，耐心而又专心地坐着，自信得就像这个世界的主宰。它要伸向你们的那只手，没有任何力量可以抵抗，你们有必要明白这一点，人类吹嘘的科学，只能帮你们逃命，但这都是徒劳的。你们会被打倒在地苦痛地躺在血泊里，然后同麦秆一起被丢弃。”

说到这儿，神父更全面地讲起了这场灾难中令人悲痛的画面。他提到在城市上空盘旋的数不清的木棍，随意地敲打着，拿起来的时候沾满了鲜血，最后把鲜血和人类的痛苦一起散播下去，作为将来收获真理的种子。

讲完这么长一段话，神父停了下来，头发披在额前，整个身体由于激动而摇晃，他的手紧抓着椅子。然后他接着说，这回语气更加低沉，但是带着控诉的语调："是的，思考的时刻到了。你们以为只要每周日来看看上帝，平日里就可以自由了，但是上帝没有那么温柔。这种间断性的汇报并不能使他贪婪的温情得到满足。他想更长时间地看到你们，这就是他爱你们的方式，说真的，这就是爱的唯一方式。他已经失去了等待你们去看他的耐心，于是他让灾难降临到你们头上，就像降临到在人类存在以来所有罪恶的城市上一样。你们现在知道什么是罪恶了，就像我们知道该隐和他的儿子们、大洪水发生之前的人们、索多玛和蛾摩拉、法老和约伯以及一切魔鬼所经历的那样。所以就像所有以前的人做的那样，从城市把你们和鼠疫用围墙封闭时开始，你们要用一种全新的眼光看待身边的人和事。现在你们终于明白我要说到根本问题了。"

这时一阵风猛烈地吹入教堂的大殿中，蜡烛的火苗摇晃着发出噼噼啪啪的响声。浓烈的蜡烛味、咳嗽声、喷嚏声朝帕纳卢神父袭来。他凭借着令人赞叹的敏锐观察力，重又回到他的陈述中来，用沉着的声音接着说："我知道，你们当中有不少人，正在想我说这番话有什么目的。我想让你们了解真理，并且让你们听了我的话依然高兴。现在正是给你们建议的时候，伸出友爱的手是你们达到善的方式。今天真理就是命令。只有红色的长矛能为你们指明方向，引你们走上自救的道路。弟兄们，现在神的仁慈将最终显现出来，它统领着一切事物的善与恶，愤怒与怜悯，有鼠疫也有拯救。甚至这场降临到你们头上的灾难也在帮助你们，为你们指明前进的道路。"

"很久以前，阿比西尼亚的教友们认为鼠疫是出自神的意旨，是获得永生的有效方法。没有感染的人为了死去还用鼠疫病人睡过的被单将自己裹起来。但这种疯狂的获得解救的方法并不可取，因为它带着一种令人遗憾的仓促，近乎傲慢。所以不要试图超越上帝，一切想要加快永恒的秩序的行为，一旦被大家采用，都将引向异端。但我刚才说的例子至少可以给大家一个教训。凭借我们敏锐的思想，通向永恒的美妙的微光隐藏在一切痛苦的深处。这束微光照亮了通向解救的黄昏之路。它完整地揭示了神的意旨，化恶为善。今天，我们经历了死亡、烦恼和喧嚣，最终它将导引我们走向真正的寂静和一切生命的本源。我的弟兄们，这些正是我希望带给你们的可以安慰你们心灵的东西。因为你们今天从这儿带回去的不仅仅是我对你们的责备，更多的是能够抚平伤口的圣言。”

大家觉得帕纳卢神父已经讲完了，外面的雨也停了，阳光与雨水交融的天空中一道淡淡的阳光倾泻到广场上。街道上响起了嘈杂的人声和汽车开动时发出的声响。这时神父又接着说在揭示了鼠疫的神性的来源和灾难的惩罚的性质后，他要结束今天的讲话，他并不想用动人的词句作为自己讲话的结论，面对这样一场悲剧，那是不合时宜的。他认为自己已经把一切问题都给大家讲清楚了。他只想提醒人们，在马赛发生大鼠疫时，历史学者马蒂厄·马雷曾抱怨当时陷身于既无助又无望的地狱之中。然而马蒂厄·马雷是瞎了眼的！恰恰相反，神父从来也没比今天更加强烈地体会到，他给所有人带去的来自神的救助和作为基督徒的希望。他最大的愿望是，同胞们别在意那一天天的悲惨景象和垂死的人发出的哀号，仍然向上帝倾诉虔诚的教徒的心声，倾诉自己的爱慕之情。其他的事，就让上帝来做安排。

12

这次布道是不是在市民中起了作用，这很难说。奥顿先生，那个预审审判长，向里厄宣告他坚信帕纳卢神父的演讲“无可辩驳”。但并不是所有人都有这样明确的观点。布道也只是使一些至今仍模糊不清的想法变得更加明了：因为某种未知的罪过，他们受到了神的审判，接受难以想象的囚禁。一些人继续待在他们的小天地中，逐渐适应了这种与世隔绝的生活，另一些人则恰恰相反，他们唯一的想法就是逃出这座监狱。

人们首先接受的是与外面断绝往来的状态，正如他们接受那些暂时的烦恼一样。但他们又突然意识到这是一种对他们的关押，这个夏天下起冰雹的天空就是囚室的盖子，这时他们模糊地感觉到，这种监禁威胁着他们中的每一个人；夜晚降临时，他们从凉爽的空气中恢复的精力，有时会让他们作出绝望的举动。

首先，不知是不是由于某种偶然因素的影响，从这周日开始，城里出现了一种相当普遍的、相当深刻的恐慌心理，由此我们可以断定，市民们真的开始意识到他们所处的境况了。这样一来，城中的气氛也改变了许多。但是，这种改变到底发生在周围环境中还是人们的内心中，这才是问题所在。

在这次布道不久之后的一天，里厄向格朗谈论这件事情，并一起朝着郊区走去。在黑夜中，里厄突然撞见一个男人，在他们面前身体左右摇晃，但又没有走近的意思。正在这时，城里的路灯一下子亮了，因为这几天城里的开灯时间越来越晚了。立在行人背后高大的路灯突然照到这个男人身上，他正笑着但是一点声音也没有发出，眼睛闭着。两个人这时看清楚了，对面是一张由于突然挤出无声的笑而绷紧了的泛白的脸，大滴的汗水从那张脸上渗出来。他们马上走开了。

“这是个疯子。”格朗说。里厄刚刚用手把他拖走的时候，感到这个公务员紧张得有点发抖。里厄说：“不久之后，我们的围墙之内就都是疯子了。”在疲劳的作用下，里厄感到喉咙一阵干燥。

“去喝点东西吧。”他们走进一家小咖啡厅，里面只亮着柜台上的一盏灯，客人们不知为什么都动作笨拙，脸色泛红，在低声细语。令医生感到吃惊的是，格朗叫了一杯烈酒，一口气喝完还以此吹嘘自己的酒量，然后他就想离开了。来到外面，里厄好像感到这个夜晚到处都是呻吟声。在黑暗天空的一角，路灯的上空，一阵隐隐约约的呼啸声让他想到，那个看不见的瘟神正不知疲倦地穿梭在炎热的空气中。

“幸亏，幸亏。”格朗说。里厄琢磨着他想说什么。对方说：“幸亏，我还有自己的工作。”里厄说：“确实，这倒有些好处。”

从这阵呼啸声中回过神来，格朗问他对目前的工作是否感到满意。

“好吧，我想我的方向是对的。”

“您还要在这上面花很长时间吗？”格朗变得激动起来，酒精的热量传到了他的声音上。“我也不知道，但是医生，问题不出在这儿，这并不是重点，不是。”在一片黑暗中，里厄猜想他在摇晃手臂。他好像突然想到什么，准备一口气把它讲出来。“医生，您瞧，我希望的是，有那么一天我的手稿到了出版社编辑的手里，而他在读完之后就会站起来对他的同事说：‘先生们，脱帽致敬！’”

这突如其来的宣告吓了里厄一跳，他似乎看到他面前的这位同伴真的做了一个脱帽的手势：先把手举到头上，再拿下来放平。高处，奇怪的呼啸声似乎重又响起，这次更加有力了。

格朗说："是的，这样就完美了。"尽管里厄自己不知道文学作品是怎么创作出来的，但他感觉这也不会像格朗说的这么简单，再说要是编辑在办公室里的话，他们也不应该是戴着帽子的。但事实上，凡事都说不准，所以里厄宁愿闭口不说。他也无心听格朗说话，却竖起耳朵听着瘟神发出的神秘的呼啸声。二人走到了格朗所住的街区，因为这边的地势有点高，一阵微风吹过，使他们感到神清气爽，同时也赶走了城市里所有的噪声。这时格朗还在一个劲地说着，而里厄几乎一个字都没听进去。他只听明白一点，就是这部作品已经写了很多页，但是它的作者呢，还在为怎么使它变得更加完美而痛苦不堪。"我是整夜、整个星期地思考一个单词……有时候甚至只是个简单的连词。"这时，格朗停了下来，原来是他的大衣纽扣钩住了医生。那些字词磕磕碰碰地从他那张漏风的嘴里跑出来。

"医生，您得理解，严格说来，在'但是'和'并且'之间选择一个还算容易，但要在'并且'和'然后'之间选择就难了，'然后'和'随后'就更难了。不过，最难的莫过于要确定是应该加一个'并且'呢还是不加。"

里厄应道："是，是，我能理解。"里厄说着就又上路了。另外一个这时显得有点尴尬，马上跟上去。他含混不清地说："请原谅，我也不知道我今天晚上是怎么了。"里厄轻轻地拍了拍他的肩膀，对他说自己很想帮他，对他的故事很感兴趣。格朗这才恢复了平静，来到了他家门前，犹豫了一会儿，他提议给医生展示一下他的手稿。里厄同意了。

来到饭厅，格朗邀请医生坐在一张桌子前。这张桌子上放满了稿子，上面是涂改过的密密麻麻的笔迹。

"是的，这些就是。"格朗问正用目光打量着他的里厄，"您需要喝点什么吗？我这儿还有点酒。”

里厄说不用。他盯着一页页稿纸看起来。

“先不要看，”格朗说，“这是我写的第一个句子，它真让我头疼，很头疼。”

格朗自己也盯着这些稿子，他好像被放在那盏没有灯罩的电灯下的稿纸当中的某一张强烈地吸引住了。那页纸在他的手中擅抖，里厄注意到公务员的额头上微微渗出了汗水。

“坐下吧，”里厄说，“给我读一下吧。”格朗看着他，露出了一种感激的笑容。“行，”他说，“我想我非常乐意。”

他停顿了一会儿，一直盯着那张纸，然后坐下了。里厄同时听到城里传来一阵模糊的轰隆隆的响声，好像回应着瘟神发出的呼啸声。就在这一刻，里厄对展现在他脚下的城市和被这个城市禁闭的人们，对黑夜里压抑住的恐怖的号叫声都有一种特别敏锐的感觉。格朗提高了他低沉的声音念道：“五月里的一个美好的清晨，一位优雅的女骑士骑着一匹富丽的栗色马，跑过布洛涅树林里一条开花的小径。”格朗念完这一句，两个人都没发言，这时他们听到了这座苦难的城市发出的模糊的嘈杂声。格朗放下那张纸，继续凝视着它。片刻之后，他抬起头。

“您觉得怎么样？”里厄回答说这个开头使他渴望知道下文，但是对方却兴奋地说这种观点并不正确。他用整个手掌拍打在稿纸上。

“这里只说了个大概，如果我能将我幻想中的画面完美地呈现出来，如果我让我的句子带上了一种和马儿小跑一样的节拍——一、二、三，一、二、三，那么其余部分就简单多了，尤其是要有这样的想象力，这样他们一读到开头，就会说：‘脱帽致敬！’”但要做到这一点，他还有很多工作要做。他绝不会同意就这样付印，因为尽管这个句子有时也令他满意，但他又考虑到它仍没有完全达到他的期望，在一定程度上讲，这个句子流利的笔调并不是他所期望的，倒像一种陈词滥调。这至少是格朗所要表达的意思。讲到这儿，窗外传来人们奔跑的脚步声，里厄站了起来。

“您就等着看我的成果吧，”格朗说着也转向窗户的方向，他补充了一句，“当这一切都结束的时候。”窗外急促的脚步声又响起来。里厄已经下楼了。他来到马路上时两个人正好从他面前跑过，显然，他们是奔向城门的。一部分市民在炎热和鼠疫中失去了理智，已经打算硬闯了，想试试能不能蒙过哨兵的警卫逃到城外去。

13

另外还有一些像朗贝尔一样的人，也想逃离这个令人恐慌的环境，而且他们比朗贝尔更加顽固也更讲究技巧，但并不见他们得手。朗贝尔先是不断寻求官方途径。据他所说，他一直认为坚持到底就是胜利，从某种观点看来，他的职业也要求他善于找办法。他先后拜访了一大批据说是能力非凡的官员和大人物，但是因为这是特殊情况，这些人的能力毫无用处。这些人多半对银行、出口、柑橘，还有酒生意等方面有自己明确的看法，在诉讼和保险问题上有毋庸置疑的知识，他们不仅有过硬的文凭，还乐于助人，而且这些人最突出的特点也正是乐于助人。但关于鼠疫，他们的知识几乎为零。

在这些人面前，只要一有机会，朗贝尔就要为自己申诉。他陈述完一套理由，最后总要说自己在城里只是个异乡人，因此他的情况应该得到特殊对待。一般情况下，这些人同意他的观点，但他们通常又会说因为有很多人都是这种情况，所以他并没有他自己想象的那样特殊。对此朗贝尔的回答是，这并不影响他已经说明的理由。但他们回应他说，这会在行政上带来一些困难，所以他们不愿给予特殊照顾，怕人们会带着厌恶的表情说：这是开了个先例。根据朗贝尔向里厄建议的分类方法，这些爱狡辩的人都可以归到形式主义者这一类。他们当中，还能找到几个能说会道的人，他们向质询的人保证这种情况不会持续很久，并且在别人让他做决断时会毫不吝啬地提供建议，他们安慰朗贝尔的话是——这只是一时的烦恼。其中有些有权力的人，会让拜访者写下大概情况，并且答应将会把裁定结果通知他们；那些无聊的人向他推荐合适的住所或者经济的膳宿公寓的地址；那些照章办事的人，让他填一张表，然后分类归档了事；那些忙得不可开交的人则挥挥手臂；嫌麻烦的人就索性背过脸去，更多得多的是一些老办事员，他们叫朗贝尔找另一个办事处或者先完成一个新的手续。

到处走访使朗贝尔筋疲力尽，他现在对市政府和省政府算是了如指掌了——由于他经常在漆布长椅上坐等，面对着一些邀请认购免税国债券和招募殖民地远征军的大幅布告，又由于经常出入政府机关，里面有哪几张面孔、哪几份文件夹、哪几个装档案袋的柜子，他不用看就知道。正如朗贝尔带着一丝苦涩对里厄说的那样，这么一弄，他对真实情况倒一无所知了。他也确实忙得忘记了鼠疫的发展。不考虑飞逝的日子和整个城市现在所处的情势，我们明白，只要还没有死，每个逝去的日子都会把每个人向他接受考验的终点推进。里厄不得不承认这种观点的正确性，但它同时还说明了一个更加普遍的事实。

一段时间，朗贝尔又有了希望。他收到来自省政府的要求他详细填写空白处的信息表。表格涉及了他本人的身份、家庭、收入、职业等情况以及他的所有履历。他觉得这是一份调查，目的在于统计需要被遣送回原籍的人员。他还得知，一家机构收集了一些杂乱的信息，这更证实了他的想法。但是通过几个必要的程序，他终于找到那家寄送表格的服务机构，里面的人告诉他，收集这些信息是为了“以防万一”。

“以防万一，防什么？”朗贝尔询问道。

他们跟他解释，这是为他万一得了疫病死去的情况作准备的，这样他们就能够一方面通知他的家人，另一方面决定是由市政府承担医疗费用，还是等待死者的家属来付清账单。明显地，这证明了他们和等待他们的亲人还没有完全被隔离，社会还在关心着他们。但这对他们来说并不是什么借以安慰的好事。其中最值得注意的一点——朗贝尔也注意到了这一点，正是通过这种方式，在灾难最严重的时刻，一家机构才能够继续开展它的服务工作，然后在另一个时间重新开张。他们这么做也往往不是受到来自最高权力机关的指示，他们提供这些服务，唯一的原因是它的职责所在。

接下来的这段时间对朗贝尔来说，既是最容易过的又是最难熬的。这是一段麻木期。他已经走访了所有的机关，办理了所有手续，所有的出口现在都被堵住了。于是，他开始在一家家咖啡馆之间游荡。早上他坐到咖啡座上，面前摆上一杯温啤酒，翻开一份报纸，期望在上面找到一些能说明疫病快要结束的迹象。他注视着街上行人的脸，又因为厌恶他们忧愁的神情而转过身来。在读过了一百次对面商店的招牌和已经弃用的大型鸡尾酒会的宣传海报之后，他起身离开，盲目地走在城市土黄色的街道上。从人行道走到咖啡厅，又从咖啡厅走到餐馆，这样他就熬到了晚上。里厄看到他时，恰巧是一天的傍晚时分，朗贝尔正站在一家咖啡馆门口犹豫着是否进去。他好像下定决心了，走进去坐到了房间的最里头。这个时间的咖啡馆还没有开灯，因为上面通知，要求尽量推迟掌灯时间。暮色如一股灰色的水流侵入房间，玫瑰色的挂着夕阳的天空倒映在玻璃窗上，大理石的桌面在薄暮中微微地反着光。在没有客人的大厅中，朗贝尔好像一个失去了肉体的幽灵。里厄想，现在正是他感到被遗弃的时刻。不过，这也是这个城市里所有的被囚禁的人感到被遗弃的时刻，应该做些什么使他们早点得到解救。于是里厄转身离开了。

朗贝尔有时候还会在火车站里待上很长时间。站台是禁止进入的，但候车大厅仍然开放，可以从外面进入。天气热时，因为车站里面又阴又凉，乞丐们都跑到这儿来。朗贝尔到这里来看看原来的列车时刻表、严禁吐痰的告示牌和车站警务室的规章条例，然后他坐到一个角落里。大厅很暗，一个几个月没有生火的铁炉周围还残留着当时浇水留下来的“8”字形水印。墙上是一些推荐到邦多尔或戛纳度过一个美好自由的假期的宣传画。朗贝尔从画中体会到一种处于绝境中的人们感到可怕的自由。那时他看到的最难忍受的画面——至少他是这么对里厄说的——是巴黎的景色：古石和流水、鸽子、北火车站、先贤祠附近人烟稀少的地区，还有另一些他过去不曾如此欣赏的去处。朗贝尔脑海里回忆着这些画面，使他什么事情也做不了。里厄觉得这不过是因为那些画面使他联想到了他的爱情。后来有一天，朗贝尔告诉里厄他喜欢在凌晨四点醒来，然后开始思念他自己的城市，医生不难从他本人的经验理解他那时是在思念他在外面的女人。因为这是个在思想上真正占有她的最好时刻。凌晨四点，人们通常什么也不做，都在熟睡，即使度过了一个背叛了爱情的夜晚。是的，这个时候人们还在睡觉，这个时候的思念是使人安心的，因为一颗不安的心渴望着永远占有他所爱的人，而在他不在她身边的时候，幻想着他的爱人会永远沉浸在无梦的酣睡中，直到他们重逢的那一天才醒过来。

14

布道之后不久，时至六月末，炎热向城市袭来。那场姗姗来迟的大雨见证了周日的布道大会。第二天，酷暑一下子笼罩了整个天空和屋顶。先是热风吹了一天，把墙都吹干了。烈日当空，光和热形成的阵阵波浪吞没了整座城市。除了公寓和拱廊马路之外，城市里没有哪个地方不受到刺目烈日的炙烤。太阳到处追着人们的脚步，人只要一停下来，它就用阳光炙烤他们。与这股刚开始的炎热同时出现的，还有死亡人数的急剧攀升，每周达到了近七百人之多，一种沮丧的情绪笼罩了全城。郊区平坦的马路和层层密布的房屋之间，喧嚣逐渐平息。在这个街区里，人们往常都习惯在门口活动，而现在这里的房屋门窗紧闭，不知人们这样做是为了防范鼠疫还是躲避烈日。然而有几间房屋里传出呻吟声，先前要是碰到这种情况，有些好奇的人会站到马路上来听。但是在经历了这么多警告的信号之后，每个人似乎都变得铁石心肠了，行人继续赶路，邻居则继续与哀怨为邻，好像这些声音就是人类的天然语言。

城门附近经常发生冲突，宪兵不得不动用武力，这在城里引发了暗中的骚动。事件中肯定有人受伤，城里还流传有人死亡，反正在炎热和恐怖的影响下任何事情都会被夸大。不管怎样，不满的情绪的确在不断积压，当局已经作了最坏的打算，严密地计划了可能需要采取的措施，以防重灾威胁下的百姓揭竿而起。报纸公布法令重申出城禁令，并警告违反的人将受到牢狱之苦。巡逻队绕着全城活动。在寂静无人和被太阳晒得发烫的街道上，往往先是听到一阵踏在石子路面上的马蹄声，一队骑马的卫兵从一排排紧闭的窗户前经过向前行进。巡逻队走远了，沉重得令人生疑的寂静重新落到这个危险重重的城市。远处，特殊行动队那边传出“砰砰”的枪声，他们接受了一个最新的命令，负责枪杀可能传播跳蚤的狗和猫。干裂的枪声增加了城市里的危险气氛。

天气的炎热加上环境的寂静，对于已是惊弓之鸟的市民来说，周围的一切都更有意义了。天空的色彩和泥土的气息预示着季节的变换，这还是第一次被所有人感受到。每个人尽管恐惧，但心里明白炎热将助长疫病的蔓延，而现在，夏天来临了。傍晚时分，城市上空传来的雨燕的叫声显得更加清悦。六月的暮色延伸了城市的地平线，雨燕的叫声已与这样的景色不太协调。集市上运来的花也不再是含苞待放的样子，它们都已经盛开，早市过后，花瓣散落在满是尘土的人行道上。人们明显地看到了春意阑珊。曾几何时，春神花枝招展地巡游在万紫千红之中，而现在已在鼠疫和炎热的双重压力下慢慢地香消玉殒了。在所有市民看来，这夏日的长空，这弥漫着尘土，因烦闷而变得暗淡的街道，和每天使城里人心情沉重的上百个死于瘟疫的人一样具有威胁性。烈日当头，正是睡觉和度假的好时光，但它已不能像从前那样引诱人们去享受海水或恣情纵欲。相反，在这样一种城门紧闭、一片沉寂的环境里，带给人的只能是无尽的空虚之感。过去的美好时光已消失殆尽。瘟神和烈日抹杀了一切色彩，赶走了往日的欢愉。

这正是疫病带来的一大改变。通常，我们的市民总是以快乐的姿态迎接夏天的到来。城市向大海敞开大门，把它的青春挥霍在海滩上。然而这个夏天，近海被划为禁区，身体再也不能享受肉体的欢愉。此时能做什么？还是塔鲁对我们当时的生活做了最忠实的描述。当然他记录的是鼠疫总的发展情况，仅仅注意到疫病出现了一个新的拐点：电台不再每周播报几百的死亡人数，而是换成了每天播报死亡人数，从九十二人到一百零七人，再到一百二十人。“报纸和政府对有关鼠疫的消息越来越谨慎了。他们想的是尽量减轻事情的严重程度，因为一百三十要比一个大数字如九百一十看起来似乎轻松得多。”塔鲁也提到了一些疫病中值得同情或者耸人听闻的场景。比如，在一个人烟稀少的街区，有一个女人突然打开了一扇紧闭的窗户，就在他的头顶上，发出了两声大叫，然后又把百叶窗重新合上，躲进昏暗的房间。另外他还注意到，药店里的薄荷糖已经脱销了，原来是因为很多人把糖买来含在嘴里，以为这样可以预防疫病的感染。

他还在继续观察他所感兴趣的人。其中我们了解到那个向猫吐口水的小老头儿也生活在悲剧之中。一天早上，那些火枪又在啪啪作响——塔鲁这样写道——射出的铅弹，像吐唾沫一样打死了路上大部分的猫，惊跑了其他几只。当天小老头儿按照往常的那个时间来到了阳台上，带着几分惊奇，他探出身子，打量了一下路的两头，见没有猫出现，只好无奈地等着。他的手轻轻地敲着阳台的栏杆。他边等边撕了会儿小纸屑，然后就走回去，接着又重新走出来，在那又待了一会儿后，突然消失在屋里，气冲冲地背身关上他家的门窗。接下来的一天，同样的情景又再次上演，但是我们能从他的行为读出小老头儿越来越明显的忧郁和不安。一个星期之后，塔鲁再也没有等到他每日出现，他家的窗户也紧闭着，我们足可以理解他此时的忧愁了。“鼠疫期间，禁止向猫吐口水”，塔鲁在日记本里这样总结道。

另一方面，每天傍晚塔鲁回酒店的时候，他必定会在大堂里碰到那个沉着脸来回踱步的守夜人。这个人不断地跟所有进来的人说他曾经预见了现在发生的事。塔鲁承认说听他预测过什么灾难，但是他当时说的是要发生地震，这个老门卫则回答塔鲁：“啊！要是场地震倒好了！地震一完，人们就不会多嘴了……点一下死了多少，还活着多少，事情就完了。但这该死的瘟疫，现在弄得连没得病的人也提心吊胆的。”

酒店经理的压力也不小。刚开始，游客被阻止了，出不了城，封城之后他们就滞留在酒店里。但是慢慢的，疫病不见停止，很多人就选择住到了城里的亲戚朋友家。这个使酒店满员的原因，从那时开始又让酒店变得空空如也，因为不再有新的游客入城。塔鲁就是少数留下来的房客之一。经理从没放过任何一次向他强调的机会，指出要不是想照顾好他们这些最后留下的客人，他早就可以把酒店关掉了。他经常要求塔鲁估计鼠疫大概还要持续的时间。塔鲁说："听说寒冷能阻止这种病。"经理听了就更慌了："可是我们这里从来也没真的变冷过呀！不管怎么样，看来疫病还得持续几个月。另外，之后的很长一段时间里游客也不会来了，这场鼠疫会毁了这里的旅游业的。"

缺席了一阵，我们又在餐厅里看到了奥顿先生，那个"猫头鹰人"，但这次他后面只跟着那两只"机灵狗"。据了解，那个女人照顾过他得病的母亲，并且参加了她的葬礼，现在她正在接受检疫隔离。

"我可不赞成这种做法，"经理对塔鲁说，"隔离也好，不隔离也罢，她总是可疑的，而且这一家人也可能是。"

塔鲁向他指出，要这么说来，所有人就都是可疑的了。但是经理斩钉截铁，在这个问题上毫不动摇。

"不，先生，我和您就不可疑，他们才是。"

但是奥顿先生没有为此作出任何改变，这次的鼠疫对他来说是无关痛痒的。他仍旧以同样的方式走进餐厅，先他的孩子们一步入座，还是一直用高雅的而又带恶意的语言跟他们讲话。只是那个小男孩变了模样，和他的姐姐一样穿着黑色的衣服，更加畏缩，活像他父亲的缩影。那个守夜人不太喜欢奥顿先生，他对塔鲁说：

“啊！那个人，他可以穿得整整齐齐地送命去，像这个样子，也用不着殡仪馆化妆，直接去好了。”

日记本也谈到了帕纳卢神父的布道，但附加了如下的评论：“我能理解这种使人产生好感的热情。从灾难的开始到结束，人们总要说一些漂亮的话。在前一种情况下，是因为这种习惯还没有消失。在第二种情况下，是因为这种习惯已经又回来了。只有处在不幸之中时，人们才会接受事实，换句话说就是保持沉默，而这就是等待的状态。”

最后塔鲁记录了他和里厄之间的一次长时间的对话。他仅仅说这次对话谈得很投机，还说起了里厄母亲清澈的棕色眼睛。他还奇怪地断言，包含善意的眼神总比鼠疫要有力量得多。最后还用了很长的篇幅来描述了里厄照顾的老哮喘病人。

在他们的那次见面之后，塔鲁和医生一起去看过老哮喘病人。那个老头儿以一种嘲笑的口吻搓着手接待塔鲁。他靠着枕头躺在床上，两锅鹰嘴豆摆在他面前。他看到塔鲁时说：“啊！又来一个。这是个颠倒的世界呀，医生比病人还多。人死得太快了吧，嗯？神父说得对，这是罪有应得呀！”第二天，塔鲁没有通知就又来了。

据塔鲁的记事本里记录，老哮喘病人说多亏了他的好身板，他完成了他的任务，在五十岁的时候被批准退休。从那时起他就躺下了，再也没有起来过，尽管他的哮喘在他站着的时候倒好些。一份微薄的年金能让他快快乐乐地活到七十五岁。他的视力已经不允许他看表了，他家里也确实一只表也没有，他说：“弄一只表既花钱又愚蠢。”他只是估计时间，首先是吃饭的时间，这也是唯一关系到他的。工具就是那两口锅，其中一口在他醒来的时候就装满了鹰嘴豆。他一颗豆一颗豆地把另一口锅装满，动作专心且速度均匀。他就这样通过一口锅找到了他一天的时间安排。他说：“装满十五锅，就得吃饭，这很简单。”另外，据他妻子说，他还很年轻的时候就显示出将来命运的征兆。没有任何东西使他产生过兴趣，包括工作、朋友、咖啡、音乐、女人和散步。他从没有走出过这座城市，除了有一次因为家族事务不得不回阿尔及尔，但火车出发后他在离奥兰最近的那个车站就下车了，因为他觉得自己已经不能再走更远了。于是他搭上返程火车又回家了。

塔鲁对这种禁闭的生活十分吃惊，老哮喘病人给出的大概解释是，在宗教上，一个人生命的前一半是上坡路，另一半则是下坡路。在走下坡路时，他的日子就不再属于他自己了，它们随时都可能被带走，而他自己却无能为力，因此最好的办法就是什么也不做。他又告诉塔鲁，上帝肯定不存在，因为如果上帝存在的话，神父就没有用了。接着他又沉思了一会儿，塔鲁理解了这种哲学原来与教堂频繁地向他募捐引起的不满有紧密联系。但是最后完整地勾勒出这位老人的形象的是一个深埋在他心底的愿望，他一再向塔鲁提起这个愿望：他希望自己死得越晚越好。

“这是一位圣人吗？”塔鲁自问道。他的回答是：“是的，如果圣德是全部习惯的综合。”

但同时，塔鲁又十分详细地描述了在这个鼠疫肆虐的城市里的一天，这样使我们对这个夏天里市民的工作和生活有了一个准确的概念。他说：“除了醉汉没有一个人在笑，而这些醉汉也笑得太过分了。”然后他开始了他的描述：“清晨，微风拂过无人的城市。这个时候正处在鼠疫带来死亡的夜晚和病人垂死的白天之间，鼠疫好像暂停歇息，喘了一口气。所有的商店都关着门，但其中有几家店挂出了‘因鼠疫暂停营业’的告示牌，这说明它们一会儿不会同其他店一起开门。卖报纸的小贩昏昏欲睡，还没有开始叫喊当天的消息，他们背靠着街角，梦游似的把他们的货物摆在路灯下。再过一会儿，他们会被第一班电车吵醒，然后扬起手臂举着报纸，奔向全城各处。报纸上印着醒目的字样：‘鼠疫。’‘会有鼠疫横行的秋天吗？……教授乙的回答，不会，’‘鼠疫第九十四天疫情报告，死亡病例一百二十四人。’”

尽管纸张供应越来越少，几家期刊被迫减少了它们的版面，但还是创办了一份新的报刊——《疫病通讯》。它的任务在于“在保证严格客观的前提下，向市民报道疫病的发展；向市民提供对于疫病未来情况的最权威的报道；开辟专栏，为一切决心与鼠疫作斗争的知名或不知名的人士提供支持；鼓舞民众的斗志，转发政府的命令，总之团结全部有良好意愿的人向袭击我们的病害发起有效的斗争”。事实上这份报纸很快就变成了专门刊登那些对预防鼠疫效果良好的新产品的广告纸。

“早上六点开始，所有的报纸出售给早在开门前一小时就驻扎在商店门口的一排排长队，然后电车到了，从里面跳出郊区来的工人。电车现在成了唯一的交通工具，它们艰难地前行，它们的踏板和扶手因为过载几乎要断裂。令人奇怪的是，尽管这么挤，但所有乘客都尽可能背过身来以躲避可能的感染。停一车，一车厢的男人和女人就从电车里拥出来，他们急匆匆地走远，各自独处。乘客之间经常仅仅因为一点点不快便发生争吵，这已成了一种慢性病。

第一辆电车过后，城市才慢慢醒来，首先是一些啤酒店开门了，在柜台上摆着告示牌，“咖啡加量”“提供薄荷糖”等。然后商店也开张了，街道热闹起来。同时，光线亮起来，热气一点点给七月的天空上了一层青灰色。这也是那些无所事事的人来大街上碰运气的时间。大多数人好像是想通过炫耀他们的富有来完成驱赶鼠疫的任务。每天临近十一点钟的时候，城市的主干道便成了年轻男女的天堂，在那里我们可以体会到在巨大的不幸之中滋长起来的对生活的激情。如果鼠疫平息，道德也变得开放了，那时我们会再次看到米兰人在坟墓边的纵情狂欢。

“中午，餐厅一眨眼的工夫就都坐满了。很快，没抢到座位的人就直接在门口围成一圈。由于酷热，天空开始失去了颜色。太阳几乎把马路晒裂，在大遮阳伞下的阴影里，人们排队等候着分发的食物。餐馆里人满为患，这是因为它大大减少了人们获得食物供应的麻烦，但是这也带来了感染的危险。客人往往要花好几分钟时间来擦拭他们的餐具。没过多久，一些餐馆就挂出了这样的招牌：“本店餐具一律用沸水消毒。”但是，渐渐地，他们又放弃了这类广告，因为客人不得不来。况且客人也不在乎花费大小。点最高级的红酒或者类似的东西，吃最贵的配菜，人们开始无节制地消费。一家餐馆甚至出现了慌乱失控的场面，那是因为有一个身体感到不适的客人，脸色发白，起身踉跄地冲出了门口。

“到了下午两点，城市渐渐变得空荡荡的，这是寂静、尘土、阳光和鼠疫在街道上会集的时间。热浪沿着一排排灰色的大房子涌入整条大街。这是一段漫长的囚禁时间，这囚禁直到夕阳映红这座喧闹的城市时才告结束。天气刚变热的前几天，不知道为什么，夜里就四下无人。但是现在，第一阵凉意虽没有带来希望，但起码让人松了口气。所有人都来到了街道上，互诉衷肠，互相争吵，彼此羡慕。在七月漫天晚霞的映照下，一对对情侣走到喧嚣的城市里，投入微风阵阵的夏夜的怀抱。每晚在林荫道上都会有一个戴着毡帽、打着大领结的悟道的老人穿过人群反复喊道：“万能的上帝，拯救他吧！”其他人却恰恰相反，都热衷于某样他们不熟悉的或者他们认为比上帝还要紧要的东西。刚开始，当他们认为这场疫病只是一种普通的病时，宗教在人们心里还占据着它的位置。但是，当他们认识到这种疾病的严重性时，他们想到的就只有寻欢作乐了。白天人们脸上的烦闷这时都消解在浓烈的暮色和飞扬的尘土之中，变成了一种惊恐中生出的兴奋之感和愚蠢的自由之感，这使所有人的头脑都热了起来。

“并且我也是，我和他们一样，对像我这样的人来说，死亡并不意味着什么，正是它给了我们一个这样做的理由。”

15

在笔记本里谈到的那次见面，是塔鲁向里厄提出的。那天傍晚里厄还在等待他的到来。医生仔细地看着他的母亲，她正平静地坐在饭厅一角的椅子上。当她忙完所有的家务后，就在那里度过她的一天。她把手交叉放在膝盖上，等待着。里厄甚至不确定母亲是不是在等他，但是当他出现的时候，母亲的脸上显露了某种变化。一切由于艰难的生活而变得沉闷的事物这时仿佛变得生动起来。然后，她又恢复到沉默的状态。那天傍晚，她靠着窗，注视着当时已经空无一人的街道。城市里夜间照明减少了三分之二，这时，远处一盏微弱的灯在黑暗的城市里投射出几束光线。

“鼠疫期间城市的照明还要减少吗？”里厄夫人说。

“大概是。”

“希望不要持续到冬天，那就愁死人了。

“是的。”里厄说。

他看到母亲的目光落在自己的额头上，他明白，由于最近几天的担忧和过度劳累，他的脸消瘦了许多。

“今天情况不太好吧？”里厄夫人问。

“哦！和平时一样。”和平时一样！这就是说从巴黎运过来的新的血清，看来比第一批效果还差，并且死亡病例仍在增加。血清数量也只够感染病人的家属接种使用，其他人一直得不到有效的预防。要进行普遍接种，必须进行大规模的生产才行。大多数的腹股沟淋巴结肿块好像进入了硬化期，都没有溃破的迹象，病人受着折磨。从前天开始，城里出现了两种新的疫病变种，鼠疫杆菌感染了肺部。同一天，在一次集体会议中，坐在不知所措的省长面前的是一帮筋疲力尽的医生，他们要求新的防疫措施，避免肺鼠疫出现口对口的传染。和平时一样，大家都不知道该怎么办。

他看着他的母亲，从她栗色的眼睛里流露出的美好眼神使他回想起自己多年以来所感受到的温情。

“您害怕吗，母亲？”

“我这把年纪，还有什么可怕的。”

“白天这么长，我又一直不在您身边。”

“只要我知道你会回来，我等着你也是一样的。你出去时，我会想着你在做什么。有你妻子的消息吗？”

“是的，她上次发来的电报说她一切都好，可我明白她这么说也是为了让我放心。”

门铃响了，里厄对他母亲笑了笑，然后过去开门。在阴暗的楼梯口，塔鲁的样子看起来就像一只穿着衣服的灰熊。里厄让这位访客坐在办公桌前，他自己则站在他的扶手椅后面。他们之间只隔着一盏放在办公桌上的台灯，这是房间里唯一的光亮。

“我觉得，”塔鲁没加开场白，“我可以直接跟您讲。”里厄没说话，表示默许。“在今后的半个月或者一个月之内，您在这里根本无能为力，因为事件的发展会使您无法应付。”

“的确。”里厄说。“卫生工作组织得不好，你们缺的是人手和时间。”里厄再次承认这些都是事实。

“我得到消息说省里正在筹划一个群众服务组织，要求所有身体强壮的人一律参加救助工作。”

“您的消息可真灵通啊！可是现在大家的不满情绪已经很强烈了，省长还在犹豫。”

“为什么不招募志愿者呢？”

“他们已经试过了，但是结果不很理想。”

“他们做的是通过官方途径的，而且也缺乏信心。他们所缺乏的是一点想象力，他们从未真正考虑过处在灾难之中的人民。他们认为的解药可能只不过是用来治疗伤风感冒的。如果我们让他们这样搞下去，他们都会没命的，我们也跟着他们一起遭殃。”

“这是可能的，”里厄说，“我想该告诉你，他们同时还想过要起用囚犯，这些人被我称作‘庞大的劳动力’。”

“我宁愿是一些普通人。”

“我也觉得，但是可否简单说一下原因？”

“因为我害怕判决死刑。”

里厄看着塔鲁说：“那么您打算？”

“我的打算是组织一支志愿救护队，要由我负责并且没有政府插足，剩下的就容易办了。我在好几处都有朋友，他们可以先组成一支核心力量。当然，我肯定会参加。”

“这当然好！”里厄说，“您猜到我一定会欣然接受的。我们需要帮助，尤其是干我们这行。那我就负责说服省长，接受这个建议。再说他们也没别的选择了。但是……”里厄犹豫着。“但是你们要十分清楚，这项工作是有生命危险的。不管怎么样，我都要事先警告你们。你们已经想清楚了吗？”塔鲁用他灰色的眼睛望着里厄。“关于帕纳卢神父的布道，医生，您是怎么看的？”这个问题提得自然，里厄也回答得自然：“我在医院生活的时间太长了，实在难以接受这种集体惩罚的说法。但是，您知道，基督徒有时就是这么说，但他们从来也不真的这么想，但他们的实际为人要比他们给人的印象好得多。”

“那么您也和帕纳卢一样，认为鼠疫有它好的一面，因为它打开世人的眼睛，迫使他们思考。”

医生不耐烦地摇头表示反对，“鼠疫和这个世界上的所有疾病一样，适用于这世界上的一切疾病的道理也适用于鼠疫，它能使某些人‘成长’。然而，看到鼠疫所带来的不幸与痛苦，只有疯子、瞎子或者懦夫才会向鼠疫屈膝。”

里厄刚一提高他的嗓门儿，塔鲁就做了一个手势，好像是叫他平静一下。他笑了笑。“好的。”里厄耸了耸肩，“可您还没有回答我呢，您是怎么考虑的？”塔鲁在扶手椅上坐正，把他的头探到灯光中来。“医生，您相信上帝吗？”这个问题依然问得如此自然，但是这次里厄回答得有点犹豫。

“不相信，但这又能说明什么？我处在黑夜之中，我努力在黑暗中寻找光明，长久以来我已经不觉得这有什么不同了。”

“这不就是您与帕纳卢的不同之处吗？”

“我不这么认为。帕纳卢是一个研究学问的人，他对别人的死亡见得不多，这就是为什么他要以正义的名义说话。但是比如一位乡村里地位卑微的牧师，只为他教区里的教徒施行圣惠，他能听到垂死的人的呼吸，那么他就会和我有同样的想法。在想到展示美好的事物之前，他会先注意到受苦的人。”

里厄这时抬起头，他的脸还在阴暗处。“先不谈这些。”里厄说。“既然您不想回答，”塔鲁笑着，坐在扶手椅上没有动。“我可以用一个问题来回答吗？”现在轮到医生笑了。“您喜欢搞神秘呀！”他说，“问吧。”

“我的问题就是，”塔鲁说，“既然您不相信上帝，那您自己为什么作出如此大的牺牲？”

仍旧站在阴影里的医生说他已经回答过了，要是真的存在全能的上帝，他就不需要医治病人了，由上帝照顾他们就好了。可是世上没有一个人会相信，甚至包括自以为有这种信仰的帕纳卢在内，既然没人死心塌地地委身于上帝，那么至少在这一点上，里厄认为他是走在真理的道路上，在同客观事物作斗争。

“原来，”塔鲁说，“这就是您选择做医生的原因？”“差不多。”医生边说着边走到了光亮处。塔鲁轻轻地吹了声口哨，医生注视着他。“是的，”他说，“您肯定认为这未免太自大了，但是请相信我，我一点也不自大。我不知道未来等待我的是什么，我也不知道这一切之后会发生什么。我现在面对的是需要医治的病人，然后再让他们思考问题，我也要考虑，但是现在最紧要的事就是医治他们。我尽我所能保护他们，再没有别的了。”

“对付谁呢？”

里厄转身向着窗外，寻找着远处的海与阴暗的天空在地平线处相接的地方。他只是感到有些疲惫，同时还抵抗着一种心里突然生出的连他自己都无法理解的想法——想跟对面这个古怪而又让他感到有着兄弟般情谊的人袒露更多的心里话。

“塔鲁，我完全不知道，我可以跟您发誓我完全不知道。当我选择这份工作的时候，我考虑更多的是抽象的东西，在某种意义上可以说，是因为我想成为一名医生，因为同其他人一样，这是一个年轻人都向往的职业。还有可能是因为成为一名医生对于一个工人的儿子来说显得尤其困难。然后，这份工作的要求就是要面对死亡。您见过有人就是不肯死吗？您曾经听到过一个临死的女人喊着‘我不要死’吗？这些我都经历过。那时我也意识到我习惯不了这些事。我那时还很年轻，我甚至厌恶这种自然规律。从那时起，我就变得更加小心翼翼了，理由只不过是我一直都没有习惯面对死亡，其他我就一无所知了。但是毕竟……”

里厄停顿了一下，使自己恢复平静。他觉得口干舌燥。“毕竟什么？”塔鲁慢腾腾地问道。“毕竟，”医生注视着塔鲁，有些犹豫地接着说，“像你这样的人应该能理解这样的感受，不是吗？既然自然规律规定人总是要死的，那么上帝也许宁愿人们不要相信他，宁可让我们自己尽力来和死亡作斗争，而不必抬头看着听不到上帝声音的苍天。”

“对！”塔鲁表示同意，“我能理解。但是说到底，您的胜利总是暂时的。”里厄看上去有些失落。

“我知道这总是暂时的，但这不是停止战斗的借口。“不，这不算是借口。不过，我在想，这次鼠疫对您又意味着什么呢？”“是的。”里厄说，“意味着没完没了的失败。”

塔鲁凝视了医生一会儿，然后起身向门口走去。里厄也跟了上去。他走近塔鲁时，塔鲁好像注视着他的脚，一面对他说：“医生，是谁教会了您这些？”

医生立刻作出了回答：“是贫困。”里厄打开书房的门，来到走廊上时，他对塔鲁说他也要下去，他要去看一位住在郊区的病人。塔鲁提议说可以陪他一起去，医生同意了。在走廊的尽头，他们碰见了里厄的母亲，里厄向母亲介绍了塔鲁。

“这是我的一个朋友。”他说。“哦，”里厄的母亲说，“很高兴认识您。”当她走开时，塔鲁还转身看着她。在楼梯上，里厄试着按亮定时开关的照明灯，但是灯不亮，楼道里还是一片漆黑。医生寻思这是不是又出了一项新的限电措施，但具体也没人知道。一段时间以来，各家各户和整个城市的一切都乱了套。这也可能是守门人或一般市民对什么事都不再关心的缘故，但是医生没有时间再去细想，因为这时塔鲁的声音在他的身后响起。

“医生，我还有一句话，即使在您看来会有点可笑。我觉得您完全正确。”里厄在黑暗里自嘲般地耸了耸肩。“我对此真的一无所知，但是，您呢，您有什么想法？”“哦，我呀，”对方不慌不忙地说，“我没什么好说的。”医生突然停了下来，塔鲁的脚踩到他脚后跟，医生趔趄了一下。塔鲁赶上去，手搭在里厄的肩上。

“您认为生活的一切您都弄懂了吗？”里厄问道。

黑暗中传来了回答声，仍是那个平静的声音，“是的。”当他们来到外面的街道上时，才知道天色已经很晚了，大概有十一点了。城市显得很安静，只有一些窸窸窣窣的声音。远处传来一阵救护车的鸣叫声。他们坐上汽车，里厄发动了引擎。

里厄说：“明天您要来医院打预防疫苗。最后一句话，在您介入这件事之前，您要清楚您只有三分之一的生还机会。”

“这估计没什么意义，这一点你我都清楚。一百年前，一场鼠疫夺走了波斯城里所有的居民，最后的幸存者只有一个，恰恰就是那个从没有停止工作的洗死尸的人。”

“这只能说明，他得到了那三分之一的机会。”里厄用一种更加低沉的语气说，“不过在这方面我们的确需要从头学起。”

他们现在进了郊区，他们的说话声回响在空荡荡的马路上。车停了下来，站在车前，里厄问塔鲁愿不愿意一起进去，塔鲁表示同意。天空中的一道反光照亮了他们的脸颊，里厄突然发出一阵友好的笑声。

“您就说说吧，塔鲁，是什么促使您想干这件事的？”

“其实我也不知道，可能是我的道德吧。”

“什么道德？”

“一种领悟。”塔鲁转身朝房子走去，直到他们走进那个老哮喘病人的家，里厄再也没看塔鲁的脸。

16

第二天一早，塔鲁就开始了组织工作，他召集了头一批人，后来又有很多人加入进来。

叙述者并不希望在这里强调这次卫生防疫组织的重要性。如果作为一个叙述者，许多市民今天也确实倾向于夸大他们在这次鼠疫中所起的作用。但是叙述者倾向于这样的想法：当人们过分夸大高尚行为的意义时，最后会变成对罪恶间接而有力的歌颂。因为这样会使人设想，高尚的行为之所以可贵是因为它们是罕见的，而恶意和冷漠才是人类行为中最常出现的。这是叙述者所不能同意的。世上的罪恶几乎总是由人类的愚昧无知造成的，没有见识的良好意愿和恶意一样会造成同样多的伤害。人总是好的比坏的多，事实上这根本不是问题所在。人们的无知程度有差别，这就区分了所谓的美德和邪恶，而最无可救药的邪恶是愚昧无知，自以为什么都知道而认为有权杀人。杀人犯的灵魂是盲目的，他没有任何远见，也没有真正的善良和崇高的爱。

这就是为什么需要对由塔鲁组织起来的这支卫生防疫队作出客观的评价。这也是为什么叙述者没有对这种意愿和英雄主义做过多的宣扬，而只是给予它们适当的重视。然而，叙述者仍然要继续担负起一个历史学家的职责，记录下当时鼠疫对所有市民造成的心灵上的伤害和压迫。

那些献身于卫生防疫组织的人也称不上伟大，事实上，因为他们知道这是当时的情况下唯一能做的事，也不可能不作出这样的决定。这次卫生防疫组织的成立促使我们的市民进一步接近鼠疫，并在一定程度上使他们认识到，既然疫病已经发生，那就应该作必要的斗争。由于抗击鼠疫成为了某些人的任务，它的实质也就显现出来了，就是说它是大家的事。

这是件好事，但是一个小学教师受到赞扬并不是因为他教授了二加二等于四，我们称赞的可能是他选择了这份高尚的职业。我们说，塔鲁和其他人选择了去证明二加二等于四是正确的，而不是相反，这当然是值得赞扬的。但是我们也要说，就这种良好的意愿来说，他们和教师是一样的，和所有与教师具有一样善良心灵的人是一样的。这是人类的光荣，因为这些人比我们想象的要多得多，至少叙述者坚信这一点。另外他还意识到了别人会对他提出的反对，说这些人冒着生命危险。但是要知道历史上总有一段时间里，那些说出了二加二等于四的人会被处死。教师很清楚这一点。所以问题并不是要去弄清楚等待着他的这种证明是奖赏还是惩罚，真正的问题是要弄清楚二加二是不是等于四。对于当时市民中冒着生命危险的那批人来说，他们需要确定的是：他们是不是已被卷入鼠疫，以及该不该同鼠疫作斗争。

当时城里也有很多新伦理学家出面说一切都无济于事，只能投降。而塔鲁、里厄以及他们的朋友们给出的答案可能会不太一样，但他们的结论总是他们都已经知道的：要以这样或那样的方式来展开斗争，而不是屈服。一切问题都应集中在防止更多的人感染，以及清楚地认识到隔离的必然性上，这是现在唯一能控制鼠疫的方法。这个事实并不使他人喜欢，但它却是最最重要的。

这很好地解释了为什么老卡斯特尔要全身心地投入到利用应急设备制作血清的工作中去。里厄和他都希望通过培养感染这座城市的病菌研制出一种血清，它能够比外面运来的血清更加有效，因为这种病菌与传统定义的鼠疫杆菌存在着细微的差异。卡斯特尔期望尽快制作出他的第一批血清。

这也自然而然地解释了为什么格朗这样一个并非英雄人物的人，如今答应做卫生防疫组织的秘书。塔鲁组织的队伍中有一部分人实际上已经投入工作，在那些人满为患的街区里帮助实施防疫措施：向人们介绍必要的卫生保健知识，提醒人们做好平常未涉及的谷仓和地窖的消毒工作。另一部分人则陪同医生到病人家中出诊，保证鼠疫患者的顺利转移，然后接下来在缺少专业人员的情况下，驾驶装有病人或死者的汽车。所有这些都需要进行统计和记录，而这正是格朗愿意干的。从这点看来，叙述者认为格朗比里厄和塔鲁都更具有代表性，他默默无闻工作的美德，推动了卫生防疫组织的工作。他出于良好的意愿，毫不犹豫地接受了这份工作。他提出的仅有的要求是在适当的时候回家完成他的工作。他年纪太大了以至于无法胜任剩下的工作。从十八点到二十点，他可以充分利用这段时间。当里厄热情地感谢他时，他表现得很惊奇："这并不是最困难的。鼠疫来了当然要保护自己，这是显而易见的。啊！要是所有事情都这么简单就好了。"接着他的注意力又回到他的句子上去了。有时候，傍晚完成了登记卡片的工作之后，里厄会和格朗聊聊天。不久塔鲁也加入到他们的谈话中来。格朗也越来越乐意跟他的两个同伴吐露心声。他们两个人也对格朗在防疫工作中保持的耐心很感兴趣。最终，他们也在其中找到了一种放松的方式。

"那位女骑士怎么样？"塔鲁经常会问。而格朗的回答始终是："她骑着马跑，她骑着马跑。"脸上还带着勉强的微笑。一天傍晚，格朗说他已经完全放弃把"优雅"这个形容词用在他的女骑士身上了，不久他又把她形容成"苗条的"。"这更加确切。"他补充说。另外一次，他向他的两位听众朗读了小说修改后的第一句，是这样的："五月一个美好的清晨，一位苗条的女骑士骑上了一匹富丽的枣骝马，奔跑在波罗涅树林里的一条开花的小径上。”

“不是吗？”格朗说，“这看起来好多了，我再重复一遍，‘五月的清晨’，因为‘五月份’三个字比马跑步的节奏要长一点。”

接着他又对“富丽”这个形容词忧心忡忡。按他的说法，这个词没有讲到重点上，他寻找的词要能一下子把他想象中的那匹豪华的马形象地表现出来。“肥壮”也不行，这样写是比较具体，但这又带有一点贬义。“油光发亮”他也考虑过，但是这个词音韵不太和谐。一天傍晚，他得意扬扬地宣布他已经找到了：“一匹黑色的枣骝马。”黑色暗示了优雅和高贵，他总是这么说。

“这行不通。”里厄说。

“为什么？”

“枣骝不是马的种类名称，而是指马的颜色。”

“什么颜色？”

“嗯……总之是一种不是黑色的颜色。”格朗显得无言以对。

“非常感谢！”他说，“幸亏您提醒了我这一点，但现在你们也看到了这有多难。”

“您觉得‘华丽’怎么样？”塔鲁说。

格朗转过来盯着他，若有所思的样子。“对，对。”他说道。他的脸上也渐渐露出了笑容。又有一段时间，他承认“花开”这个词让他很伤脑筋。由于他除了奥兰和蒙特利马，没见过别处的马，所以他有时候会问他的朋友们，树林里一条小径花开的时候是什么样子。确切地说，里厄和塔鲁还真没注意过这些小径上有什么花，但公务员坚信不疑的态度让他们有些动摇。他对他们的疑惑感到吃惊，“只有艺术家才懂得观察。”但是有一次医生看到他十分兴奋。他把“花开的”换成了“开满了鲜花的”。他摩挲着手掌。“终于，我们看到了，我们闻到了。脱帽致敬，先生们！”他得意扬扬地读着这个句子：“五月一个美好的清晨，一位苗条的女骑士骑上了一匹华丽的枣骝马，奔跑在波罗涅树林里的开满了鲜花的小径上。”但是在他高声朗读的时候，句末连续的三个助词——两个“的”和一个“了”，听起来很不顺耳，格朗结结巴巴地才念完，坐了下来，神情沮丧。然后他跟医生告别，他需要再考虑考虑。

人们随后了解到，在这段时期里，他在办公室里显得心不在焉，尤其是在市政府正面临繁重的任务而又缺少人手的情况下。他的态度使他的工作也受到了影响，办公室主任严厉地批评了他，提醒他说，他拿工资就要做事，而他恰恰没有完成工作。主任说：“听说您在工作之外还在卫生防疫组织里做义务劳动，这个我不管，但是我要管的是您在这里的工作。在现在这样困难的时期，您要贡献一份力量，首先要做好的就是您的本职工作，否则，其他的工作毫无用处。”

“他说得对。”格朗对里厄说。

“是的，他说得对。”医生表示同意。

“但我集中不了精神，我还不知道怎么结束我的那个句子。”

他认为“波罗涅”是可以删掉的，因为反正所有人都知道，但是这样的话，这个句子就显得偏重于“鲜花”，而事实上它应该侧重于“小径”。他也考虑过是不是可以这样写：“开满了鲜花的树林里的小径。”但是“树林”这个词摆在一个名词和它的修饰语之间，像一根扎进肉里的刺，专横地把它们隔开。有几个晚上，他确实比里厄看起来还要疲惫。

的确，这样的推敲耗费了他的全部精力，使他疲惫不堪。但是卫生防疫组织需要的累计数据和统计表都要求他继续工作。每天晚上，他都耐心地在表格上打标记、画曲线，仔仔细细地将情况说明得尽可能清楚。他也要经常到医院找里厄，要求他在办公室或者诊所里帮他安排一张桌子。他把文件都摆到那儿，就像坐在市政府的办公桌工作一样，也不管空气中浓烈的消毒水味和病人身上的气味，他还摇晃着纸张，好让墨水快点干掉。他努力试着不再去考虑他的女骑士，而是专心做他该做的工作。

的确，如果有人坚持要塑造一些被称为“英雄”的榜样和典型，并且在这个故事中也必须要有一个这样的英雄的话，那么叙述者一定会推荐这位平凡而又谦逊的英雄，在他的身上只有一点善良和一个看似可笑的理想。这将使真理恢复原貌，使二加二等于四，使个人英雄主义让位于追求幸福的高尚品德。这也将使这个故事具有自己的特征，和一种美好的情感联系在一起，而不是光天化日之下的罪恶，也不是戏剧中矫揉造作的抒情。

这至少是里厄医生读到报纸上或听到收音机里外面世界对这个感染瘟疫的城市发出的呼吁和鼓励时的感想。他们通过航空或者陆地运来了救援物资。同时，每个夜晚还通过电波或者报纸发出表示同情或者赞扬的评论，这些都一齐涌向这座孤城。每次听到这种歌功颂德的语调或者用词高雅的讲话，医生就会不耐烦。当然，他知道这些关心不是装出来的，但是他们的关心，都是些表达他们人道主义的套话，这样的言语不适于描述格朗每天付出的努力，也不能说明格朗在鼠疫之中所体现的价值。

深夜，无人的城市一片寂静，医生刚躺到床上，有时他会旋开收音机按钮。从千里之外世界尽头传来陌生而又友好的声音，它们笨拙地试图表达他们患难与共的感情，而事实上，这样的声音同时也说明了任何人都不能真正分担他们所看不见的痛苦，他们的无能为力是可怕的。“奥兰！奥兰！”声音徒然地越过大海传到这边，里厄徒然地听着。不一会儿高谈阔论开始了，而这也扩大了格朗和演说家这两个陌生人之间的本质区别。“奥兰！奥兰！哦，别再喊了，”里厄心里想着，“要么爱在一起，要么死在一起，除此之外别无他法。他们离得太远了。”

17

鼠疫正集中威力，准备扑向这座城市并彻底占领它。在疫情达到最严重的时刻之前，还需讲述的就是像朗贝尔这样的人，他们为了重新找回失去的幸福做着努力。他们不断失望又不断重复地做着，试图逃出鼠疫的魔爪找回自己的幸福。这就是他们拒绝鼠疫奴役的方式。虽然表面上看这种方式并不比其他人的有效，但在叙述者看来，这也有其自身的意义，而且，尽管带着虚荣心，甚至有点自相矛盾，但也证实了当时在每个人心中存在的某种自豪感。

朗贝尔为逃出鼠疫的包围做着反抗。在他还没有确认自己不能通过合法途径出城的事实之前，他告诉里厄，他已经下定决心采取其他办法。朗贝尔先是从咖啡馆服务员这里下手，因为他们往往消息灵通。但刚开始问的几个都只知道对这类举动的惩罚非常严厉。有一次他甚至差点被当成煽动出城的人。最后还是他在里厄那儿碰到的科塔尔给了他一点帮助。那天，里厄和他讨论记者在政府那边做的无果的尝试。几天之后，科塔尔在路上碰到了朗贝尔，用他最近在社交场合中采用的八面玲珑的态度迎接朗贝尔。

“还是没有进展吗？”他说。

“一点也没有。”

“别指望那些机关单位，跟他们就是讲不通。”

“这倒是真的，我还想试试其他法子，但这很困难。”

“啊，我懂。”科塔尔说。他知道一整套法子，这让朗贝尔感到很吃惊。他跟朗贝尔解释说，很长时间以来，他经常出入奥兰城里的咖啡馆，他有一帮朋友，他们告诉他有一个组织专门做这种买卖。原来最近科塔尔花费很大，入不敷出，就入伙做了一些走私定量供应物资的生意。他正在贩卖香烟和一些劣质酒，这些商品价格飞涨，让他发了点小财。

“这种事你有把握吗？”朗贝尔问道。

“有，这是他们跟我介绍的。”

“那么为什么您自己没弄呢？”

“不要多想，”科塔尔露出一副老实人的神情说，“我没弄是因为我还不想离开，我有我的理由。”

沉默了一会儿他又补充道：“您怎么不问我的理由是什么？”

朗贝尔说：“这与我无关。”

“从某些方面看，这确实与您无关，但是事实上从另一方面看……好吧，老实说我现在心里清楚的唯一一件事是，自鼠疫在我们这儿出现以来，我感觉自己越过越好了。”

朗贝尔问：“怎么联系这伙人？”

“啊，”科塔尔说，“这不太容易，跟我来。”

这时已是下午四点。在阴沉的天空下，城市渐渐闷热起来，所有的商店都放下了门帘，马路上一个行人也没有。科塔尔和朗贝尔走在拱廊路上，两个人很长时间都一言不发。这会儿正是鼠疫消失的时间之一，这样的寂静，这样的无精打采，在灾难中出现的场景也同样有可能在酷暑中出现。人们不知道空气是因为它所面临的威胁而阴沉还是因为尘土和炎热。要回想起鼠疫还需要经过一番观察和思考，因为只有一些反面的迹象才说明它的存在。比如，这位与鼠疫密切相关的科塔尔对朗贝尔说，城里的狗都不见了，往常它们都侧卧在走廊出口，喘着气，想找点凉快又找不到。他们走上棕榈大街，穿过阅兵场，朝海军营地走下去。在他们的左首，有一家外墙漆成绿色的咖啡馆，躲在一块斜撑起的巨大的黄色遮阳布下面。进去的时候，科塔尔和朗贝尔都擦了擦额头上的汗。他们挑了两把花园折椅，坐在一张绿色的钢板桌子前。房间里一个人也没有，几只苍蝇在空中嗡嗡作响。在好像快要垮掉的柜台上放着一只黄色的鸟笼，一只羽毛凌乱的鹦鹉缩在鸟架子上。挂在墙上的是一些描绘军队场景的旧画板，已经被灰尘和厚厚的蜘蛛网覆盖。所有的钢板桌面上，朗贝尔面前的也是一样，都粘着风干了的鸡屎。本来他们还不知道这是从哪里来的，直到一阵嘈杂声之后，从一个阴暗的角落里蹦出一只昂首挺胸的大公鸡。

这时，热气好像又上升了一点。科塔尔拿起杯子在桌面上碰了一下。一个小个子围着一条长围裙，从屋子里头走出来。他一看见科塔尔就远远地跟他打了个招呼，然后迎上来，猛地踢了公鸡一脚，把它赶跑了，在公鸡咯咯咯的叫声中，他问客人要来点什么。科塔尔要了一点白葡萄酒，并打听一个叫加西亚的人。据这个小个子说，加西亚已经好几天没来咖啡馆了。

“您觉得他今天晚上会来吗？”

“这个，”另一个说，“我又不是他肚子里的蛔虫，您知道他的时间安排吗？”

“是的，但这不要紧，我只是要给他介绍个朋友。”那个家伙在他身前的围裙上擦了擦潮湿的手。

“啊！难道先生也是做买卖的？”

“对。”科塔尔说。

那个小个子吸了吸鼻子，“那好，你们晚上来吧，我派个小孩去叫他。”走出来时，朗贝尔问他们说的是什么买卖。“当然是走私的事，他在城门那儿把商品运进城来，然后高价卖出。”

“原来是这样。”朗贝尔说，“那他有同党吗？”

“肯定啊！”

到了晚上，店门又掀起来了，那只鹦鹉在笼子里乱叫，钢板桌子旁都围了几个挽着衬衫袖口的男人。他们当中有一个后脑勺上戴着顶草帽，一件白衬衫敞开着，露出被太阳烤成土色的胸膛，科塔尔走进去的时候，他就站了起来，一张匀称的棕褐色的脸、黑色的小眼睛，手指上戴了两三个戒指，看起来三十岁左右。

“您好！”他说，“我们到柜台那边喝。”喝了三杯酒，还没有人说话。“有人要出城吗？”这时加西亚问。

他们走到门口，加西亚问需要他做什么。科塔尔说给他介绍朗贝尔准确的说不是为了做买卖，而是为了找一个所谓的“出路”。加西亚走在他的正前方抽着烟。他继续提问，说到朗贝尔的时候就用“他”来代替，就好像他没看见朗贝尔的存在一样。

“他为什么要出去？”他说。

“他的女人在法国。”

“原来如此。”停顿了片刻之后。

“他是做什么的？”

“记者。”

“这可是份要多说话的工作。”朗贝尔还是一言不发。“他是一位朋友。”科塔尔说。

他们继续默默地向前走着，最后他们来到了岸边。这里已经被栅栏围了起来，禁止进入。他们又走进了一家出售油炸沙丁鱼的小酒馆，他们闻到了里面飘出的香味。

“不管怎么说，”加西亚总结道，“这个事不归我管，而是拉乌尔的事，我还要去把他找出来。这也不太容易。”

“是吗？”科塔尔兴奋地问道，“他藏起来了？”加西亚回答说

“不”。在那个小酒馆旁边，他停下了脚步，第一次转过身来对着朗贝尔。

“后天十一点，在城里那块高地上的海关营房的角落里。”

他看起来好像要走的样子，但又转过来对着这两个人。“这是要花钱的。”他说。他这是想确认一下。“当然。”朗贝尔答应道。过了一会儿，记者向科塔尔表示感谢。

“哦，不不不，”科塔尔愉快地说，“我很高兴能帮上您的忙。再说了，您是记者，总有一天会还我这个人情的。”

到了后天，朗贝尔和科塔尔爬上一条通往城市高地的光秃秃的大马路。海关营房有一部分被改造成了诊所。在营房的大门前站了很多人，他们过来是希望进去探望一下病人的，但这是不被允许的。也有的是过来打听消息的，但这些消息过个把小时就过期了。这群人在这里来来往往，我们也不难猜到加西亚和朗贝尔把约会地点定在这儿的原因。

“这太奇怪了，”科塔尔说，“您如此坚持要离开这儿。不管怎么说，这里发生的一切还是很有趣的。”

“对我可不是。”朗贝尔回答。“哦，当然，我们总要冒点风险。在鼠疫之前，通过一条繁忙的十字路口不也经常冒这样的风险吗？”这时里厄的汽车靠在他们附近停了下来。是塔鲁开的车，里厄好像还有点半睡半醒。他醒过来为大家做介绍。“我们认识，”塔鲁说，“我们住在同一家酒店。”里厄又问朗贝尔要不要开他的车进城。“不用了，我们在这里约了个人。”里厄看了看朗贝尔说：“好的。”“啊，”科塔尔感到很惊奇，“医生也知道了吗？”“预审审判长来了。”塔鲁看着科塔尔提醒道。

科塔尔马上换了副神色。奥顿先生确实正从马路走过来，迈着矫健而又平稳的步伐朝他们走过来，经过他们的时候脱下了头上的帽子。

“您好，审判长先生。”塔鲁说。

审判长先向坐在车上的两个人问了好，然后看了看站在另一边的朗贝尔和科塔尔，庄严地向他们点头示意。塔鲁则向审判长介绍了这位靠年金生活的人和那位记者。审判长朝天空看了一眼，说这真是个令人沮丧的时期。

“塔鲁先生，我听说您在负责防疫措施的实施工作，我真不知道该怎么称赞您。医生，您认为疫病还会继续蔓延吗？”

里厄说他也只能期望它不会。审判长重复地说总是要留点期望，上帝的安排是难以揣测的。塔鲁问他疫病有没有增加他的工作量。

“正好相反，我们要通过普通法上诉的事情反而少了。我干的只是违反新规定的案件的预审工作，人们还从没像现在这样遵守老的法律。”

塔鲁说：“这是因为相比起来，老的法律还是非常好的。”

审判长好像从若有所思的神情中走了出来，他冷漠地端详着塔鲁。“这有什么关系？”他说，“这不是由法律决定的，而是判决。我们对此无能为力。”

“那个人，”当审判长刚走开时科塔尔说，“就是头号敌人。”汽车发动了。

又过了一会儿，朗贝尔和科塔尔看到加西亚来了。他径直向他们走来，没做个手势，也没打招呼，就说：“还要等等。”

围着他们的是一群人，主要是女人，都默不作声地等在那儿。每个人手里都提着一个篮子，她们妄想着把这些东西拿给里面生病的亲人，甚至还想着他们能够享用她们的食物。门口有武装的哨兵守卫着。时不时地有奇怪的尖叫声穿过那个将营房和大门隔开的院子，这时在场的人都转过神色不安的脸，往诊所的方向望去。

当一声低沉而清晰的“大家好”在他们背后响起时，三个人正注视着这个场景，他们转过身去。虽然天气很热，拉乌尔还是穿得规规矩矩的。他身材高大，体格健壮，手里拿着一件深色的斜纹礼服和一顶翻边的毡帽。他的脸色相当苍白，一双棕色的眼睛，紧闭着嘴巴，拉乌尔说话快而明确。“我们到城里去。”他说，“加西亚，你可以走了。”

加西亚点了支烟，就留下他们走远了。他们走得很快，努力与拉乌尔的节奏保持一致，因为他正好走在中间。

“加西亚跟我说过了，”他说，“这件事行得通，但需要花一万法郎。”朗贝尔回答说他接受这个条件。“明天，过来和我一起吃午饭，在海军区的西班牙餐馆里。”

朗贝尔答应了，拉乌尔也握了握他的手，头一次向他露出微笑。在乌拉尔离开之后，科塔尔请朗贝尔原谅他明天因为有事来不了，再说朗贝尔这会儿也不需要他了。

第二天朗贝尔走进约定的西班牙餐馆时，里面的人都转过头来看他。这家小酒馆位于一条被太阳烤干了的小路的斜坡上，来的都是男的，大多数看起来都像西班牙人。看到坐在房间尽头处的拉乌尔向记者打了个手势，朗贝尔朝他走过去，那些看着他的人脸上好奇的表情也好像消失了，转回脸去吃饭。拉乌尔的桌子旁边还坐着一个胡子拉碴的瘦高个儿，肩膀异常宽，长着一张马脸，头发稀疏，他挽起的衬衣袖子里露出两条细长的手臂，上面长着黑毛。当别人向他介绍朗贝尔时，他点了三次头。还不知道他的名字，拉乌尔只是称他为“我们的朋友”。

“我们的朋友有能力帮您，他会给您……”拉乌尔突然停了下来，因为服务员走过来问朗贝尔是否点菜。“他会给您联系两位朋友，这两位朋友介绍您认识几个我们合伙的哨兵。这还不够，还要等到那些哨兵来决定有机可乘的时候。最简单的办法是您在他们其中一位的家里住上几夜，他就住在城门附近。但事先必须要我们的朋友给您做些必要的准备。当一切都办妥了，就由他跟您清算所有的费用。”

“那就是说还要两天时间喽。”朗贝尔强调说。“要知道这并不容易，”拉乌尔说，“需要找人办。”那张马脸又点了一下头，朗贝尔无奈只好同意。剩下的午餐时间他们一直在寻找话题。直到朗贝尔得知那张马脸原来是足球运动员时，时间就很容易打发了。他自己也经常参加这项运动，于是他们开始谈起法国的冠军杯、英国职业队的水平以及W形战术的好坏等。午餐结束时，那张马脸已经完全活跃起来了，他改用“你”称呼朗贝尔，还说他在球队中的最佳位置是中卫。“你知道，”他说，“中卫是控制全场的人。而能控制全局，这才是足球。”朗贝尔也同意他的观点，虽然他经常踢的还是中锋。他们的讨论最后被收音机打断了，在一段抒情轻缓的乐曲之后，广播里宣布昨晚有一百三十七个人死于鼠疫。在场的人没有什么反应。那个长着马脸的男人耸了耸肩，起身离开。拉乌尔和朗贝尔也跟着起身。

离开的时候，这位中卫有力地握了握朗贝尔的手。“我叫坎普斯萨雷斯。”他说。这两天对朗贝尔来说简直是太长了。他去了里厄那里，跟他说了具体的计划，然后陪医生去了一个病人家里出诊。在那个等待着里厄的疑似病人家门口，朗贝尔向医生道别。

“希望塔鲁别耽搁了。”里厄自言自语道。他看起来很疲惫，“是因为疫病发展得太快了？”朗贝尔问。

里厄说不是因为这个，这几天的统计曲线图显示上升速度甚至还变慢了，现在的问题是抗击鼠疫的方法还不够多。

“我们还缺物力。”他说，“在世界上所有的军队里，一般都是人力被用来弥补物力的不足，可现在我们连人力都不够。”

“不是从外地调来了一些医生和卫生人员吗？”

“是的，”里厄说，“十个医生和一百来个人，看起来不算少。按照目前的疫情，还勉强能应付，可是如果疫病蔓延开来就会不够。”

里厄仔细听了听屋里传来的响动，然后对朗贝尔笑了笑。“确实，”他说，“您应该快点把您的事办成。”朗贝尔脸上划过一道阴影。

“您知道的，”他用低沉的语气说，“我并不是因为这个才选择离开。”里厄回答说他知道的，但是朗贝尔接着说：“我认为自己还不算软弱，至少大多数时候是这样的。我也经历过这方面的考验，只是，有些想法使我无法承受。”

医生看着他。“您会和她见面的。”他说。

“也许吧，可是我无法承受的想法是这场灾难将会持续下去，而在此期间，我的女人也将老去。三十岁的时候，人们开始衰老，这时就应该及时行乐，我不知道您能不能理解我的想法。”

里厄低声说他觉得理解了。这时塔鲁到了，显得很高兴。“我刚刚要求帕纳卢到我们的队伍中来了。”“是吗？”医生问道。

“他考虑了一会儿，就答应了。”

“我很高兴。”医生说，“我高兴的是了解到他本人要比他的布道好。”

“大家都一样，”塔鲁说，“只是要给他们机会。”他微笑着对里厄眨了眨眼睛，“给别人创造机会，这就是我这辈子要做的事。”

“请你们原谅，”朗贝尔说，“我要走了。”

朗贝尔在约定的星期四来到了大教堂的门廊下，这时离八点钟还差五分，空气还相当清新。天空中飘拂着即将被升起的热气吞没的一朵朵浑圆的白云。草坪虽然干燥，但还能感到一股模糊的升上来的湿气。躲在东边楼房后面的太阳刚晒着广场上全身镀金的圣女贞德像的头盔。摆钟敲了八下。朗贝尔在空旷无人的门廊下踱了几步，这时里面传来了隐隐约约的唱赞美诗的歌声，伴随着一阵地下室陈旧的气息和蜡香。突然，歌唱声停了下来，十几个矮小的黑色人影从教堂里出来，朝城里小跑过去。朗贝尔开始感到有点不耐烦。另外一些黑色人影则登上宽敞的楼梯朝门廊顶走去。他点燃了一支烟，又意识到这个地方可能不允许抽烟。

八点一刻时，教堂里的管风琴低沉地响起，朗贝尔走进了阴暗的穹顶之下。过了一会儿，他才看到，在教堂的中殿里是那群刚刚经过他面前的黑色人影。她们聚集在一个角落里，站在一个临时搭建的祭坛前，祭坛上放着一个城里作坊匆忙赶制出来的圣罗克像，她们就在那儿跪着，在一片阴暗里缩成一团，好像一些凝固住的影子，这儿一堆那儿一堆，一个个都像飘在烟雾之中。在她们上方，管风琴无休止地变换着曲调。

当朗贝尔出来时，坎普斯萨雷斯已经从楼梯上走下来朝城里走去。“我以为你已经离开了。”他对记者说，“这是常有的事。”他解释说他要到不远处等他的朋友，因为他们八点差十分的时候还有个约会。

但是，他在这儿白白等了二十分钟。“这里面肯定有问题，干我们这行不总是一帆风顺的。”于是他提出明天还是同一时间，在阵亡将士纪念碑前再见一次面。朗贝尔呼了一口气，把他的毡帽扣到脑后。“没关系的，”坎普斯萨雷斯笑着说，“你要想想足球场上需要的各种配合，进入对方阵地和传球，完成这一系列动作才能射进一球。”“不错，”朗贝尔说，“但是一场比赛也不过一个半小时。”奥兰的阵亡将士纪念碑坐落在城里唯一一个能看到大海的地方。这是个适合散步的地方，紧挨俯瞰着港口的悬崖。第二天，朗贝尔第一个来到约会地点，仔细地把烈士名单读了一遍。几分钟之后，两个男人往这边靠近，冷冷地盯了他一眼，然后手肘支在散步场的栏杆上，看起来好像在出神地观看空荡荡的码头。他们两个身高差不多，都穿着蓝色长裤和短袖的海军针织衫。记者走远了一点坐到一张长椅上，悠闲地看着他们。他觉得他们两个看起来可能还不到二十岁。这时，他看到坎普斯萨雷斯一边抱歉一边朝他走过来。

“这就是我们的朋友。”他说着把朗贝尔带到两个年轻人旁边，并向他介绍了他们的名字，一个叫马塞尔，另一个叫路易。他们长得很像，朗贝尔觉得他们是一对兄弟。

“好了，”坎普斯萨雷斯说，“现在你们也互相认识了，剩下的就要把事情安排好。”马塞尔或是路易说他们的轮岗在两天之后，这将持续一个星期，而且他们要找出最合适的那一天。总共有四个人在东城门站岗，另外两个是职业军人。有几个晚上那两个军人会到一个他们熟悉的酒吧后厅打发时间。马塞尔或是路易于是建议朗贝尔住到他们在城门附近的家里去，并等着他们来找他。到了那时过城门就轻而易举了。但要抓紧时间，因为有人说不久城里就要加设双倍的岗哨。

朗贝尔表示同意，把口袋里最后的几支烟递给他们。他们当中没说话的那个这时问坎普斯萨雷斯费用的问题谈好没有，还有他们是否可以提前收款。

“不，”坎普斯萨雷斯说，“这是朋友，费用问题在出发时解决。”

他们约定再碰一次面。坎普斯萨雷斯建议后天到西班牙餐馆一起吃晚饭，那时，他们就可以直接回哨兵的家里。

“第一个晚上，”他对朗贝尔说，“我跟你做伴。”

第二天，朗贝尔正走回房间，在酒店楼梯上碰见了塔鲁。“我要去见里厄。”塔鲁说：“您想不想一起去？”

“我会不会打扰到他？”朗贝尔犹豫了一会儿说。

“我想不会的，他经常谈到您。”

记者思索了一会儿说，“如果你们晚饭后有时间，或者更晚也行，你们可不可以一起来酒店的酒吧一趟？”

“那得看他和疫情而定。”塔鲁说。

尽管已经晚上十一点，里厄和塔鲁还是走进了那间又小又窄的酒吧。有三十来人挤在里面，高声说着话。刚从瘟疫之城的寂静中走出来，两个人有点不知所措。当他们看到这里还可以买酒喝时，他们就知道了里面的人兴奋的原因了。朗贝尔在柜台的一端，坐在高凳上向他们打招呼，他们就走了过去，塔鲁不动声色地把一个旁边吵闹的客人推得远些。

“你们不是害怕酒精吗？”

“不，”塔鲁说，“刚好相反。”里厄闻了闻他的酒杯里散发出来的苦艾气味。在这样嘈杂的环境里很难说话，可是朗贝尔好像是忙着喝酒。医生无法断定他是不是喝醉了。这个狭小的房间里除了他们喝酒的柜台外，就放着两张桌子，其中一张桌子上坐着一位海军军官，两只手臂都搂着一个女人，对着一个喝得满脸通红的胖子，讲发生在开罗的一场斑疹伤寒的情况。“这是集中营啊，”他说，“这些集中营是为当地人准备的，搭起的帐篷里住着病人，在它们周围，站着一排哨兵，如果病人的家属偷送药进去给病人的话，就会遭到枪杀。这可是毫不留情的，但做得对。”另外一张桌子上围着一群装束入时的年轻人，谈话的内容听不懂，声音淹没在从搁置在高处的一架点唱机里播放出的《圣詹姆斯医院》的旋律中。

“事情办得怎么样？”里厄提高嗓门儿问。

“就在最近，”朗贝尔说，“可能是下个星期。”

“真遗憾。”塔鲁喊道。

“为什么？”

塔鲁看看里厄。“哦，”里厄说，“塔鲁这么说是因为他觉得您待在这里对我们会有帮助。但至于我，我非常理解您想离开这儿的急切心情。”塔鲁又给他来了一杯。朗贝尔从他的高凳上下来，第一次正面对着塔鲁。

“我能帮上你们什么忙？”

“好吧，”塔鲁说着，不慌不忙地把手伸向他的酒杯，“您可以去我们的卫生防疫组织。”朗贝尔又露出了他一贯的犹豫不决的态度，重新爬上高凳。

“难道在您看来这个卫生防疫组织没有用处吗？”

刚喝了一杯的塔鲁说，眼睛盯着朗贝尔，“非常有用。”记者又喝了一杯。里厄注意到他的手在颤抖，他现在可以肯定朗贝尔确实喝醉了。

第二天，当朗贝尔第二次走进那家西班牙餐馆的时候，他从一小撮人群中穿过，他们正在往入口处搬凳子，想领略一下热气刚刚退去绿树成荫晚霞金黄的傍晚景色。他们抽的烟叶散发出呛人的气味。而餐馆里面却只有寥寥几人。朗贝尔坐到房间尽头他第一次碰见坎普斯萨雷斯的那张桌子边，他告诉服务员他在等人。现在已经十九点三十分了。渐渐地，门口的那群人也陆续回到房间里坐下吃饭，服务员开始忙着招待他们。低矮的屋顶下是一片餐具碰撞发出的噪声和低沉的说话声。到了二十点，朗贝尔还等在那里。房间里的灯打开了，几个新进来的客人坐到了他那张桌子边。他点了晚餐。二十点三十分，他还是没有看见坎普斯萨雷斯，也没见那两个年轻人。他抽起烟来。房间里的人也渐渐少了。外面的夜幕很快降临了，温热的海风轻轻地吹动落地窗的帘子。到了二十一点时，房间里已经空无一人，服务员也惊奇地盯着他看。他结账离开了。餐馆对面的一家咖啡馆开着门，于是朗贝尔坐到咖啡馆的柜台那儿，观察着餐馆的入口。二十一点三十分，他起身回酒店，一路想着怎么找到坎普斯萨雷斯，但他又不知道他的地址，一想到一切都要从头再来时，他就感到不知所措。

正在这时，他看到呼啸的救护车穿过黑夜，想到——正如他跟里厄医生说的那样——这段时间里因为专心于寻找打开把他和她隔开的那堵墙的门路，他在某种程度上已经忘了他的女人。然而也正是在这个时刻，压抑在他心底的所有声音又重新回响起，伴随着一阵突然爆发的悲伤。为了逃离这种难以忍受但又挥之不去的、吞噬着他的灼痛，他向酒店跑去。

第二天一早，他还是去找了里厄，想向他打听怎么找到科塔尔。“接下来我要重新开始。”

“明天晚上来吧！”里厄说，“塔鲁要我把科塔尔也邀请进来，我也不知道为什么。他明天十点会过来，您十点半的时候过来就行。”

第二天当科塔尔到达里厄诊所的时候，塔鲁和里厄正在谈论里厄的病人中出现了一个出乎意料的治愈病例。“只有十分之一的机会。”塔鲁说。“要我说，他得的根本就不是鼠疫。”科塔尔说。他们向他保证这个病人得的就是这种病。“他被治愈是不可能的，你们应该比我还清楚这一点，鼠疫不会放过任何人。”“一般来说是没有，”里厄说，“但是只要坚持下去，就会有惊喜的。”

科塔尔笑了起来。

“看来没有，你们听到今天晚上的统计数字了吗？”塔鲁一边亲切地看着这位享受年金的人，一边说他已经知道数字了，疫情仍然很危急，但是这能说明什么？这说明还要采取更加特殊的措施。

“啊，你们不是已经在做了吗？”

“不错，但这要求每个人都把它当成自己的事。”科塔尔不理解似的看着塔鲁。塔鲁说大多数人仍然没有行动起来，因为疫病是每个人的事情，每个人都要负起责任，志愿者组织向所有人开放。“这个想法不错。”科塔尔说，“但是一点没用，鼠疫太厉害了。”塔鲁用耐心的语调说：“这个我们试过了才会知道。”在他们讲话时，里厄在他的书桌上抄写卡片。塔鲁一直盯着这个坐在椅子上焦躁不安的领年金的人。“科塔尔先生，为什么您不加入到我们当中来呢？”科塔尔好像受到冒犯似的站了起来，把他的圆礼帽拿在手里，“这可不是我干的活。”

然后他又用一种反驳的口气说：“另外，我发觉我自己在鼠疫中过得挺好，我为什么要插手去阻止它。”塔鲁敲着自己的额头，好像突然明白了一个事实：“啊，我忘了，要是没有鼠疫，您就会被拘捕。”科塔尔惊了一下，抓着椅子的手好像要掉下来似的。里厄停下了笔，带着一种既严肃又有趣的表情看着他。“谁告诉您的？”这位年金享受者叫起来。塔鲁露出惊奇的神色说道：“不是您自己吗，至少医生和我都是这么理解的。”这时因狂怒科塔尔说话也含混不清了，很难听懂。

“请不要激动，”塔鲁接着说，“我和医生都不会去揭发您的，您的事与我们无关。再说了，我们也都不喜欢招惹警察。好了，请坐吧。”

这位享受年金的人看了看椅子，犹豫一会儿还是坐下了。过了一会儿，他叹了一口气。“这事已经过去很久了，”他承认道，“而他们偏要重提。我以为人们都已经忘了这件事，但是有一个人讲了出来。他们把我叫去，告诉我在调查结果出来之前要我随叫随到。我知道最后他们肯定会把我抓起来的。”

“这件事严重吗？”塔鲁问。

“这要看您怎么想了，反正这不是一起谋杀案。”

“监禁或劳役？”

科塔尔看起来非常沮丧，“监禁，如果我还有机会的话……”但是过了一会儿，他又激动地说：“这是个错误，所有人都会犯错。但是一想到我要因为这件事而被带走，离开我的屋子、我的习惯和我熟悉的一切，我真的受不了。”

“原来是这样。”塔鲁问道，“这就是您要寻短见的原因吗？”

“是的，当然这是件蠢事。”

里厄这才第一次开口说话，他告诉科塔尔他理解他心中的不安，但是也许凡事都能解决。

“是的，现在我就知道我没什么好怕的了。”

“我看得出来。”塔鲁说，“您还没有加入我们的卫生防疫组织。”科塔尔转着手中的帽子，抬起头，用一种恍惚的眼神望着塔鲁：“请不要怪我。”

“当然不会，但至少不要故意使病菌蔓延。”塔鲁笑着说。

科塔尔反驳说他也不希望鼠疫发生，但它就这样发生了，现在它达到这种程度也不是他的错。当朗贝尔出现在门口的时候，这个享受年金的人提高了声音接着说：“另外，我觉得你们是在白费力气。”

朗贝尔得知科塔尔也不知道坎普斯萨雷斯的地址，只知道他们会回那家小咖啡馆。他们可以定在明天再见面，因为里厄也说很想了解一下具体情况，朗贝尔就邀请他和塔鲁一起在周末不管哪个时间到他的房间去找他。早上，科塔尔和朗贝尔去了那家小咖啡馆，留了口信给坎普斯萨雷斯说晚上见面，或者要是有什么问题的话就改在明天。晚上，他们没等到人来。第二天，加西亚才出现，他一言不发地听完朗贝尔的事。他说他完全不知道，但是他得到消息说为了住宅搜查，他们在二十四小时内禁止进入整个街区。所以大概是因为坎普斯萨雷斯和那两个年轻人没有通过关卡，所有事情都要等通知了拉乌尔再说。这要等到后天才行。

“我知道，”朗贝尔说，“要从头开始。”两天后拉乌尔证实了加西亚的猜测。街区确实被封锁了，需要重新联系坎普斯萨雷斯。两天之后，朗贝尔和这个足球运动员一起吃午饭。“太蠢了，”他说，“我们应该约定一个重新见面的方式。”这也是朗贝尔的想法。

“明天早上，我们就去那两个小子家里，我们尽量把所有事都安排好。”

第二天，那两个小子没在家里，但留口信要求他们明天中午到中学的操场见面。朗贝尔下午回来时碰见了塔鲁，他的表情让塔鲁很吃惊。

“事情进行得不顺利吗？”塔鲁问。

“又要重新开始。”朗贝尔说。然后他又邀请他们：“晚上你们过来吧。”

到了晚上，当他们两个人走进朗贝尔的房间时，他还躺在床上。他起来，倒了几杯他已经准备好的酒。里厄拿着酒杯，问他事情是不是顺利。记者说他已经全部重新开始了，现在已经到了和前面一样的那个步骤，不久他们要见最后一次面。他喝了一杯接着说：“自然，他们还是没有来。”

“本来这事就没什么规律。”塔鲁说。

“您还没有明白。”朗贝尔说着，同时耸了耸肩。

“因为什么？”

“鼠疫。”

“啊。”里厄说。

“不，你们不明白重新开始意味着什么。”朗贝尔走到房间的一角，打开一台小型的留声机。

“这是哪张唱片？”塔鲁问，“我好像听过。”

朗贝尔回答说是《圣詹姆斯医院》。唱片听到中间的时候，他们听到远处传来两下火枪声。

“打了一只狗，或是有人逃跑。”塔鲁说。

过了一会儿，唱片唱完了，一辆救护车的呼啸声越来越近，声音越来越大，经过酒店房间的窗前，然后声音又渐渐变小，直到最后消失。

“这张唱片使人难过，”朗贝尔说，“今天我已经听了十几遍了。您这么喜欢它吗？”

“不，但我只有这么一张唱片。”停顿了一会儿，朗贝尔才接着说，“你们告诉我要怎么重新开始。”

他询问防疫组织是怎么工作的。里厄说组织里有五支分队在工作，我们希望再组织更多的分队。记者坐到了床边，低头看着指甲。里厄端详着他矮小但强壮的身躯，走到他的床边。他发现朗贝尔也看了他一眼。

“医生，您了解，”他说，“我考虑过加入你们的组织，但现在我没和你们在一起工作，我有我的原因。另外，我认为自己还是个不怕冒生命危险的人，我参加过西班牙战争。”

“站在哪一边？”塔鲁问。

“战败者的一边。但从那以后，我思考过。”

“思考什么？”塔鲁问。

“关于勇气。现在我知道一个人是能够大有作为的，但是如果不是出于一种高尚的情感的话，我就不会对此感兴趣。”

“人无所不能。”塔鲁说。

“并不是这样。他们无法承受长期的痛苦，或者享受长久的幸福。所以他们不能做任何有价值的事。”他看着他俩说，“塔鲁，您能为爱而死吗？”

“我不知道，但是我现在好像不会。”

“问题就在这儿。您可以为理想而死，这是谁都看得出来的。而我，我见过很多人为理想而死。我不认为这是什么英雄主义，我明白这很容易办到，我认为这也是致命的。而我感兴趣的是我们要为我们所爱的人而活着或死去。”

里厄仔细地听着记者的话。他亲切地说道，眼睛没有离开他。“朗贝尔，人不是一个概念。”对方从床上跳起来，脸色泛红。

“人就是一种概念，一旦背叛了爱情，人就成了一种极短的概念。恰恰是现在，我们不再拥有爱了。如果真有可能，就等待全体解救，而不要去逞英雄。我，我是不会更近一步了。”

里厄站起身来，带着一种疲倦的神情。

“您说得很对，朗贝尔，我丝毫没有叫您放弃您要做的事的意思，在我看来您做的事是正确的，是好的。然而我要对您说明的是：‘我们所做的一切不是为了英雄主义，而是实事求是。’可能这种想法显得可笑，但是抵抗鼠疫的唯一方法就是实事求是。”

“实事求是是指什么？”朗贝尔突然露出严肃的表情说道。

“我也不清楚它的普遍意义是什么，但是就我而言，我知道是它支持着我继续工作。”

“是吗？”朗贝尔愤怒地说，“我不知道我的本分是什么。我选择了我的爱情，也许我做错了？”

里厄对着他有力地说：“不，您没有做错。”朗贝尔若有所思地看着他们。

“我猜你们所做的一切并不会让你们失去什么，所以你们更容易站在好的一边。”里厄喝完了杯里的酒。“走，我们还有事要做。”说完他就出去了。

塔鲁跟着他，但出去的时候好像又改变了主意，转过身来对记者说道：“难道您不知道里厄妻子住在几千里之外的疗养院里吗？”朗贝尔作出了一个吃惊的动作，但这时塔鲁已经离开了。

第二天，朗贝尔一早给医生打了电话：“在我找到方法离开这座城市之前，您能同意我加入到你们的队伍吗？”

对方在电话里沉默了一会，然后说：“好的，朗贝尔，我很感谢您！”

鼠疫第三部

18

被鼠疫囚禁的人们整整一周都在痛苦的挣扎中度过。他们中的几个像朗贝尔一样的人，甚至还幻想着——正如我们所见——他们还拥有自由，他们能够作出选择。但是其实此刻我们可以说，到了八月中旬，鼠疫已经遮盖了一切。此时不再有个人命运，只有鼠疫这一个集体事件，每个人都承受着它所带来的感情变化。其中最明显的就是隔离和流放之感，其中也包含了恐惧和反抗。因此叙述者认为，在炎热和鼠疫的最盛时期，有必要把总的情况叙述一下，并举例说明城市里生者的暴力行动、死者的埋葬过程以及恋人们分隔两地的相思之苦。

正是在那年盛夏，疫城刮起了大风，一刮就是好几天。奥兰的居民向来害怕刮风。城市坐落在高原之上，没有任何天然屏障，风可以长驱直入，横扫街道。几个月来没有下过一滴雨水，炎热干燥的城市到处覆盖着灰土。风扬起漫天的尘土和废纸，落在日渐稀少的行人身上。到处可以看到人们赶路的身影：向前弓着身子，用手帕或手捂着嘴。以前到了傍晚，人们会聚集到一起，尽量把白日拖得越长越好，因为他们觉得每天都可能是自己的末日，而现在则不然，人们也三三两两地相拥回家或者走进咖啡馆。几天来黄昏来得更早，街道上空无一人，只是风还在肆虐地刮着。从远处波涛汹涌的大海上吹来藻类和海盐的气味。这座空城覆盖着白灰，弥漫着海洋的气味，到处响着风的呼啸声，就像一座不幸的孤岛发着痛苦的呻吟。

之前，在人口更密集、环境更差的郊区中死于鼠疫的人数要比中心城区多得多。但是现在疫神好像突然逼近了城区，降落到了商业街区。居民抱怨是外面的风把鼠疫的种子带到了这里。“它把事情都搞复杂了。”酒店经理说。但是不管是不是风的缘故，当他们夜晚听到窗外越来越频繁的救护车呼啸而过，仿佛听到冷酷无情的鼠疫发出低沉的召唤时，中心城区的人们知道现在轮到他们的头上了。

甚至在城里，人们也把一些疫情严重的街区隔离出来，只允许有紧急事务的人出入。而那些生活在这些街区里的人认为这项措施是专门为难他们的，相比之下，其他街区的人倒成了更自由的人。他们尽管也处在艰难时期，想到有人比他们还不自由，反而找到了某种心理安慰。“总算有比我受到的监禁更严厉的人”——这句话总结了当时人们唯一的希望。

在这段时期里，城里的火灾也有所增加，尤其是在城东的娱乐中心那边。据消息称，这是由于一些隔离刚回来的人，因为经受了巨大的不幸和失去亲人的打击变得神志不清，他们把房子点着了，以为这样可以烧死疫神。人们费了很大的力气来阻止他们这种举动，但这种事还是不断发生，又有狂风助威，所以整个街区都经常处于危险当中。政府出面说明对房子进行的消毒工作足够消除感染鼠疫的危险，但是依然无效，他们又不得不颁布法令，对无知的纵火犯采取严厉的刑罚。也许，不是监禁的处罚吓退了这些不幸的人，而是所有居民都确信监禁的刑罚就相当于给他们判了死刑，因为在政府的监狱里他们必死无疑。当然，这种坚定的想法不是没有根据的。显而易见的是，鼠疫似乎首先会对习惯于集体生活的人下手，比如士兵、信徒或者囚犯。因为，尽管一些囚犯是被分开关押的，但是一所监狱就是一个集体，事实也证明了在市政府的监狱中，有同样多数量的守卫和囚犯在鼠疫中丧生。在疫神高傲的眼里，监狱里的所有人，上至典狱长下至囚犯都是被判了刑的，也许这还是头一次，监狱里实现了完全平等的统治。

面对这种阶级平等化的现状，为了给他们划分出等级，政府想出了给在执勤期间死亡的监狱看守授勋的办法，但这还是解决不了问题。由于戒严令已经颁布，从某种角度看，监狱看守可以算作被动入伍的人员，这样就可以给他们追授军功章了。然而，犯人自然不会有什么异议，而军界却表示了对此事的不满，因为这样做会在公众中产生认识上的困惑。人们提出了请求，他们认为最简单的方法就是给死去的看守颁发鼠疫勋章。这样一来，那些对以前已经颁发的军功章又无法收回，但是军界仍然坚持自己的观点。另一方面，鼠疫勋章也有它自身的缺点，它不能像军功章一样产生精神上的作用，因为疫病期间这样的勋章很容易获得。结果是大家都不满意。

另外，管理监狱不能像管理修道院，也不能像管理军队那样。事实上，城里唯一的两所修道院的僧侣已经分开暂住到一些虔诚的信徒家里了。同样，在可能的情况下，一些小的连队也拆除了营房，驻扎到学校或公共建筑中。这样，疫病表面上迫使居民处于一种被围困着的团结状态，同时又破坏了传统的团体，使其中的成员重新回到了孤立的状态。这就产生了混乱。

所有的情况，再加上狂风大作，必然在某些人心头燃起熊熊大火。晚上城门又遭到了数次攻击，攻击者是一些有武器装备的小团伙。交火中，有人受伤，也有人逃跑。各个城门都加强了警卫，这些人也就很快偃旗息鼓了。然而这次的攻击足以在城里引发暴动情绪，产生暴力事件。房子着火，或者因为卫生问题而封闭的房子遭到抢劫。老实说，很难猜出这些行为是不是早有预谋。大多数时候，突发的情况使得那些平日里受人尊敬的人做出了可耻的行为，而其他人也立时效仿。人们经常能看到发疯一样的人，当着悲痛到目瞪口呆的房子主人的面，冲进还在着火的房子。看到主人无动于衷，一大群看客也学着前面的人，于是在黑暗的马路上，在火的微光中，我们看到一群变形了的黑影穿过渐渐熄灭的大火逃出房子，肩上扛着各种物件或家具。由于火灾频发政府不得不在鼠疫状态下发布了戒严令，并制定了一系列相关的法律。他们处死了两个小偷，但是这样的死亡在其他人眼里算不上什么，因为死亡已经司空见惯，两个被处死的人他们根本注意不到：这只是大海中的一滴水。事实上趁火打劫的事不断重复出现，政府的态度也是视而不见。而唯一还能影响到所有居民的措施是采取了宵禁。从晚上十一点开始，漫漫长夜，城市变成了毫无生气的石头城。

月光之下，城市里泛白的砖墙和笔直的街道排列得整整齐齐，看不到树木斑驳的阴影，听不到行人的脚步声和狗吠。偌大的城市寂静无声，死气沉沉，这时只是众多方形建筑的组合。在它们中间竖立着默默无言的人像，那些被遗忘的行善之人或者过去的大人物如今已经被封闭在青铜之中，只有石头或金属制作的他们的假面还在试图使人们回忆起他们以前的为人，但形象也渐渐模糊。在黑压压的天空下，在毫无生气的十字路口，这些平庸的偶像，面无表情的雕塑，高坐在他们的座位之上，相当形象地展示着人死后光彩尽失的样子。在这块城市墓地中，无情的疫神、冰冷的石头和死寂的夜晚将吞没一切声音。

人们的内心像黑夜一样忧郁，市民们听到有关埋葬方式的报道后心里就更加恐惧了。既然不得不谈到埋葬的问题，那么叙述者也只好说声对不起了。他清楚地知道人们可能要责怪他，他唯一能为自己辩解的理由是，在整段时期内埋葬是不可避免的，从某个方面来看，叙述者和所有市民一样不得不关心埋葬这件事。尽管如此，并不是说他对此类仪式产生了兴趣，相反他更感兴趣的是生者的世界，比如说海滨浴场。然而海滨浴场被封锁了，在这漫长的日子里，生者的世界整天充斥着恐惧，恐怕不得不向死者的世界让步。这是显而易见的事。当然，人们也可以想方设法不去看它，蒙上双眼，拒不承认，但是事实却具有一种可怕的力量，最终将带走一切。到了那一天，当您的亲人需要埋葬的时候，您能拒绝他们入土吗？

那么，一开始葬礼就有个特点，那就是快速，形式一律简化，殡殓仪式一概取消！病人死去时亲人不在身边，守灵又被禁止，因此在晚上死去的人只能孤独地离去，白天死去的人则立即埋葬。当然他们的家属会接到通知，但是大多数情况下，家属是来不了的，因为如果他们在病人的身边待过，那么现在就一定正在接受检疫隔离。如果家属不和死者一起住，那他们也只能在规定的时间前来，所谓规定的时间就是出发前往公墓的路上，这时尸体已经被清洗干净，放入棺材中了。

我们设想一下这个仪式就发生在由里厄管理的那个辅助医院里。学校的主楼后面有一个出口，朝着过道的一大块地上堆放着棺材。在那条过道上，家属找到了一个单放的且已经密封了的棺材。这时马上要完成最关键的一步，那就是让家属代表在文件上签字。接着把尸体装上一辆汽车，有时直接用货车，有时是一辆改装过的大救护车。亲人们坐上一辆还被允许运行的出租车，这列车队就沿着外环路开到墓地。在城门口，守卫要拦住车子，在官方通行证上盖上一个印章——没有这个印章，就不能进入市民所谓“最后归宿”的墓地——然后车子就开到一边，停到一块四四方方的墓地里，里面是一个个等待填埋的土坑。一位神父已经等在那里迎接尸体了，因为教堂里的殡殓仪式都被取消了。一边祷告，一边抬出棺材，捆上绳子，拖到坑旁，滑下去就撞上了坑底，神父开始摇晃他的圣水刷，这时第一层土已经盖到棺材上。救护车已经提前离开，接受洒水消毒，在铁铲越来越低沉的响声中，家属们冲进了出租车。一刻钟之后，他们就回到家里了。

这样，一切确实是以最快的速度完成，并把风险降到最低。毫无疑问，至少在最初阶段，这显然伤害到了家属们的感情。但是在鼠疫时期，无法一一考虑到这些问题：为了保证效率，就得牺牲一切。另外，刚开始，这种办法使人们的精神受到了一定的打击，因为把葬礼办得体体面面的想法是很普遍的，幸亏不久食物供给的问题变得严重起来，居民们转去关心更为迫切的问题了。排队、办手续、填表格，如果他们想吃饭这些都是必须要做的，人们也就无暇顾及他们周围的人是怎么死的，以及他们将来会怎样离开这个世界。这样一来，本来物质上的困难是件坏事，现在倒也有点好处。况且，正如前面看到的，如果鼠疫已经停止蔓延，一切正在好转。

这时候棺材变得稀缺，包裹尸体用的布料以及墓地的墓穴也不够，这就必须再想办法了。考虑到效率，人们开始采用最简单的集中埋葬，必要时还可增加医院与墓地之间的运输队伍。就拿里厄的工作来说，他所在的医院里此时只有五口棺材。全部装满后救护车就来运走。到了墓地，再清空棺材，把铁青色的尸体转移到担架上，停放到特设的停尸棚里。而棺材浇过消毒液后，又运回医院，这样的操作只要需要就重复进行。这项工作组织得不错，省长对此感到非常满意。他甚至向里厄表示，比起历史上有关鼠疫的记载中提到的由黑人用手推车运尸体的情况，这个要好多了。

“不错，”里厄说，“埋葬是一样的，但是我们还做了登记卡。这种进步是不容置疑的。”

尽管当局取得了这点成就，民众还是对这一系列程序感到不满，这样使得省政府不得不禁止亲人参加宗教仪式，只允许他们送到墓地门口，而且这还不是公开批准的。

因为他们在仪式的最后一步中，采取了一些改变。在墓地的尽头，有一块覆盖着黄连木的空地，他们在那里挖了两个大坑。一个坑用来埋男人，另一个坑用来埋女人。从这点看当局还是尊重礼节的，但是到后来，由于死者的数量不断增加，他们就把尸体乱七八糟地埋进去，连这点最后的体面也不顾了，一个叠着一个，男人和女人一起，也不讲什么廉耻之心。幸好这种彻底混乱的现象只出现在灾难的最后时期。现在这个时期里，男女还是分坑的，省政府也很坚持这一点。在两个坑的底部，铺了厚厚一层生石灰，腾腾地冒着烟。在坑的边缘石灰堆成的小丘不断地冒着气泡。救护车运来尸体后，人们整齐地抬着担架，把尸体一具挨着一具慢慢地滑下坑去，裸露的尸体弯弯扭扭，这时就在上面再盖一层生石灰，然后是泥土，但只填到一定的高度，这是为了给下面一批“来客”预留位置。第二天，死者的亲人会被请来在登记簿上签字。这就是人和猫狗之类的不同之处：人总有记录可查。

所有这些工作都需要人手，可是人手又总是不够。护士和掘墓人起初由政府的雇员担任，后来都是临时招募的，这时后来临时招募的人许多都死于鼠疫。无论他们多么小心，总有一天会受到感染。但是仔细想来最令人惊奇的是在整个鼠疫期间，还从来不缺干这一行的人。危机的时期出现在鼠疫达到高峰之前不久，里厄那时也是担心不已。因为无论是管理人员还是他称为干苦力的，人手都不够了。但是自从鼠疫真正占领整个城市的那天开始，鼠疫的肆虐甚至还带来了方便，因为鼠疫破坏了所有的经济生活，这就造成数量众多的人员失业。多数情况下，在失业者中招不到管理人员，但是要找干粗活的人却是很方便。从那时起，贫困比起恐惧来更加强烈，这是因为工作报酬和风险系数是成正比的。卫生机构手里有一张申请工作者的名单，一旦有人休假，就可以通知名单上最靠前的人，除非他们在等待时也在休假，否则肯定会来报到。很长时间以来，省长也曾考虑过起用有期或无期的囚犯来做这类工作，这样一来就不必采取这种极端的方法。只要还有失业人员来应聘，他就同意继续采取这种方法，其他的以后再说。

直到八月底，我们的市民总算能够凑合着被送到他们的最后的安息地，尽管不算体面，但至少没有乱套，当局也因为尽到责任而心安理得。不过现在我们得把事件的后面一部分提前叙述一下，以便把最后所采取的步骤做一次报道。从八月份开始鼠疫就处于相持阶段，死难者越来越多已经远远超出了城内这块小墓地的容纳量。墓地的围墙也被拆掉了，让这些死者蔓延到周围的土地上，但这也无济于事，还需要寻找其他方法。首先他们决定改在晚上进行埋葬，这样可以一下子省去很多规矩仪式，救护车里的尸体也越堆越多。有些违反规定的夜行者（或者是因为工作关系）在宵禁之后还在外围街区停留，有时就会看到一排长长的白色救护车飞驰在马路上，静夜寂寥的大街上回荡救护车的鸣叫声。尸体被急急忙忙地扔到坑里，死人还没有停止摇晃，一铲铲的石灰就砸到他们的脸上，然后黄土一埋，就连他们的姓名也一起被埋葬了。墓地里的坑也越挖越深。

然而没过多久，人们就又不得不寻找其他的土地，加大原先墓地的宽度。省里一纸公文征用了永久转让的墓地，把所有挖出来的尸体都送往焚尸炉进行火化。不久，死于鼠疫的尸体也不得不送去火化了事。因为这需要使用放置在城市东面、城门之外的旧焚尸炉，于是他们又把哨岗往外挪了点。一个市政厅里的公务员使用已经弃用了的、过去沿着海边悬崖旁的电车来运尸，这样一来大大简便了政府的工作。于是他们便改装了电车内部的电动机，拆掉车内的座位，并把线路改道直接通向焚尸炉，这样焚尸炉便成了电车的终点站。

整个夏末直至秋雨绵绵的时节，每到深夜，人们都能够看到没有乘客的电车摇摇晃晃地沿着大海边的峭壁驶过。最后居民还是知道了真相。尽管巡逻队禁止人们靠近悬崖，但是一群群人还是成功地钻进了悬在海浪之上的岩石丛中，在电车经过时，把鲜花扔到拖车车厢中去。这时我们就能在夏夜里听到电车颠簸前进的声音，上面载着尸体与鲜花。

开始几天，黎明时分，恶臭的浓烟笼罩着东城街区的上空。所有医生都认为尽管这种气体不太好闻，但是不会损害人体。但是几个街区里的居民立刻就惊慌地逃跑了，确信疫神是在高空之上击打他们，这样一来当局不得不在焚尸炉上安装一套复杂的导气管道以改变浓烟的方向，使居民安心。只有在刮大风的日子，从东边飘来一阵难闻的气味时，人们才会想起他们周围的环境已经与往常不同了，每天晚上疫神都在用炙热的火焰吞食着献给他的贡品。

这正是鼠疫带来的最严重的后果。但幸运的是鼠疫没有继续蔓延，否则可以设想机构的明智、省政府的防疫措施，甚至于焚尸炉的火化量总有一天会应付不了局面。

里厄明白那时他们还会提出极端的解决方法，比如把死尸扔到大海里。他能够在脑海中清楚地想象出在蓝色的海水中溅起的巨大的水花。他更加明白如果统计数字继续上升，任何机构——无论它的工作做得多么出色——也抵抗不了鼠疫的袭击，那时人们将成堆地死去，尸体在街道上腐烂。不管是在省里还是在市里，在公共广场上能看到那些垂死的人怀着一种完全可以理解的仇恨和毫无意义的希望紧紧地抓住活人。

总之，正是这样明显的事实或者恐惧的心理造成了市民心中的隔离和流放之感。关于这方面，叙述者深表遗憾没有什么引人入胜的事可以报道，比如一些鼓舞人心的英雄或者惊天动地的壮举，就像我们在旧小说里经常读到的那样。这是因为没有比一场灾难更缺乏戏剧性的东西了，而且巨大的灾难，由于持续很长时间，往往是单调的。回想起他们所经历过的那些不幸，处于鼠疫中的可怕的日子并不是水深火热或者冷酷无情的，那更像是一种无休无止的践踏，一切都被压得粉碎。

不，鼠疫与疫病开始时萦绕在里厄医生脑海中的令人激动的图景没有任何共同之处。一开始，它是通过一套小心翼翼、运行良好、无可指责的行政措施体现出来的。另外要说明的是，为了不背叛什么，首先为了不背叛自己，叙述者努力保持了叙述的客观性。他几乎没想过要用艺术手段修饰这个事件，除了不得已为了叙事的连贯性而这样做。正是出于客观性本身的要求，他现在才说，如果人们在这段时期里忍受的巨大痛苦中，最普遍也最深刻的痛苦是分离，如果必须实事求是地对鼠疫的这一阶段作出一个新的描述的话，那最真实的事实就是，此时这种痛苦本身已经失去了它的悲怆性。

我们的市民，至少那些忍受着最深的离别之苦的人，他们能习惯这种处境吗？答案不一定都是肯定的。更确切的说法是，他们在精神上和肉体上同时忍受着消瘦的痛苦。鼠疫刚开始时，他们还能够清晰地回忆起他们失去的那个亲人，苦苦思念。但，如果说他们能清晰地回忆心爱之人的音容笑貌，回忆他们事后才意识到很幸福的某一天，他们却很难想象，当他们回忆往事时，远在天涯海角的亲人能做什么。总之，那一刻他们有记忆力，却缺乏想象力。到了鼠疫的第二阶段，连记忆也开始模糊。并不是他忘记了那张脸，而是因为那已不再是有血有肉的面容，他们已不再感到对方的存在。开始的几个星期里，他们抱怨的是只能记起他们恋人的影子，接下来感觉这个影子越来越没有血肉，最后连记忆中的颜色也褪去了。长期分离的结果是，他们再也无法想象过去属于他们的卿卿我我的生活，甚至连过去曾有过一个生活在一起、随时可用手触摸到的人这回事也感到不可思议起来。

从这点看来，他们已经接受了鼠疫的统治，越平庸的人就越容易受到它的影响。在我们这儿，没有一个人还有什么崇高的情感，所有人只有同样单调的感情。“是时候结束了。”市民都这样说，这样说是因为，在灾难期内，期待共同的苦难早点结束是很自然的事，而且他们确实也是这样盼望着的。但是讲这些话的时候，初期的抱怨和冲动已经没有了，只有脑袋还可以清楚做这样的几个推理，但也虚弱无力。开始几个星期的粗暴冲动已经被一种沮丧的情绪所代替，这种状态被称作逆来顺受当然不合适，但又不能不说这是一种暂时的妥协。

市民们重新开始生活，适应了目前的境况，正如人们所说，因为别无他法。他们自然还会感到不幸与痛苦，但是这种感觉也不再那么强烈了。但是里厄却认为，这才是真正的不幸，对于绝望的习惯比绝望本身更加糟糕。以前，被分开的人不是真正的不幸，在他们的苦难中还有一丝光明，但现在这光明已经熄灭了。现在，我们看到市民们坐在街角、咖啡馆或者朋友家里，心情平静而又心不在焉，以至于整个城市有了他们看上去就像一间候车室。人们干起工作来也同鼠疫的姿态一样：小心翼翼又不露声色。所有人都变得谦卑。忍受分离之苦的人第一次不忌讳地谈起远隔天涯的亲人，他们说着相同的话，用看待疫病统计数字的态度来看待他们的分离。在这以前，他们从不觉得他们的苦恼和全城共同的不幸是一回事。现在他们也接受了同不幸掺在一起的事实。没有对过去的记忆，也没有对未来的希望，他们置身于现在。事实上，对于他们，一切都成了眼前的事。需要说明的是，鼠疫也带走了他们的爱情，甚至友谊。因为爱情总要有点未来的含义，而对于他们来说，除了此时此刻，其他一无所有。

当然，所有的这一切并不是绝对的。因为如果说所有分离的人都会进入这种状态，那么还需补充的是他们不可能同时进入这样的状态，并且，一旦他们产生了这种新的态度，还会有瞬间的旧梦，短暂的回忆，突然的清醒为这些忍受相思之苦的人带来更加敏感的、更加痛苦的回忆。有一段时间，他们为了排遣，会计划一下鼠疫停止之后的生活。有时他们还会触景生情，出乎意外地被莫名的嫉妒中伤。另外一些人在一星期里的某几天里，突然振奋起来，摆脱了麻木不仁的状态，比如是星期日和星期六下午，因为这两天是他们过去与他们的亲人固定做某些事情的日子。或者在某些傍晚时分，某种忧郁占据了他们的心头，向他们预示——但不总是确定——往事又要在脑海里出现。晚上这个时间，对于信徒来说是反省的时间，而对于囚犯或流放者来说，这个时间是难熬的，因为他们反省时只看到内心的空虚。那时他们感到心里空荡荡的，但不一会儿，他们又回到了精神麻痹的状态，重新回到鼠疫的禁闭之中。

人们明白，不需要放弃关于个人的私事。这与鼠疫刚开始的时候不同：那时，他们还为一大堆个人琐事担心不已，而对别人的生死则漠不关心，他们只有私人生活的经验；而现在，恰恰相反，他们也开始急人所急，他们也和别人有了同样的想法，甚至他们的爱情也成了一个最抽象的概念。他们这时完全屈服于鼠疫了，他们也不再期望什么，只有当他们睡觉的时候，才会突然意识到自己的想法："这些腹股沟淋巴结肿块赶快消失吧。"但事实上他们都在睡觉，整整一段时期不过是一个漫长的梦。城中都是些做着这种白日梦的人。只有在深夜里，他们表面已经愈合的伤口重又突然裂开。在被疼痛惊醒时，他们才算清醒一下。他们迷迷糊糊地触摸一下又痛又痒的伤口边缘，重新体会到伤口的疼痛，突然又变得如此清晰，随之而来的是恋人模糊的面容。到了早上，他们又回到了灾难之中，也就是那些机械的生活。

但是人们会问，这些关山阻隔的人脸上会有怎样的表情？其实这很好回答，他们面无表情。或者换一种更好的说法，他们的表情都一样。他们分担着城市的沉寂和孩子气的骚动。比如说，他们当中最聪明的人也装得和大家一样看报纸、听广播，在上面寻找鼠疫就快结束的可信依据，抱着一些不切实际的幻想，或者读某个记者闲到无聊碰巧写的一篇评论，就毫无依据地感到害怕不已。其他的人，他们不是喝酒就是照顾病人，不是无精打采就是筋疲力尽，不是在分类卡片就是在听唱片，大家都是彼此彼此。换句话说，他们也不再挑三拣四了。鼠疫消除了他们对事物价值大小的判断。这点很容易看出来：没人在买衣服和食物的时候再去看它质量的好坏，一概收下。

最后要说的是这些分离的人不再拥有他们一开始保有的奇怪特权了。他们失去了爱情的自私心理，以及他们从中获得的好处。至少现在，情况已经很清楚了，灾难关系到每一个人。城门传来的阵阵爆炸声，一个个印戳有节奏地盖出我们的生或者死，一场场火灾，一张张档案卡片，周围恐怖的气氛，登记在册的屈辱性的死亡，可怕的浓烟和救护车铃声……我们所有人啃着流放犯的面包，一无所知地等待着那将轰动全城的重逢和太平。我们的爱情无疑还存在，但它发挥不了作用，变成了一种负担，毫无生气，就像犯了罪，判了刑，没有了结果。爱情只是没有尽头的忍耐和固执的等待。从这点看来，市民中某些人的态度使人联想到城市四处粮食店前排着的长队。那些排队的人也带着同样的顺从和隐忍，同时又遥遥无期，没有幻想。所以只要把这种心情再放大到一千倍就符合分离的人所受的相思之苦了，而这是另一种饥渴，它将吞噬一切。

不管怎样，假如有人想对那些与亲人分离的人的精神状态有个清楚的概念，就必须重新回顾一下那个满天余晖，遍地尘土的永远不变的傍晚。当夜幕降临到这个没有树木的城市时，男人和女人们拥上街道。在这片仍有光照的土地上没有任何机器和汽车的喧闹，而往常这些都是城市固有的声音，现在只能听到沉闷的脚步声和说话声，那是阴沉的天空下，疫神发出的呼啸声，为成千上万的人痛苦挪动着的脚步打着节拍。无休无止、沉闷难忍的践踏声最后逐渐充满了整座城市，一个晚上接着一个晚上，这种声音无比低沉无比忠实地催生了一种盲目的固执情绪，最后终于取代了人们心中的爱情。

鼠疫第四部

19

九十月间，鼠疫守着这座孤城。疫神从没有停止它前进的脚步，成千上万的人只得一个星期又一个星期地原地顿足。云雾、烈日和暴雨相继向天空袭来。从南面来的椋鸟和斑鸫的队伍，无声无息地掠过苍穹，绕开城市，好像帕纳卢所描述的疫神在屋顶上挥舞着那根奇特的木棍，发出呼呼的声音，吓得它们不敢靠近。十月伊始，大暴雨把街道洗刷得一干二净。这段时间里，只有疫神的践踏还在继续，它破坏着一切。

这时里厄和他的朋友都感到疲惫不堪。事实上，卫生防疫组织里的人已经再也不能承受这样的疲惫了。里厄医生意识到这点，是因为他观察到身边的朋友和他自己身上新增了一种漠不关心的奇怪心理。这些人在以前一直对鼠疫的消息表现出极大兴趣，现在却不再关心任何事情了。朗贝尔临时被分配去管理一间隔离病房，那个病房不久前才设在他们的酒店里，他对那里隔离观察的人了如指掌。他对自己制定的这套制度的细节十分清楚：一旦发现疫情，就马上转移病人。那些血清在隔离病人身上的实验效果的统计数据也深深地刻在他的脑子里。但是他也说不出每周在鼠疫中具体的死亡人数，也不清楚疫情是进还是退。但是不管怎么样，他仍然希望能够尽快出城。

至于其他人，由于日日夜夜地埋头于他们的工作，根本不看报也不听广播。要是有人跟他宣布某个结果，那时他们才会显出一副感兴趣的神情，但其实他们只是抱着漫不经心的冷漠态度，这使人们联想到那些战时因为建筑工事而筋疲力尽的士兵，只专注于他们的日常工作，对决战和停战再也不抱什么希望。

格朗，他还在继续着鼠疫的统计工作，但是可以肯定他统计不出总的结果。与塔鲁、朗贝尔以及里厄不同的是，他的身体本来就不好，不像前面几个人那样看上去就是不容易累倒的人。然而，他却同时要兼做几份工作：市政府助理、里厄的秘书，还有他夜间的工作。这样就使他一直处于一种疲劳的状态，只有两三个坚定的想法还在支撑着他，比如鼠疫之后就会至少有整整一个星期的假期，他就可以轻松地进行他正在做的令人“脱帽致敬”的工作了。而且他还很容易产生突然的感动，在这种情况下，他会主动向里厄谈起让娜，想此时她可能在哪里，她读到报纸上的消息会不会想起他。一天，里厄用十分平淡的语气跟他说起自己的妻子，这让里厄自己也很吃惊，这是他以前从来没有说过的。他妻子发来的电报总说她很好，让他安心，但他还是放心不下，于是决定发电报给他妻子所在疗养院的主治医生询问情况，医生回复说他妻子病情加重了，医院保证会采取一切措施阻止她的病情恶化。他一直把这个消息压在心里，他也无法解释为何会向格朗提起，可能是疲劳的缘故。公务员先是跟他谈到让娜，然后问起他的妻子，里厄才做了回答。“您知道的，”格朗说，“现在这种病很快就能治好。”里厄点点头，坦率地说他开始感到与妻子分离的时间有点长了，他也许可以帮助他的妻子战胜疾病，但是如今，她一定会感到十分孤独。后来他就说不下去了，只是含糊地回答着格朗的提问。

其他人也是相同的情况。塔鲁比较能顶得住，但是他的记事本说明他依然对周围的事物充满强烈的好奇心，但是这种好奇心失去了它的广度。在这段时间里，他好像只关心科塔尔。自从酒店改作隔离病房后，晚上他就住到了里厄家里。他几乎不太注意听格朗或者里厄谈论抗击鼠疫的情况，没听几句，他就马上把话题转到他通常关心的奥兰人的日常生活琐事上。

关于卡斯特尔，那天他来通知里厄血清已经准备好了，之后他们决定在受到疫菌感染的奥顿先生家的小男孩身上进行第一次试验，这个小男孩刚被送进医院，在里厄看来似乎已经没有希望。当里厄正要把最新的疫病统计数据告诉老朋友的时候，他发现对方已经陷进扶手椅里沉沉地睡去了。以往卡斯特尔的脸上总是带着一种温文尔雅而又有点讥讽的神色，显示出无限的青春，而此刻他看到的是一张毫无生气的脸，微张的嘴角挂着一丝唾液，显示出他的精力衰竭和年迈苍老。面对这张脸，里厄感到自己喉咙哽咽了一下。

在疲惫时里厄感到了自己的软弱。他渐渐失去了同情心。他的心大多数时候是打了结的，变得冷酷无情，然后一点点地被打碎，陷入某种感情而无法自拔。他唯一的抵御方式是躲避到这个冷酷的外表之下，拉紧在心里形成的心结。他清楚地知道这是能让自己继续工作的好方法。此外，他没有太多幻想，身体的疲惫剥夺了他的这项权利。因为他明白，在这个看不到未来的时期中，他的职责不再是给人治病。他的职责是诊断、发现、观察、描述、登记，然后断定病人患了可怕的病症，这些就是他的任务。那些家属拉着他的袖口，嘶喊着：“医生，救他一命吧！”但是他去那里不是为了救人性命，而是为了下达隔离命令的。那时他在那些人的脸上看到的怨恨代表着什么？“您没有心肝。”有一天有人这样对他说。不，他有一颗心哪！这颗心支撑着他每天持续工作二十小时，眼睁睁地看着本该活着的人一个个死去。这颗心促使他日复一日地重复这项工作。他的心只够使他做这些事。这样的一颗心，怎么够去救人的命呢？

不，他整天给人的不是救助，而是消息。当然，这不能称为一种职责。但是说到底，在这个惊恐万分，不断有人死去的人群中，究竟谁还有闲心去干自己的本行？这时疲惫还真有点好处。要是里厄头脑更加清醒一点的话，这种到处弥漫的死人气息一定会让他触景生情。但是对于一个只睡四个小时的人来说，他是没有时间多愁善感的。人们只看到事物本来的面目，也就是说他们看待事物就是以正义为标准，那种丑陋的和嘲笑人的公正。而对于其他的人，就是那些被诊断得了绝症的人，他们也体会到了这一点。在鼠疫发生之前，他们把他看作是救世主。他仅用两三粒药丸和一针注射剂就能处理好一切，他们紧握着他的手臂，顺着走廊一路送出来。这种举动虽然讨人喜欢，但是危险。而现在，相反的，同他一起出现的还有士兵，为了让某户人家开门还要用枪托砸他们家的门。就好像要把他的家人送上死亡的道路，要把全人类同他的家人一起送上死亡的道路。啊！人确实不能离了同类，他也和这些不幸的人一样感到空虚，他也需要别人的怜悯。这种怜悯之心，在他离开这些不幸的人的时候变得更加的深切。在这没完没了的日子里，至少这是里厄医生的一些想法，其中还夹杂着他对分离状态的思考。在他朋友们的脸上也同样有所反映。所有抵抗鼠疫的人都开始有点支持不住了，这种疲惫所带来的最大危险，不是他们对死亡的冷漠和对病人的无情，而是他们的漫不经心、视而不见的态度。因为这时他们都有一种倾向：省略一切看来不是绝对必要的手续，总是高估自己的力量。这些人越来越无视他们自己制定的卫生条例，忘记他们应该在自己身上实施消毒程序，有时没做防疫措施就急忙赶到感染肺鼠疫的病人家里，因为他们往往是被临时通知去病人家里的，他们已无精力去某些规定的地方注射必要的药剂。这才是真正的危险所在，因为与鼠疫斗争本身就使他们最容易受到鼠疫的感染。总之他们是在碰运气，但是好运气不是人人都能碰到的。

然而在城里还有一个人，看起来既不疲倦也不沮丧，仍然露出一副扬扬得意的样子。这个人就是科塔尔。他继续与别人保持一定的距离，但却选中了塔鲁，只要塔鲁一有空，科塔尔就会去看他。一方面这是因为塔鲁对他的情况够了解，另一方面，还因为塔鲁总是以一种永远不变的真诚态度欢迎这位享受年金的小矮个子。这是一种持续不断的奇迹：不管他做了多么繁重的活，塔鲁总是和蔼可亲。甚至有几个晚上疲惫已使他不堪重负，但第二天他又精神抖擞。科塔尔对朗贝尔说过："我与塔鲁很谈得来，因为他有人情味，总能体谅别人。"

所以这段时期里塔鲁的笔记就逐渐集中到了科塔尔这个人物上。塔鲁试着写出了一篇记录了科塔尔的行为和思考方式的文章，有些是科塔尔亲口对塔鲁袒露的，或者是他自己作出的解释。这篇文章的题目叫作《科塔尔与鼠疫的关系》，写满了日记本的好几页纸，叙述者觉得有必要在这里做一个摘要。塔鲁对这位矮个子的领年金的人总的看法总结在这句评价中："这是一个形象渐渐高大起来的人物。"另外从外表上看他的心情也越来越好。他对事态的发展并无不满。有时在塔鲁面前，他会用这样的句子吐露他心底的想法："当然，情况仍不见好转。但至少，大家是同舟共济的。"

"当然，"塔鲁补充说，"他和大家一样受到威胁，但是他仅仅是和大家在一起。其次，我可以肯定，他并不相信自己会受到鼠疫的感染。他的神情表明他有这样的想法，换个角度看这个想法倒也不蠢。当一个人遭到严重的疫病或被深深的忧虑折磨时，他就不会再有任何其他的疾病或烦恼。'您是否注意到，'他对我说，'我们不可能同时得所有病？假设您自己得了重病或不治之症，比如癌症晚期或者要命的结核，那么您就绝不会得鼠疫或伤寒。而且，这方面的效果要比上面的例子大得多，因为我们绝见不到一个癌症患者会死于车祸。'不管真假，这种想法让科塔尔心情舒畅。他唯一担心的事就是怕与别人分开。比起被单独一个人监禁起来，他宁愿和大家一起被围困起来。鼠疫一来，什么秘密的调查、档案、登记卡、密令以及围捕等等，这些都算不上什么。确切地说，这里不再有警局，不再有新的或者旧的犯罪，不再有罪犯，只有被鼠疫‘判了刑’的人在等待着最专制的疫神的恩赦，而在这些人当中也包括警察。”这样一来——还是根据塔鲁的解释——科塔尔有充分的理由可以用这种宽容、体贴而又满意的态度去看待市民们忧虑和惊慌失措的表现，他可以用一句话来表达：“你们尽管说吧，反正这种事我早就经历过了。”

“我跟他讲，不与别人分开的唯一方法说到底就是要凭良心做事，但这根本是白说。他狠狠地瞪了我一眼，对我说，‘那么，依照您说的，人和人就绝不可能待在一起了。’他接着说，‘随你怎么说好了，不过我要跟您说的是，唯一使人在一起的方法就是让鼠疫降临到他们头上。您看看周围的人和事就知道了。’事实上，我完全明白他想说什么，我也知道现在的生活在他看来是多么安逸。旁人的反应跟他相同，他怎么可能看不到？每个人都企图让所有人和他待在一起。在开始为别人指路时我们热情有加，但再次看到他们时就不耐烦了；人们对高级餐厅趋之若鹜，待在里面时得意扬扬不想出来；每天在电影院门口排着队的闹哄哄的人群，把所有的剧场和舞厅都挤得满满的，像来势汹涌的潮水一样涌向公共场所；人们都害怕与人交往，但是人类火热的欲望，又驱使男男女女互相靠近，摩肩接踵。显然，科塔尔早就经历过这些。不过女人除外，因为凭他那副嘴脸……我猜想当他需要找妓女时，为了避免造成恶劣的印象而害了自己，他就自我克制了。

“总之，鼠疫在他这儿取得了胜利。它把这个不甘孤独的人变成了它的同谋，一个心甘情愿的同谋。他赞同它所做一切。人们寄希望于迷信，莫名其妙地恐惧，处于戒备状态的神经十分敏感；他们尽量避免谈到鼠疫却又不断提起鼠疫的怪癖。自从他们知道了疫病是从头部先开始发病后，一点点头疼也能把他们吓得面色苍白、惊慌失措；

他们一触即发的脾气和反复无常的情绪，使他们把别人的遗忘也看作是一种冒犯，甚至会为丢失了一颗裤子上的纽扣而伤心不已。”

塔鲁经常和科塔尔晚上一起出去。他接着在他的笔记本中记叙了他们如何走到这群在黑夜或者暮色中忧郁的人群中去，淹没在摩肩接踵的黑白人影之中，因为每隔一段距离，才有一盏发着微光的路灯，他们跟随着人群去寻欢作乐以摆脱鼠疫的冷酷无情。几个月前科塔尔在公共娱乐场所寻找的正是这种奢侈丰富的生活，这正是他一直梦寐以求而又无法满足的狂欢纵欲的生活，而现在全城的人都趋之若鹜。一方面物价不断上涨，另一方面人们却挥金如土；一方面大多数人连生活必需品都很缺乏，另一方面人们却大量购买奢侈品。我们看到供游手好闲的人娱乐的赌场开得越来越多，而这不过反映了失业现象。塔鲁和科塔尔有时会花很长时间跟踪一对情侣，以前，情侣们相会总是小心翼翼地掩人耳目，而现在却紧紧相依着对方，毫无顾忌地走在大街上，火热到忘乎所以，把周围的人群置之度外。科塔尔羡慕地喊：“啊！伟大的爱情！”面对这种集体的狂热，看着明目张胆的调情，听着周围人们大把大把丢出小费发出的响声，他兴高采烈，高声喊叫。

然而，塔鲁觉得科塔尔的这种态度并没有什么恶意。他说的那句“我早就经历了”的话显示了他的不幸遭遇要远多于得意之事。塔鲁在日记本里写道：“我认为他开始喜欢这些被天空和城市的高墙监禁的人们。比如，他会主动向他们解释鼠疫并不像他们想象的那样可怕。他曾跟我断言：‘您来听听他们说的这些话，鼠疫过后，我要做这个，鼠疫过后，我要做那个……而现在他们不愿安安心心过日子，却自寻烦恼。他们甚至看不到这种事对他们有利的一面。而我这样的人，难道还能说，在我被捕之后，我要做这做那吗？逮捕就是事情的开始，而不是结束。可是这回鼠疫来了……您想听听我的想法吗？他们是悲哀的，因为他们不能顺其自然。我很清楚我在说什么。’”

“确实他知道他在说什么，”塔鲁在这段话的后面补充道，“他恰如其分地讲出奥兰居民的这种矛盾。他们迫切地希望互相接近的热情，却因为心存戒心而又彼此疏远。人们深知不能轻信自己的邻人，因为对方可能在你不知道的情况下，利用你对他的信任，把鼠疫传染给你。如果有人，和科塔尔一样，花时间从他身边的同伴中找出一些可能会告发他的人，我们就能理解这种心情，就会同情下面提到的这种人：他整天担心着鼠疫随时会把它的魔手伸到自己的肩膀上，可能就在他庆幸安然无恙的时候它却突然降临了。尽管有这种可能，在恐怖的气氛中，科塔尔还是轻松自如，这是因为科塔尔早就经历过了，所以我相信他完全不会像其他人一样被这种忐忑不安的心情折磨。总之，和我们这里所有还未死于鼠疫的人一样，他清楚地知道自己的自由和性命是朝不保夕的。可是既然他已经品尝过恐怖的滋味，他觉得现在轮到别人来尝一下也是正常的。更确切地说，在他看来，大家共同分担恐惧，比他一个人承受的时候轻多了。这就是他的错误所在，在这一点上，他比别人更难理解。但是话说回来，也正是因为这样他才更值得我们去了解。”

最后，塔鲁在日记本里记录了这样一件事，它说明了科塔尔和鼠疫患者身上共有的一种奇怪心理。这件事也大致表现了这段时期里难以忍受的气氛，这就是为什么叙述者要重点提到它。

那天，科塔尔邀请塔鲁去市歌剧院观看歌剧《俄耳甫斯与欧律狄克》。这支剧团是在鼠疫发生的那个春天来到我们的城市的，因为疫病被困在了城中。在与歌剧院协商之后，他们每周一次地重演他们的歌剧。就这样，几个月以来，每到星期五，市歌剧院里就回荡着俄耳甫斯曲调优美的哀怨唱腔以及欧律狄克无力的呼喊声。然而，这出剧目继续受到公众的欢迎，总是座无虚席。科塔尔和塔鲁坐在票价最高的正厅前座上，周围坐着本城的上流人士。那些迟到的人极力让人们注意到他们。在耀眼的幕前灯光下，当乐师们还在轻声调音时，现场总有一些黑影从一排座位小心翼翼地钻到另一排座位，温文尔雅地向座位上的人鞠躬致意。人们斯文地小声交谈着，又恢复了不久前他们在城市黑暗的街道上行走时失去的镇定情绪。他们的礼服赶走了鼠疫。

整个第一幕，俄耳甫斯都在引吭高歌，如泣如诉。几个穿着长裙的女子优雅地评论着俄耳甫斯的不幸，接着他用小咏叹调歌颂着他的爱情。全场观众报以适度的热情态度作出回应。人们几乎没有发觉在第二幕中俄耳甫斯的唱腔中出现了一个不应有的颤抖，接着他在用眼泪向阴间的神灵恳求怜悯时，哀婉的音调也显得稍微有些过分。他出现了几个不连贯的动作，可是连行家也把这类失误看成了歌唱家的别具风格，认为这给他的表演增加了光彩。

在第三幕中俄耳甫斯与欧律狄克要有一个二重唱（即在欧律狄克和他的恋人诀别时），这时剧场里响起了一声惊叫。好像这位男演员就是在等待观众的这种反应似的，或者更确切地说是来自正厅前排的这声惊叫暗合了他此刻内心的感情，他选择在这一刻用一种古怪的方式——穿着古装，手脚张开——走到前台的脚灯处，在一片牧歌声中倒了下去。这声牧歌本来就不合时宜，但是，在观众的眼中它还是第一次变得真正的不合时宜，而且是以一种可怕的方式。因为，就在同一时刻，乐队停止了演奏。正厅前排的观众站起身来，开始慢慢地退出剧场，起先肃静无声，就像人们在弥撒结束的时候走出教堂，或者又好像参加完葬礼走出殡仪馆，女人们收起她们的长裙，低着头离开，男人挽着女伴的手肘指引她们离开，避免她们撞到折椅。但是渐渐地，人流的移动开始匆忙起来，原先的低语声变成了惊呼，人群开始朝出口拥去，挤作一团，互相冲撞着、叫喊着。科塔尔和塔鲁，只是先站了起来，目睹了他们当时生活中的一幅形象的画面：舞台上的鼠疫由一个蹩脚的二流演员扮演，这时在剧场中的一切奢华都是无用的，比如被遗忘的折扇和红色的从扶手椅拖到地上的凌乱花边。

20

九月最初的几天里，朗贝尔一直认真地在里厄身边工作。其间他只请了一天的假，因为那天他要和坎普斯萨雷斯以及两个年轻人去一所中学会面。

那天中午，在约定的地点坎普斯萨雷斯和记者等到了两个年轻人，他们正笑着往这边走过来。他们说上次失去了机会，现在还要等待机会。不管怎样，这星期不是他们值班了。必须耐心地等到下个星期。那样就需要重新开始。朗贝尔说要一言为定，这次他们要把朗贝尔带到马尔塞斯和路易的家里去。于是坎普斯萨雷斯建议下个星期再见一面。“我们见一次面，就我和你。要是我没出现，你就直接到他们家里去。他们会跟你说他们的住址。”但是马尔塞斯，或路易说最简单的办法就是现在就把他的朋友带过去。如果不嫌弃的话，那里有够他们四个人吃的食物。他考虑了一下这个建议。坎普斯萨雷斯说这个主意很好，于是他们朝着港口走去。

马尔塞斯和路易住在海军营地的边上，靠近朝悬崖开放的那个城门。这是一间低矮的西班牙民居，墙打得很厚，油漆的木板窗，隔出了几个阴暗的空荡荡的房间。给他们做米饭的是年轻人的母亲，这是一个满脸皱纹、面带微笑的西班牙老太太。坎普斯萨雷斯感到吃惊，因为现在城里已经缺米了。“在城门那里能搞到。”马尔塞斯说。朗贝尔吃饱喝足了，坎普斯萨雷斯说他是好伙伴，而此时记者心里只想着的却是还要等一个星期。

事实上，他还要等两个星期，因为要再过半个月才轮到那两兄弟值班，那时的警卫队人数才会减少。在这半个月中，朗贝尔不间断地、不遗余力地工作着，从早上一直工作到晚上，困了只眯一会儿。到了深夜，他躺下后马上就能沉沉睡去。由空闲突然转到使人筋疲力尽的繁重工作使他连做梦的力气也没了。他很少谈起他不久后的逃跑计划。唯一一件值得注意的事是在一个周末，他第一次向医生讲出了实情。前一天晚上他喝醉了，他从酒吧里走出来时，突然感到腹股沟有些肿，手臂活动也有些不太灵活。他觉得这可能就是鼠疫了。那时他仅有的反应——这是他告诉里厄的——有点不可思议：他向着城内高地跑去，在那儿的一个小广场上，看不见大海，但是可以望到更宽阔的天空，在城市的高墙之上，他大声地喊出他爱的女人的名字。之后他回到住处，却没有发现身上有任何感染的迹象，他对这次突然的发作有点担心。里厄表示他能理解人此时作出的反应，他说："不管怎样，在那种情况下，人们可能需要那样做。"

"奥顿先生今天早上跟我谈到了您，"在朗贝尔刚要离开的时候，里厄突然补了一句，"他问我是不是认识您，他跟我说：'您跟他提个醒，叫他不要和那些流氓来往，有人已经盯上他了。'"

"这又说明什么？"

"这是叫你要赶快行动了。"

"谢谢！"朗贝尔一边握着医生的手一边说。

出门的时候，他突然转过身来。里厄注意到自从鼠疫开始以来，还是第一次见到他笑。

"那么您为什么不阻止我离开？您应该有办法。"

里厄像往常一样晃着脑袋说，这是朗贝尔自己的事，他选择了幸福，而里厄没理由反对他，也没能力判断这件事的对错。

“为什么叫我快点？”

里厄也笑了笑，“可能是我也希望吧，我自己也想为追求幸福做点事。”

第二天，除了工作他们什么也没有谈。到了第二个星期，朗贝尔已经住到那间西班牙式的小房子里了。他们在房间里安了一张床。由于两兄弟不回家吃午饭，而且他们叫他尽量不要出去，所以大多数时候，他就一个人待着，或者和他们的母亲聊聊天。她人很干瘦，但精力充沛，穿着黑衣服，在她干净的白发下有一张布满皱纹的黄褐色的脸，她看着朗贝尔时，总是微笑着不发一语。

有一次，她问朗贝尔是否担心把鼠疫传染给他的妻子。他说他认为这是一次出去的机会，虽然机会很小，但是如果待在城里，他们就可能永远分离。

“她人好吗？”老妇人笑着说。

“非常好。”

“漂亮吗？”

“我觉得很漂亮。”

“啊！肯定是因为这个。”她说。

朗贝尔想了想。可能是因为这个原因，但不可能只是因为这个。

“您不相信上帝吗？”老妇人说着握起手掌做祷告。

朗贝尔说他不相信，老妇人又说这也是原因之一。

“必须要见到她。您是对的，否则，您还有什么可留恋的！”

剩下的时间里，朗贝尔绕着涂了灰泥的墙来回转圈，抚摩着钉在隔墙板上的折扇，或者数着桌布穗子上的羊毛球数量。傍晚，两个年轻人回来了，他们也不怎么说话，只是说还没等到合适的时机。晚饭后，马尔塞斯弹了一会儿吉他，他们还喝了点茴香甜酒。朗贝尔一直是若有所思的样子。

到了星期三，马尔塞斯回来的时候说：“就是明天晚上了。你做点准备。”两个看守城门的人，有一个得了鼠疫，另外一个由于和他同住，所以要接受隔离观察。因此，这两三天内，马尔塞斯和路易就单独看守。今天晚上，他们就去安排最后的细节。第二天，就可以走了，朗贝尔感谢了他们。“您高兴吗？”老妇人问他。他说当然，但是他在想别的事。

第二天，阴沉的天空下，潮湿的热气使人喘不过气来。关于鼠疫的坏消息不断。然而那位西班牙老妇人还是心平气和的。她说：“世上的人作了孽，所以，这是注定的。”朗贝尔与马尔塞斯和路易一样赤着上身，尽管这样，汗水还是从他的肩膀上淌下来，流到胸膛上。百叶窗关着，屋子里只有一半的空间有亮光，他们的皮肤呈现出一种带着光泽的褐色。朗贝尔一声不响地来回走着。到了下午四点钟，他突然穿上衣服，说要出去。“小心点，”马尔塞斯说，“一切都就位了。半夜就可以走。”朗贝尔去了医生家里。里厄母亲告诉他里厄在城内高地的那家医院里。

来到医院的大门前，他看到依然围着一大群人。“走开！”一位士官瞪着眼睛喊道。那群人走开了，但还是围成一圈。“这里没什么好等的。”士官喊了一句，汗水渗透了他的上衣。那群人也是这么想的，但是他们仍然不顾要命的酷热，围在那里。朗贝尔把他的通行证给士官看，士官便跟他指了塔鲁的办公室的位置。办公室的门开在过道这边。他和刚从里面出来的帕纳卢神父擦肩而过。

在一个白色的小房间里，弥漫着药品和湿被单的气味，塔鲁坐在一张黑色的木制办公桌旁，卷起的袖子里塞了一块手帕，汗水从他手臂的肘弯淌下来。

“还在呀？”他说。

“嗯。我想跟里厄谈谈。”

“他在办公室里。但是要是这事没他也能处理，就最好不要去找他。”

“为什么？”

“他太劳累了，我尽我所能帮他挡着。”朗贝尔打量着塔鲁。他变瘦了。疲惫使他的眼神模糊，脸瘦了不少，原本宽阔的肩膀现在蜷缩成一团。有人敲门，一个带着白色面罩的护士走了进来。他把一包卡片放在塔鲁的办公桌上，并用一种被衬衣卡住喉咙的声音挤出两个字：“六个。”然后就出去了。

塔鲁看了看记者，像打开扇子一样把那些卡片展示给他看。“这些卡片做得不错，不是吗？好吧，不，这些是登记死人的。晚上死的人。”他的额头陷下去。他把装卡片重新包好。“留给我们唯一要做的事，就是计数。”

塔鲁站起来，用手撑着桌面。“您就要离开了？”

“今天半夜。”

塔鲁说他为此感到高兴，希望朗贝尔照顾好自己。

“您说这些话是真诚的吗？”

塔鲁耸了耸肩，“我这个年纪，只有真诚。说谎太累人了。”

“塔鲁，”记者说，“我想见见医生，请您谅解。”

“我知道他比我更通人情。去吧。”

“不是这样的。”朗贝尔为难地说。他讲不下去了。塔鲁盯着他，一下子朝他笑了笑。

他们沿着一条墙壁漆成亮绿色的过道走着，一路上闪动着像水族馆里一样的光线。在一扇双层玻璃门的正前方，通过玻璃可以看到一些影子古怪地移动着，塔鲁把朗贝尔带进旁边一间装满壁橱的小房间。他打开其中一个壁橱，从里面拿出一套消毒设备：两个吸水纱布做的面罩。塔鲁把其中一个递给朗贝尔并叫他戴上。记者问这是否有用，塔鲁回答说没用，但是可以让其他人相信。

他们推开玻璃门。这是一个很宽敞的大厅，尽管在这样热的季节，窗户却还是紧闭着。装在墙上高处的机器轰隆隆地换着气，在两排灰色的病床上空，机器的螺旋桨搅着雾状的热气。两边传来或低沉或尖锐的呻吟声，像是单调的诉苦。从高处的窗口洒进来的强光中，一些穿着白衣服的人缓慢地挪动着。由于房间里可怕的热气，朗贝尔感到一阵不适，他几乎无法认出那个俯在呻吟着的病人身上的影子就是里厄。医生正在切开病人的腹股沟，而两个立在病床两边的护士却不知道做什么好。当医生直起身子时，他手里的工具掉到一个助手端着的盘子上，他在那里停了一会儿，看着正在接受包扎的病人。

“有什么新消息？”他向走近他的塔鲁问道。

“帕纳卢同意代替朗贝尔在隔离病房工作。他已经做了很多了。还要组建第三支调查组，在朗贝尔离开后。”里厄点头表示同意。“卡斯特尔完成了他第一阶段的准备工作。他建议做一个试验。”

“啊，”里厄说，“这太好了。”

“还有，朗贝尔也在这儿。”

里厄转过身。在面罩的里面，他眯着眼睛瞥见了记者。“您来这里做什么？”他说，“您应该待在其他地方。”塔鲁说因为他今天半夜就走，而朗贝尔补充说：“计划是这样。”他们每次说话的时候，纱布口罩都一鼓一鼓的，嘴巴对着的位置也弄湿了。这样的谈话有点不太真实，好像是几尊雕像在对话。

“我想跟您谈谈。”朗贝尔说。

“要是您确实想谈谈，那我们一起出去吧。在塔鲁的办公室等一下我。”

过了一会儿，朗贝尔和里厄坐在了医生的车后座。塔鲁负责开车。

“已经要没汽油了，”塔鲁说，“明天，我们走路过去。”

“医生，”朗贝尔说，“我不离开了，我想留下来和你们在一起。”

塔鲁没发话，继续开着车。

里厄好像还没摆脱疲惫。“那么她呢？”他低声说。

朗贝尔说他已经考虑过了，他仍然相信他以前相信的，但是如果他离开，他会感到羞耻。这会束缚他对她的爱，但里厄挺直了身子，用一种坚定的声音说，这样做很不明智，追求幸福并不可耻。

“对，”朗贝尔说，“但是要是只有他一个人快乐，他就会感到羞耻。”一直没有说话的塔鲁，这时没有转过头来，他强调如果朗贝尔希望分担所有人的不幸，那么他就绝不可能有时间去享受幸福，他需要在这两者之间作出选择。

“现在不一样了。”朗贝尔说，“我一直以为我不属于这座城市，你们的事也与我无关。但是现在我看到了眼前的东西，我明白我是属于这儿的，不管我愿不愿意，这件事关系到我们每个人。”没有人回答他，朗贝尔显得不耐烦了。“何况你们也很清楚这一点，否则你们也不会待在医院里，你们是不是也选择了放弃幸福？”

不管是塔鲁还是里厄都没有回答。沉默持续了很久，直到他们靠近医生的家。

这时，只有里厄转过身来对着他。里厄费力地挺了挺身子。

“请原谅我，朗贝尔，”他说，“但是我不知道会怎样，既然您愿意您就留下来。”车子突然的颠簸打断了他的话，他接着说，“世上没有任何东西值得我们去背叛我们所爱的人。但我也不知道为什么，我背叛了我爱的人。”他又倒在座位的垫子上。“这就是事实，包含了一切。”他疲倦地说，“记住它，然后从中得出结论。”

“什么结论？”朗贝尔问道。

“啊，”里厄说，“在救人的同时，我们还不能知道结果。那么就让我们尽快救人，这是最要紧的。”

到了半夜，塔鲁和里厄给朗贝尔看他需要搜查的街区地图，这时塔鲁看了看他的手表，抬头的时候正好碰到朗贝尔的目光。

“您通知他们了吗？”

记者移开了视线。“我来看你们之前，给他们留了话。”他有力地说。

21

在十月的最后几天里，卡斯特尔的血清开始进行试验。实际上这是里厄最后的希望了。如果这次试验失败，医生确信城市将听任疫病的摆布，要么瘟疫继续肆虐，要么它毫无理由地自己停止。

卡斯特尔来看里厄的前一天晚上，奥顿先生的儿子发病了，所有的家人不得不接受检疫隔离。而那位不久前刚刚接受隔离后出来的母亲也因此第二次过上了隔离生活。遵照已有的规定，审判长一发现孩子身上的疫病迹象，就派人请来了里厄。里厄赶到时，看见父亲和母亲站在床头。他们的小女儿已经被带走了。男孩正处于虚弱期，检查的时候也没有叫喊。医生抬起头时，他碰到了审判长的目光，在他后面是脸色苍白的母亲，她用手帕捂着嘴，睁大眼睛看着医生的每个动作。

“是那个东西吗？”审判长冷冷地说。“是的，”里厄回答，重新看了一眼男孩。母亲的眼睛睁得更大了，但是还是一直没说话。审判长也停了下来。过了一会儿才低声说：“那好，医生，我们就照规定来办。”里厄避开了那位母亲的视线，她一直用手帕捂着嘴。他犹豫地说：“如果我打个电话的话，事情很快就可以办。”奥顿先生说他会带孩子过去，而医生转过身来对那个女人说：“我很难过。要知道，您该做些准备。”

奥顿太太似乎呆住了，她看着地面。“好的。”她抬起头说，“我会做的。”

在离开之前，里厄禁不住问他们是否真的没什么要求。女人一直沉默地盯着他。但是这次审判长移开了视线。

“不用了。”他说，然后咽了一下口水，“但是请您救救我的孩子。”最初检疫隔离只是一个简单的形式而已，在里厄和朗贝尔接管后，他们执行了非常严格的措施。尤其是，他们要求同一个家庭的成员之间也要分开隔离。因为如果一个家庭里的某个成员在不知情的情况下感染了，就不应该再增加这家的其他人得病的机会。里厄把这些理由解释给审判长听，审判长对此表示赞同。然而，他们夫妻之间的眼神让里厄感到这种分离在某种程度上使他们感到了不安。奥顿太太和她的小女儿能够住进由朗贝尔管理的那家作为检疫隔离病房的酒店。但是由于那里已经没有床位了，审判长会被分配到由省政府组织的隔离营地里，营地就在市体育场上，搭着路政局提供的帐篷。里厄表示歉意，但是奥顿先生说所有人都只有一个规定，他应该遵守。

那个男孩被送到了辅助医院，被安置在有十张床的旧教室里。二十几个小时之后，里厄诊断小男孩的病情已经没有希望了。小小的身躯被病毒吞噬着，完全没有反应。所有小块的腹股沟淋巴结都肿大了，疼痛还没有开始，病毒堵住了他已经僵硬的四肢关节。他提前被鼠疫制服了。这也是里厄想到要在他身上试验卡斯特尔研制的血清的原因。当天晚上，晚饭之后，他们实施了很长时间的接种手术，但是孩子身上没有出现任何反应。到了第二天黎明，小孩身上的各种表现无一例外判定了这个决定性的结果。

孩子现在恢复了一点知觉，在被单里痉挛性地打着滚。从凌晨四点钟起，医生、卡斯特尔和塔鲁就一直守在小孩的身边，一步步地观察着疫病的发展。塔鲁站在床头，他粗壮的身躯有点驼着。里厄则站在床脚边，卡斯特尔坐在他的旁边，显出一副平静的样子，读着一本旧书。渐渐地，随着旧教室里的日光变亮，其他人也到了。首先是帕纳卢，他站在床的另一边，对着塔鲁，背靠在墙上。

他表情悲伤，这几天来的劳累在他原本发光的额头上增添了几道皱纹。在他之后，格朗也到了。这时已经七点了，公务员也气喘吁吁地赶到了。他抱歉地说他只能待一会儿，因为他们也许马上就能知道准确的试验结果。里厄也没说话，把小孩指给他看：变了形的脸上眼睛紧闭着，用尽全力咬紧牙关，一动不动的身子，只有躺在长枕上的头不断地从左边转到右边，又从右边转回左边。当日光足够亮的时候，在房间尽头的黑板上，他们终于能够分辨出上面画着的旧式方程的标记符号，这时朗贝尔来了。他背靠在床脚，掏出一盒烟来，但是看了一眼小孩之后，又把烟盒放回了口袋。

一直坐着的卡斯特尔，从眼镜上方盯着里厄说道："您有他父亲的消息吗？"

"没有，"里厄说，"他在隔离营地。"

医生用力握紧了床的栏杆，小孩呻吟着。他目不转睛地盯着小病人，突然男孩僵直了身体，重新咬紧牙关，身体的表面有点凹下去了，同时慢慢地张开四肢。男孩小小的身躯，在军用被下赤裸着，升上来一股羊毛和汗酸混杂的气味。小孩渐渐松弛下来，手和脚又缩回床中央，但是仍然闭着眼睛不出声，看起来呼吸更加急促了。里厄的目光碰到了塔鲁的目光，但塔鲁马上移开了视线。

几个月来他们已经看过许多孩子的死亡了，因为可怕的鼠疫是不选择对象的。但是他们还从来没有像今天早晨这样，一分一秒地目睹这样悲痛的过程。显然，这些无辜的人所遭受的痛苦一直不断让他们看到它真实的一面，就是一种愤怒。但是至少直到今天，他们只是感到某种抽象意义上的愤怒，因为他们从没有如此长时间地目睹一个无辜的人死去的过程。

孩子的胃就好像被咬了一口，整个身体又弯曲了，发出一阵尖锐的呻吟声。在几秒钟内他的身体就这样蜷缩着，打着寒战不停地抽搐，就好像他脆弱的骨架被鼠疫这股狂风吹弯了，又在高热重复的呼气中断裂开来。狂风过去了，他稍稍松弛一点，高烧好像退去了，他就像被遗弃在潮湿而又恶臭的海滩上，气喘吁吁。当高烧第三次向他袭来时，好像要把他整个抬起来，孩子蜷缩着退到床尾，对点燃他的火焰惊恐万分，疯狂地摇着头，弄开了身上的被子。大滴的泪水从他发炎的眼皮里涌出来，脸色变得铁青，在一阵发作之后，他已经筋疲力尽，瘦削的大腿和手臂抽搐着，在四十八小时之内他的肉体已经融化了似的，在凌乱的床铺上，孩子摆出了一个像被钉在十字架上的受难者一样的古怪姿势。

塔鲁俯下身子，用他笨拙的大手擦去孩子小脸蛋上的泪水和汗水。刚才，卡斯特尔已经合上了书，看着病人。他开始讲话，但又不得不以一声咳嗽来开始他的句子，因为他的声音是突然暴发出来的。

“整个早上都没有缓解的迹象，是不是，里厄？”里厄说是的，但是从孩子出现异常开始，他坚持了很长时间。帕纳卢好像陷进了一堵墙里，这时他低沉地说：“如果必然会死，这样会让他遭更多罪。”里厄突然转过身来面对着他，张开嘴巴像要说话，但是又咽了下去，明显地努力控制住自己，把眼睛转向孩子。

沿着用石灰粉刷过的墙壁，阳光由红色逐渐变成黄色。玻璃窗外，炎热的早晨渐渐有了声音。格朗离开时说他还要回来，但是里面的人好像都没听见。所有的人都在等待。紧闭双眼的孩子，看起来平静了些。他的两只手变得跟爪子似的，慢慢地刨着床的两侧。然后，他又举起来，扒开了盖在大腿上的被单。突然，孩子蜷缩起大腿，将大腿靠在腹部上，一动不动。这时他第一次睁开了眼睛，盯着站在他面前的里厄。他脸上凹进去的地方现在僵住了，成了土灰色，嘴巴也张开了，几乎同时从里面发出一阵拖长了的叫声，几乎不受呼吸的影响，在这个房间里突然充斥着一种单调的不和谐的抗议声，这个声音听起来好像不是人类发出的，但却同时传到了在场所有人的耳朵里。里厄咬紧了牙关，塔鲁掉转过头。朗贝尔走近卡斯特尔身旁的那张床，而卡斯特尔的膝盖上还放着合上的书。帕纳卢看着孩子因病而布满污垢的小嘴，从它里面发出了一种辨别不出年龄的叫声。神父跪了下来，用一种令人窒息的声音说话，这声音在一刻不停的呻吟声中显得清晰可辨："我的上帝，救救这个孩子吧。"

但是孩子继续喊叫着，其他病人也开始骚动起来。惊叫声还没有停止，小男孩的呻吟变得更加急促，直到他自己又发出了一声真正的叫喊，同时其他病人的呻吟声也越来越大。顿时在房间里翻腾起一阵声浪，没过了帕纳卢的祷告，而紧紧抓着床栏的里厄，闭上了眼睛，感到极度的疲劳和厌恶。当他再次睁开眼睛时，他发现塔鲁站在了他的身边。但是突然，其他病人都静了下来。这时医生辨别出孩子的叫声变弱了，越来越低，直到完全停止。在孩子的周围，其他呻吟又低沉地响起，好像是对刚刚结束的这场反抗的回应。孩子的呻吟已经停止了，于是卡斯特尔走到床的另一边说已经结束了。孩子张着嘴巴，但没有任何声音，他蜷缩在凌乱的被子中，突然一下子缩成一团，他的脸上淌着眼泪。

帕纳卢走到床边，作出祈祷的手势。然后他提起长袍，从中间的通道走出去了。"一切还要重新开始吗？"塔鲁问卡斯特尔。

老医生摇了摇头。"也许，"他强挤出一个微笑，"毕竟，他坚持了很长时间。"

里厄已经走出了房间，他走得那样匆忙，神情那样激动，他走过帕纳卢身边时，神父拉住了他的手臂，"我们一起走吧，医生。"动作依然匆忙的医生转过头，狠狠地丢出一句话："啊！那个孩子，他至少是无辜的，您很清楚这点。”然后他背过身，在帕纳卢之前穿过房间的门。他来到了学校操场的尽头，坐在一条长椅上，周围是布满灰尘的石头，他擦了擦流到他的眼睛上的汗水。他想用大喊来解开纠缠在他心里的死结。从榕树树枝间透过来的日光慢慢落了下去，早晨蓝色的天空很快被一片淡淡的白云遮住了，周围的空气更加闷热。里厄坐在长椅上，他看看长椅，望望天空，慢慢地恢复了呼吸，免强抑制住了疲惫感。

“为什么如此生气地对我说话？”一个声音在他背后说道，“我也是一样啊，无法忍受这样的场景。”

里厄转过身对着帕纳卢。“是的，”他说，“请您原谅。但是疲劳让我有点发疯，有时候我在这个城市里只感到愤怒。”

“我理解，”帕纳卢嘟哝着说，“这是令人愤慨的，因为我们对此无能为力。但是也许我们应该习惯我们所不能理解的东西。”里厄一下子挺直身子。他用他所有的力气和感情盯着帕纳卢，摇着头。“不，神父，”他说，“我对我所爱有另外的想法。我到死都不会去爱这个连孩子都要遭受折磨的世界。”在帕纳卢的脸上，划过一道不安的阴影。“啊，医生，”他温柔地说道，“我刚刚弄懂了什么叫上帝的恩惠。”但是里厄又重新靠回长椅上。疲惫感又攫住了他，他最后用更加缓慢的声音说道：“这是我所没有的，我明白这一点。不过我不想和您谈论这个。现在我们在一起为某项事业工作，它使我们超越渎神或敬神的问题而团结在一起。这才是唯一重要的事。”

帕纳卢在里厄的身边坐了下来。他神情激动。“对，”他说，“你们是在为拯救人类而工作。”里厄勉强地微笑了一下，“拯救人类，这对我们来说太大了。我还没那么崇高。我只是关心他们的健康，这是首要的。”

帕纳卢犹豫了一下。“医生。”他说，但又停了下来。他的额头上也开始渗出汗水。他低声说："再见。"在他起身的时候他的眼睛闪闪发光。他离开时，还在思考的里厄也站起身跨了一步。"我还是请求您的原谅。"他说，"今后我不会发火了。"帕纳卢伸出他的手，温柔地说："但是我还是没有说服您。""说服我什么？"里厄说，"我所厌恶的是死亡和罪恶，这您很清楚。不管您愿不愿意，我们会在一起忍受它们并战胜它们。"里厄握着帕纳卢的手，一边移开视线，一边说："您瞧，现在上帝也无法把我们分开了。"

22

自从帕纳卢加入卫生防疫组织以来，他就没有离开过医院和遭受鼠疫感染的地方。他将自己置身于救护人员的行列中，置身于他认为自己应该属于的行列中，也就是参加第一线的救护工作。死亡的场景他也见多了。尽管原则上他有血清疫苗的保护，但是他对自己的生命还是毫不在意。表面上他总是保持着冷静，但是自从那天他全程目睹了一个小孩的死亡之后，他看起来好像变了。他消瘦的脸颊表明了他日渐增加的压力。那天他笑着告诉里厄，他正在撰写一篇短论，题目是《一位神父能否请医生看病？》，当时在医生的印象中，帕纳卢正在写一篇题材更加严肃的文章，只是他没讲明。由于医生表示想拜读一下他的作品，于是帕纳卢说，他将会在专为男教徒做弥撒的时候做一次布道，借此机会，他至少可以阐明自己的某些观点："我希望那时您能来，医生，您会对这个题目感兴趣的。"在一个刮着大风的日子里，神父进行了他的第二次布道。老实说，参加者的队伍比上一次布道的时候少多了。这是因为对市民来说这种表演已经不再有新鲜感了。在城市正在经历艰难的时刻，连"新鲜感"这个词也失去了它的意义。另外，当他们还未完全放弃参加宗教仪式，或者说，他们还不能一边去参加宗教仪式，又一边过着极不道德的私人生活，这时，他们选择用缺乏根据的迷信代替日常的宗教仪式。他们宁愿戴上神灵的圣牌或者圣罗克的护身符，而不去望弥撒。

比如，我们的市民迷信预言就是个例子。春天时，大家就期待疫病很快就会结束，没有一个人想到要向别人打听鼠疫到底要持续多久，因为所有人都深信这场瘟疫很快就会结束，但是随着日子一天天过去，人们开始担心这场不幸真的会没完没了，与此同时，人们所有的期望都寄托到了瘟疫的停止上。于是人们之间就开始流传那些出自占星家或者天主教堂里圣像的预言。城里的印刷商很快看到了他们能够从这股风气中获得的好处，于是发行了大量此类的流行文章。当他们发觉公众的好奇心仍无法满足的时候，他们就请人到市图书馆去收集野史逸闻，找出一切关于此类预言的证据，然后印出来在全城推销。当这些故事本身不足以作出这种预言的时候，他们请记者来在上面添油加醋，至少在这点上，他们展现了同过去几个世纪的前辈相当的能力。

某些这类的预言甚至开始在报纸上连载，读者对此的热切程度丝毫不亚于平日他们对上面的言情小说所表现出的喜好。其中的一些预言是借助于某些奇怪的演算编造出来的，如根据鼠疫发生的年代、死亡人数以及在鼠疫状态下已经度过的月份数等。另外一些则把现在的情况同史上的大鼠疫做了比较，从中发现某些相似点。还有通过一些同样古怪的算法，期望从中发现有关这次鼠疫的启示。但最受公众欢迎的，无疑是那些用一种《启示录》式的语言来预示将来要发生的一系列事件，而其中每一事件都可能在城市里应验，其复杂程度能够提供各种各样的解释。于是，人们天天向诺斯特拉达米斯和圣女奥迪尔求教，而且总是获得满意的结果。而所有这些预言的共同之处就是它们最终能使人感到安心，唯独鼠疫宽慰不了人。

市民用这些迷信活动代替了宗教，所以帕纳卢第二次布道时教堂里只有四分之三的座位坐着人。布道那天傍晚，当里厄赶到的时候，大风剧烈摇晃着大门，风从门缝里一丝丝地灌进来，在听众之间自由穿梭。在寂静寒冷的教堂里，里厄在一堆男教徒中间坐下来，接着他看到神父登上了讲道台。神父说话的语气比第一次更加温柔、更加谨慎，在场的人注意到在他说话时还多次犹豫。更奇怪的是，他说话时没有用“你们”，而是称“我们”。

他的声音变得坚定起来。他开场时提醒大家说：几个月以来，鼠疫降临到了我们中间，我们已经多次看到它坐在我们的桌旁或者我们所爱的人的床头，徘徊在我们身边，在工作的地方等待我们的到来，现在我们对它了解得更加清楚了，因此现在我们也更能接受它不断地对我们说的话，而这些话，由于当初没有思想准备，我们可能没有认真听进去。帕纳卢神父上次布道所讲的话仍然是正确的——至少他自己对此坚信。但是，还有可能，由于他当时想的和说的都缺乏慈悲之心，他现在感到后悔了。不过有一点是始终正确的，任何事物都有值得我们汲取的东西。最残酷的考验对基督徒来说也是一种恩惠。而且准确地说，在这种情况下，作为基督徒所要寻找的，正是它的恩惠，还有思考这种恩惠是什么以及找到它的方法。

这时，里厄周围的人们十分自在地坐在长椅的扶手之间，并尽力让自己坐得舒服些。入口处的一扇门轻轻地摇晃着。某个人离开座位，将它固定住了。由于被这个举动分了心，里厄几乎没有听见帕纳卢接下来的布道。神父大致说，不应该企图给鼠疫的发生找出解释，但是要试着去学习我们能从中学到的东西。里厄把神父的话大致理解为：没有什么东西需要解释。他的注意力又集中起来，因为这时帕纳卢有力地说，在上帝的眼中，有一些东西我们能够解释，但有些东西解释不了。世上的事物当然有善恶之分，总的来讲，人们很容易解释清楚它们之间的区别。但是讲到恶的本质，困难就来了。比如说，有表面上有必要的恶，也有表面上看毫无必要的恶。有被投入地狱的唐璜，也有一个小孩的死亡。因为如果说唐璜这种放荡之徒要被闪电劈死的话，那么孩子为什么也要受这样的痛苦？事实上，世界上没有什么事物比一个孩子的痛苦和由这种痛苦所带来的恐怖更严重，没有什么事情比寻找引起这种痛苦的原因更重要。除此之外，上帝给了我们一切生活上的方便，因此可以说，在这以前，宗教就没有什么价值了。而现在在这里，刚好相反，它将我们置于绝境。将我们困于鼠疫的高墙之下，我们只得在死亡的阴影下去寻求它赐予我们的恩惠。帕纳卢甚至拒绝用套话来帮助他翻过高墙。他本可以自然地说天国永恒的福乐等待着这孩子去享受，会补偿他所受到的痛苦。但事实上是否如此，他也一无所知。谁会真的确认永久的快乐就能够补偿人类一时的痛苦？如果有，那他不算是基督徒，这是肯定的，因为我主耶稣的四肢和灵魂就曾尝够了痛苦。不，面对着一个孩子的痛苦问题，神父宁愿处于绝壁之下不求逾越，因为他忠实地接受这种象征着十字架的磔刑的考验。于是，他毫无畏惧地对来听他布道的这些人说："弟兄们，这样的时刻已经来到。必须作出抉择，要么相信信仰中的一切，要么否定一切。然而在你们当中有谁敢否定一切呢？"

里厄还没来得及想到神父正走在异端思想的边缘时，对方已经接着有力地说道：这种无条件的限制就是基督徒所能获得的好处。这也是他的道德。神父知道他将要肯定的极端的道德将会触犯很多灵魂，他们习惯于一种更加宽容也更加传统的道德。然而鼠疫时期的宗教不是一直以来的宗教，并且，要是上帝允许——甚至是期望——在幸福时期里灵魂可以得到安息和快乐，那么在不幸的时期中，他就更希望如此。上帝今天给予他的造物以恩惠，把他们置于不幸之中，是为了要求他们重新找回和承担起最大的道德：要么相信一切，要么否定一切。

几个世纪以来，一位教外的作者打算通过证明不存在炼狱来揭露教会的秘密。他暗示不存在权宜之计，只有天堂和地狱，根据我们的选择，世人不是得救就是下地狱。照帕纳卢的说法，这是一种异端，因为只有一个放荡的灵魂才会产生这样的想法。因为炼狱是存在的。不过，可能在某些时期中，人们不应该过分指望进炼狱，某些时期中，谈不上有什么可以饶恕的罪孽的问题。凡是罪都足以导致下地狱，凡是无动于衷的态度都是犯罪的。这就是要么相信一切，要么否定一切。

帕纳卢中断了讲话，里厄这时从门缝中听到外面的风声好像更大了。这时神父接着说，他所讲的这种对一切全盘接受的品德，按照平时人们给予的狭义解释，是无法被人理解的，这不是一般的逆来顺受，也不是勉为其难的谦让，而是一种自卑自贱，不过，这是一种心甘情愿的自卑自贱。当然，一个孩子竟遭受到这样的痛苦，这是使人心灵上感到耻辱的。不过，正因为如此，所以我们就应该投身于这种痛苦之中，正因为如此——帕纳卢使他的听众确信，他要说的话不是轻易说出来的——我们应当主动去“要”这种痛苦，因为天主愿意“要”它。只有这样，基督徒才会不惜一切，别无选择地把这条必须选择的道路一直走到底。为了使自己不至于落到全盘否定信仰的地步，他会决定全部接受。现在，在各处教堂里，当那些善良的妇女听说人体上肿胀的淋巴结是排除身上罪意毒液的自然管道的时候，她们就说：“我的天主哇，让我身上长淋巴结吧！”基督徒也会像这些妇女一样，把自己交到天主的手里，听凭他的圣意安排——即使这种圣意无法理解。人们不能说：“这个，我懂，但是，那个，不能接受。”应该对着摆在我们面前的“不能接受”的事物迎上前去，这样做，正是为了能够完成我们的选择。孩子们的痛苦是我们的一块苦面包，但要是没有这块“面包”，我们的灵魂就会因缺乏精神食粮而“饿”死。

帕纳卢神父每次停顿时，会场里都会出现一阵小声的骚动，声音渐渐传到神父的耳朵里，这时这位布道者突然高声接着说，并做了一个表情，要求听众保持安静。他预料到人们会说出宿命论这可怕的词。如果人们允许他在它前面加一个“积极的”形容词，但是他说不会在这些字眼面前退缩。当然，应该再次指出，不要去模仿他上次讲到过的那些阿比西尼亚的基督徒。甚至也不应该去学那些波斯的鼠疫患者的样子，这些人一面把他们的旧衣服扔向由基督徒组成的卫生防疫纠察队，一面大声祈求苍天把鼠疫降到这些离经叛道者的身上，因为后者想战胜天主所赐予的灾难。但是反过来说，也不要去学习那些开罗的修道士，他们在上个世纪鼠疫蔓延的时候，为了防止感染，避免接触信徒们又潮又热的嘴，就用镊子夹圣体饼来举行送圣体仪式。波斯的鼠疫患者和开罗的修道士都同样是犯了罪的，因为前者对孩子的痛苦熟视无睹，而后者，正相反，他们使人类对病痛的害怕心理凌驾于一切之上。不论是前者还是后者，他们都把问题巧妙地回避了。他们一直都对天主的声音装聋作哑。此外，帕纳卢还想举一些例子。根据编年史作者的记述，在马赛发生大规模鼠疫的时候，在赎俘会修道院中的八十一个修道士中，只有四人幸免。而在这四人中，有三人是逃走的。当时编年史作者们是这样记述的，限于作者的工作性质，就不加以详述了。但是当帕纳卢神父读这篇文献时，他全部心思都集中在那个没有逃走的修道士身上，尽管面前有七十七具尸体，尽管有三个同伴逃跑，他还是一个人留了下来。于是，神父一面用拳头敲着讲道台的边缘，一面大声地说："我的弟兄们，应该学这位留下的修道士！"

一个社会，为了预防灾祸引起的混乱局面，必然采取一些措施以维持合理的秩序，而问题绝不是对此抱不合作的态度。不要听那些伦理学家的话，说什么应该俯首听命和放弃一切。我们应当开始在黑暗中摸索前进并力争做有益的事。至于其他的事，哪怕是涉及孩子们的死亡，也应该听任它们自然发展，充分相信天主的安排，而不要去寻求个人的解决办法。

讲到这里，帕纳卢神父追忆了贝尔增斯主教在马赛遭受鼠疫浩劫时的崇高形象。他让人回想起在鼠疫临近结束的时候，这位主教在做了他该做的一切之后，认为再也没有什么别的挽救办法时，他就叫人在他的屋子四周用墙围起来，带了粮食把自己关在屋里；而那些一直把他当作偶像一样崇拜的居民，就像人们在极度痛苦时感情会一反常态那样，都对他发起火来，把死尸堆在他的屋子周围，要让他也传染上鼠疫。他们甚至把一些尸体从墙上扔进去，非要他死不可。因此，虽然这位主教在最后作出这种懦弱的举动，以为这样就与死亡的世界隔绝了，可是死人却还是从天而降，落到他的头上。所以，对我们来说，应该确信在鼠疫的汪洋大海中没有可供我们避难的岛屿。是的，没有这么一个中间安全地带，没有！应该接受这件令人愤慨的事，因为我们必须作出抉择：对天主要么恨，要么爱。那么谁敢作出恨天主的选择呢？

“我的兄弟们，”帕纳卢神父最后总结说，“对天主的爱是一种艰苦的爱。要有这种爱，就要有一种彻底的忘我精神和一种无视个人安危的气魄。而且，也只有有了这种爱才能从精神上抹掉孩子的痛苦和死亡。在任何情况下，只有有这种爱才能使死亡成为必不可少的，因为谁也不可能懂得死亡，只能去求得死亡。这就是我想跟你们一起汲取的深刻教训。这就是在人们看来是残酷的，而在天主看来是起决定作用的信仰，也就是大家应该去逐步接受的信仰。我们应该使自己与这个骇人的形象看齐。达到这一最高境界时，一切都会合成一体，不分高低，到那时，真理才会从表面的不公平中涌现出来。在法国南部的许多教堂里，我们就可以看到这种情况，几个世纪以来，鼠疫的牺牲者一直安眠在祭坛的石板下面，教士们就在死者的坟墓上布道，而他们所宣扬的精神正不断地从这堆包括那些死去的孩子在内的骨灰中焕发出来。”

当里厄走出教堂的时候，一阵狂风从那扇半开着的门吹进来，直刮到信徒们脸上。它给教堂里带进来一股雨水的气息——一股人行道返潮的气味，它使人们在还没有走出教堂就能想象出城市是个什么样子。走在里厄医生前面的是一位老教士和一位年轻的副祭，他们费劲地按住了帽子。尽管风很大，那位年长的仍在不停地评论着这次布道。他很钦佩帕纳卢的口才，但是他为这位神父所流露出来的如此大胆的思想感到不安。他认为，这次布道并没有显示出它的力量，而是带有更多的忧虑成分，像帕纳卢这样年纪的教士是不应该忧虑的。低着脑袋挡风的年轻副祭说，他经常跟这位神父打交道，很了解他的思想变化，并且说帕纳卢的论文可能写得还要大胆得多，不过，教会大概是不会允许他发表的。

“他的想法是什么？”老教士说。他们来到了教堂前的广场上，风在他们身边呼啸着，盖过了他们的说话声。当他们彼此听得见的时候，他只说了一句：“如果一个神父请医生看病，就会有矛盾。”

里厄向塔鲁复述了帕纳卢的讲话，塔鲁说他认识一位在战争中失去了信仰的神父，因为他看到了一张双眼裂开的年轻人的脸。“帕纳卢说得对，”塔鲁说，“当一个无辜的人的双眼裂开，一位基督徒要么失去信仰，或者接受眼睛裂开的事实。帕纳卢不想失去信仰，他要坚持到底。这就是他想说的。”

塔鲁的这一见解是否能清楚地解释帕纳卢在以后发生的不幸事件中所作出的种种使周围的人无法理解的行为呢？人们以后会作出判断的。

布道结束后的几天，帕纳卢都在忙着搬家。由于疫情的发展，这段时间城里的人搬家都很频繁。就像塔鲁被要求离开酒店住到了里厄家，神父也不得不离开医疗队的公寓，住到一位老妇人家里，这位老妇人经常来教堂，还未感染鼠疫。在搬家期间，神父感到自己的疲惫感和焦虑正在增加，为此得罪了房东。因为，这位老太太曾向他热烈地赞扬了圣女奥迪尔的预言，而当时神父大概是由于疲乏的缘故表现得有一点不耐烦。之后他为得到这位老妇人至少是简单的欢迎做了一些努力，但是无济于事，他给人留下了不好的印象。每天晚上当他回到那个堆满钩针花边织物的房间时，就不得不瞻仰那个女房东背对着他坐在客厅里的姿态，听她冷冷地说一声“晚上好，神父”。正是在这样的晚上，在上床的时候，神父觉得头昏脑涨，感到潜伏在他体内几天的高热像决了口的激流似的往手腕和太阳穴处涌来。

接下来发生的事是由他的女房东叙述而得知的。早上，和往常一样她很早就起床了。因为没有看到神父从房间出来而感到惊奇，她犹豫了很久才决定去敲门。她发现一夜未睡的神父还躺在床上。他感到气闷难受，脸色看起来比往常更加红肿了。根据她的叙述，她是出于关心才建议神父叫医生过来，但是她的建议被激烈地拒绝了，她为此感到遗憾，只好回房间了。过了一会儿，神父叫起来，请她过去。他为自己的情绪波动道歉，并向她表明自己的病不可能是鼠疫，而且他没有任何相关的症状，只是暂时的疲劳所致。老妇人严肃地回答他，她提出刚才的建议，并非出于对此担心，她并没有联想到自己的安危，因为上帝掌握着它，她只是担心神父的健康，因为她对此也负有一定责任。但是神父没有再说什么，女房东——照她的话说——很着急，已经尽到她的责任了，她继续建议他请个医生。神父又再一次拒绝了，并做了让老妇人感到很疑惑不解的解释。她认为自己只听懂了这一点：神父之所以拒绝看医生，是因为这样做与他的原则不符。而这一点正好是她所无法理解的。她总结说，高热病扰乱了神父的想法。最后她能做的只是给他拿了一些汤药。

为了履行职责，她每两个小时就会去看看病人。最让她感到震惊的是神父整个白天都在持续烦躁。他把床单扔出去，又把它们收起来，不断用手摩擦着他湿润的额头，经常挺着身子想咳嗽又咳不出来，这压得他透不过气来，喉咙又哑又湿，痛苦得像肝肠断了一样。这时他像根本无力拿出卡在他喉咙底部的，让他窒息的棉塞。在这之后，他筋疲力尽地朝后倒了下去。在倒下一半身子的时候，他还支撑了一下，看着前方，而这种眼光比他先前所有的焦躁不安的样子更显得狂热。可是老妇人还踌躇着没有叫医生，以免使这位病人不快。从这些反常的迹象看来，这可能就是一个简单的高热病发作。

然而到了下午，她试着跟神父说话，但只听到他几段模糊的言语。她又提出她的建议，但是这时神父又起身，半坐着喘不过气来，直接回答她说他不需要任何医生。这一刻，女房东决定等到第二天早上，要是神父仍不见好转的话，她就打那个兰斯多克信息处每天在广播里不断重复十几次的电话号码。由于专注于她的职责，她想晚上再去看她的房客，并且守在他身边。但是到了晚上，在把凉药汤送过去后，她又想稍微躺一会儿，第二天早上早点醒来再过来。于是她就回自己的房间了。

神父一动不动地躺在床上。昨天，他的脸色因极度充血的关系涨得通红，而今天却变成一种青灰色，特别是他的脸部还很饱满，所以看起来更加明显。神父凝视着悬挂在床上面天花板上的一盏小小的彩色玻璃珠串吊灯。当老妇人进来的时候，他转过头朝向她。据老妇人所说，那时他看起来像经受了整晚的折磨，已经没有一点力气再动了。她问他的身体状况。她注意到他用了一种格外冷漠的声音对她说他感觉很糟糕，但他不需要医生，只要有人把他运到医院里，一切按规定处理就行了。老妇人惊恐地跑向电话。

里厄是中午的时候到的。对于老妇人的叙述，他只说帕纳卢做得对，但是太晚了。神父迎接他时也是一副冷漠的表情。里厄检查神父的身体，但是令他感到吃惊的是除了气管堵塞和肺部的压迫感外，他没有在神父身上发现任何腺鼠疫或者肺鼠疫的主要病征。尽管如此，他的脉搏非常的虚弱，身体的状况十分危险，几乎没有希望了。

“您身上没有疫病的主要症状，”他对帕纳卢说，“但是，事实上还是有可疑性，您需要接受隔离。”

神父似乎是出于礼貌，露出了古怪的微笑，但是没有说话。里厄出去打了个电话，又返回来。他注视着神父。

“我会留在您身边的。”他温柔地说。神父看起来好像恢复了精力，向医生投来了似乎重又回来的热情的目光，然后艰难地一字一顿地说出下面的话，但看不出他此时是否悲伤。“谢谢您，”他说，“可是修士是没有朋友的。他们都依靠在上帝身上。”他要求把他挂在床头的带耶稣像的十字架拿给他，当他拿到十字架时，就转过去盯着它。

在医院里，帕纳卢一言不发。他对别人给他提供的治疗一概予以拒绝，但他再也没有松开过手中的十字架。可是，神父的病依旧没有被弄清楚。这个疑问不断纠缠着里厄的神经。这个病到底是不是鼠疫。另外，一段时间以来，疫神好像热衷于混淆诊断方向。但是对于帕纳卢的病例，接下来的事表明这种不确定根本无关紧要。

高热加重了，咳嗽也越来越严重，整整一个白天都折磨着他。到了晚上，帕纳卢神父咳出了那团使他窒息的棉絮，已经被染红了。在高热病的头晕目眩中，帕纳卢依旧带着冷漠的眼神。第二天早上，人们发现他已经死了，半个身子倒在床外，他的眼神已毫无表情了。人们在他的登记卡上写着：“疑似病例。”

23

今年的亡人节[1]与往常不同。当然，天气是合时令的。这天突然出现了变化，凉风一下子赶走了盛夏的炎热。同往年一样，不断有冷风过境。大片的云朵从天际的这一边飘到另一边，影子投射在房子上，云朵过后，十一月没有暖意的金色阳光又照到那片屋顶上。雨衣开始出现在街头。但是人们注意到，油光发亮的油布做的雨衣多得出奇。原来是因为有报纸报道，在两百多年前的那场南方大鼠疫中，医生们通过油布来预防感染。于是商店就趁机推销了一批过时的雨衣的库存，因为人人都期望穿上这种衣服就可以免疫。

但是，尽管市内景色反映出季节的变化，公墓却是人迹罕至，冷落不堪。往年这个时候，电车上弥漫着菊花的淡淡清香，成群结队的妇女们来到她们亲人安葬的地方，在坟墓前献上鲜花。这个日子里，人们希望以此来补偿亡者所忍受的分离与被遗忘。然而今年，不再有人想起死者了。人们确实已经想得够多的了。现在人们不再带着一丝遗憾和无限伤感的心情回去拜祭死者了。他们不再是一年一度有人来到他们的身边表示歉意的被遗弃的死者了。他们是人们尽力想忘记的打搅他们生活的死者。这就是为什么今年的亡人节在某种程度上被人们忽略掉的原因。按科塔尔的说法——塔鲁认为他说话越来越具有讽

[1] 每年的11月2日为亡人节，相当于中国的清明节。

刺意味了——现在每天都是亡人节。

说实话，焚尸炉里疫神的火越烧越欢了。一天天过去，死亡人数确实没有增加。看来鼠疫已很顺畅地到达了顶点，它像一个一丝不苟的公务员一样，每天准确无误又有规律地完成它的杀戮任务。本质上来讲，而且根据权威人士的意见，这是个良好的征兆。鼠疫的情势表经过持续的上升期后，取而代之的是一根水平线。比如在里夏尔医生看来，这真的是鼓舞人心的。“这个图表很好，好极了。”他说。他估计疫病已经到达了他所谓的稳定状态。今后，疫情会逐步缓和下来。他把这归功于卡斯特尔研制的新血清，因为这些血清刚刚获得了某些出乎意料的效果。老卡斯特尔并没有否认，不过他认为实际上人们无法对鼠疫作出预计，因为在疫病史里有出人意料的反弹迹象的先例。而省政府很久以来都期望能安抚一下民众的心灵，但因为疫情严重，他们一直没有这样做，现在省政府打算把医生们集中起来，要求他们作一个有关疫情的报告。就在这时，里夏尔医生自己也被鼠疫夺去了生命，而且这正好发生在疫病的稳定阶段。

在这样一个使人印象深刻，但又证明不了什么的例子面前，省政府重又回到了悲观的情绪，与他们开始表现出的乐观态度大相径庭。卡斯特尔竭尽全力研制血清。不管怎样，所有公共场所都被改造成医院或检疫病房了。如果说省政府还没有被改造那是因为总得留一个开会的地方。一般来说，由于这段时期鼠疫处在一个相对稳定的状态，里厄负责的防疫组织还勉强能够应付局面。已经筋疲力尽的医生和助手们，没必要去设想还需要付出更大努力的情况。他们只须继续干好这份超负荷的工作就好了。现在鼠疫以肺鼠疫的形式在城市各个角落蔓延，就好像是风吹燃了人们肺里的火，并越烧越旺。在大吐血的过程中，病人更快地被夺去了生命。随着这种新型疫病的出现，现在疫病的传染性有变得更大的可能性。老实说，那些专家的意见在这点上总是互相矛盾的。然而为了确保安全，救护人员继续戴着消过毒的纱布面罩说话。不管怎样，乍看起来疫病似乎是加重了，但是由于腺鼠疫病例的减少，总数的天平依然保持平衡。

由于粮食供应越来越困难，人们又有了其他需要担心的问题。投机分子趁火打劫，高价出售市场上紧缺的食品。这样一来，穷人的处境就更加艰难了，富人们却什么也不缺。鼠疫的传染对所有的人一视同仁、毫不徇私，本来有可能加强本城居民中间的平等感，可是事实正好相反，由于人们的自私行为，鼠疫反而加深了这种不公平。当然剩下来的就是人们在死亡面前的绝对平等，但是这种平等谁也不愿意享受。那些忍受着饥饿的穷人更加怀念临近的城市或乡村，那里的生活更自由，而且面包也更便宜。由于人们自己都吃不饱，他们就有一种想法，一种不太合理的想法，他们早就该被放出去。但他们又出不去，于是他们喊出了一句口号："不给面包，就给空气！"有时可以在城墙上看到，有时可以在省长经过的时候听到。这句带有讽刺性的口号成了标语，引发了几次游行示威，尽管这些游行很快就被镇压了下去，但是它的严重性每个人都看到了。

当然，报纸对上面的指示言听计从，大肆宣扬乐观主义。报纸上对目前形势的描述都是民众表现出来的"沉着冷静的、令人感动的典范"。但是在一个自我封闭，无密可保的城市里，没有一个人会相信这是全城人民作出的"典范"。要想对存在疑问的沉着冷静有一个准确的概念，只要走进一间检疫隔离病房或由政府组织的隔离营地就可以知道。不过，那时候笔者恰好在别处有事，对里面的情况不了解，所以只能在这里引用一下塔鲁写的事实。

塔鲁在他日记事本中记录了一件事：他和朗贝尔一起去了市体育馆里的隔离营地。体育馆坐落在城门附近，一边靠着有电车经过的街道，另一边则是一块荒地，一直延伸到城市所在高原的边缘地带。四周围绕着水泥高墙，只要在四个入口设置哨兵，里面的人就很难逃出去了。同样，这些高墙也可以防止外面好奇的人看到里面检疫隔离病房里发生的不幸。相反，里面的人则整日听到看不见的电车驶过，在向他们靠近的越来越大的嘈杂声中，猜测着他们离开这儿回家的时间。于是他们明白了把他们排除在外的生活仍旧在距自己几米之外的地方继续着，而这堵水泥高墙隔开的两个世界之间的距离比两个星球的距离还要遥远。

塔鲁和朗贝尔选择前往体育馆的那天是个星期天。和他们一起的还有那个足球运动员坎普斯萨雷斯，是朗贝尔去找的他，并且说服了他来轮班负责看守这座体育馆。

朗贝尔把他介绍给营地的主管。坎普斯萨雷斯告诉他们俩，在鼠疫发生之前，这正是他穿着球衣要开始比赛的时间。现在所有的体育场都被征用了，已不再可能进行球赛，因此他感到空闲无事，他的神态看上去也是如此。这是他接受看管工作的原因之一，不过他只答应在每周末值班。天是阴的，翘着鼻子的坎普斯萨雷斯带着遗憾指出，这样既没有雨又不闷的天气，是最适合比赛的了。他提到了他在更衣室里擦香水、人山人海的观众、黄褐色球场上色彩鲜艳的运动衫、中场休息时的柠檬水或像成千上万根冰针刺激干燥喉咙的冰镇汽水。塔鲁另外还记录了一些事：在整个去的路程中，在经过郊区坑坑洼洼的马路时，运动员不断地踢着脚碰到的石子。他试着把它们踢进右边的下水道管口，当他命中时，他就会说："一比零。"当他抽完一根烟时，就会把烟头吐向前方，然后在下落的过程中，用脚接住。到了体育场附近，一群正在游戏的孩子把一只球踢到了他们面前，坎普斯萨雷斯精准地把球回传给了小孩。

他们走进了体育馆，看台上都是人，但是场地已经被上百个红色帐篷覆盖了，远远地能够看到帐篷里面的铺盖和包裹。人们保留了看台是为了让那些被关在这里面的人能够躲避太阳或大雨。不过太阳下山以后他们还是要回到帐篷里去。在看台下面，人们安装了淋浴设备，而以前的更衣室则被改造成了办公室和医务室。大部分被隔离者挤在看台上，另一些在场地边游荡。有一些人跪在他们帐篷的出口，用茫然的目光东瞧瞧，西看看。在看台上，许多人躺着，似乎在等待什么。

“他们白天的时候做什么？”塔鲁问朗贝尔。

“没什么事。”

几乎所有的人都空着两手，什么事也不干，这一大片黑压压的人群静默得出奇。

“头几天，大家在这里相处得不好，”朗贝尔说，“但是随着日子一天天过去，他们也渐渐开始说话了。”

根据他的笔记，塔鲁很理解他们，一开始看到他们在帐篷里蜷缩着，不是听着苍蝇的嗡嗡声，就是在自己身上东挠西抓，当他们找到一个热于倾听的耳朵时，他们就大声倾诉他们心里的愤怒或者恐惧。但是当营地里的人越来越多，已经超员的时候，乐于倾听的耳朵也越来越少了。于是他们只得闭上嘴巴，开始互相猜疑。这里确实存在着一种互相猜疑的气氛，它从灰暗然而透亮的天空中掉下来，落到这片红色的营地上。

确实，他们所有人的脸上都带着一种猜疑的神色。既然人们把他们与其他人隔离开来，就不会没有原因，他们脸上的表情就是在寻找身边人的原因，而他们自己又害怕别人发现他们的原因。塔鲁看到他们当中的每个人的眼睛都是茫然的，所有人的表情都表明他们在忍受着与亲人分离的痛苦。由于他们不可能整天想着死亡，所以他们就什么也不想。他们仿佛是在度假。“不过最糟糕的是，”塔鲁写道，“他们是一群被遗忘的人，而且他们清楚自己的这种境况。认识他们的人遗忘了他们，因为这些人忙着考虑其他的事情，这还算能够理解。而爱着他们的爱人也遗忘了他们，因为爱人们为把他们弄出去而在做打算，到处奔走，已经筋疲力尽了。这也属正常。而这一切的最后，人们发觉没有人能够真正地想着一个人，这才是所有不幸中最不幸的。因为真正想念某个人，就是要分分秒秒地想着他，不被任何事分心，既不需要照料家务，也没有苍蝇的嗡嗡声，既不需吃饭也不用挠痒。然而，总会有苍蝇，总要去挠痒。这就是生活的难处。而里面的人对此一清二楚。”

隔离营地的主管又来到他们这边，跟他们说有一位奥顿先生要求见他们一面。主管先把坎普斯萨雷斯领到他的办公室里，然后把塔鲁他们两个带到看台的一个角落，坐在远处的奥顿先生起身迎接他们。他还穿着原来的那身衣服，竖着同一个硬领。塔鲁注意到他太阳穴上那撮头发已经翘起来了，一根鞋带也解开了。审判长看起来很疲惫，甚至没有看他面前的说话者一眼。他说见到他们很高兴，请他们代他向里厄医生为他所做的工作表示感谢。

另外两个人都没有说话。

“但愿,”审判长停顿了片刻之后说道,“菲利普没有受太多的苦。”

这是塔鲁第一次听到审判长说出他儿子的名字，他知道有些事情已经改变了。太阳落到了地平线上，在两片云彩之间透出的阳光洒在看台的两侧，照亮了他们三个人的脸。

“不会的，”塔鲁说，“没有，他真的没受多少苦。”

当他们俩转身回去的时候，审判长继续朝太阳照过来的方向眺望。

他们去跟坎普斯萨雷斯道别。他正在研究一张看守值班表。运动员一边微笑着，一边同他们握手道别。

“我还在更衣室旁边，”他说，“总是如此。”

没过多久，营地主管又领塔鲁和朗贝尔出去，这时，从看台上传来一声巨大的噼啪声。然后那只在平时用来宣布比赛结果或介绍球队的高音喇叭发出了带着鼻音的声音："被隔离的人需要回到帐篷里，现在开始分发晚饭。"男人们离开看台，拖着脚步回到帐篷。当他们全都就位之后，开进来两辆车站里的那种小电动车，运来两口大锅，穿梭在帐篷之间。男人们伸着他们的手臂，两只勺子先伸到两只锅里，然后又拿出来，落到两只军用饭盒里。之后汽车又前进。一切又在下一个帐篷重演。

"这很科学呀！"塔鲁对主管人说。

"是的，"对方一边得意地说着，一边分别握了他们俩的手，"这确实很科学。"

暮色降临，天空变得晴朗。营地浸在一道柔和而凉爽的光线中。在夜晚的宁静之中，各处响着勺子和盘子碰撞的声音。一些蝙蝠在帐篷的上空飞过，突然又消失了。墙的另一边，一辆电车发出咔咔的声音。

"可怜的审判长，"塔鲁小声说着，穿过大门，"必须为他做点什么，不过怎么才能帮到审判长呢？"

24

像这样的营地在城里还有几个，但是由于缺少直接的消息来源，为了谨慎，叙述者只能讲这么多。不过，有一点倒是可以提一下，那就是那些隔离营的存在、从那儿散发出来的人的气味、黄昏时刻高音喇叭的巨大响声、围墙的神秘感，以及人们对这些被摈弃的地方的恐惧，这一切已成了市民们精神上的沉重负担，使得大家更加惊慌失措，忧虑不安。他们与市政当局的摩擦和冲突事件也随之增加了。

到了十一月底，早上变得异常寒冷。滂沱大雨冲刷了路面，洗净了天空，纯白色的云朵倒映在光亮的路面上。每个早晨，太阳把柔和的光线洒向城市。到了傍晚正好相反，空气又变得温热起来。塔鲁总是选择在这样的时刻同里厄医生谈心。

一天晚上，将近十点钟，在过完漫长而又累人的白天之后，塔鲁陪着里厄去那个老哮喘病人家里出诊。老街区上空闪着微光。一阵轻风无声地拂过阴暗的十字路口。走过安静的马路，两个人来到了老人家里。老人又开始对他们喋喋不休起来。他告诉他们，城里有人对当局不满，因为他们总把那些油水大的差事留给自己人，这种人总有一天会搬起石头砸自己的脚。说着他就扬扬得意地搓起手来，他们肯定要大吵一架。医生给他治疗时他也没有停下来过，一直评论着时局。

这时他们听到房子上面传来两个人的脚步声。老人的妻子注意到了塔鲁好奇的表情，跟他们解释说这是因为有邻居待在平台上。他们也知道从高处的平台可以看到美丽的风景，而且他们房子的平台之间通常有一边是连通的，这也为方便街区里的女人们互相串门。“是的，”老人说，“你们上去看看。上面的空气很好。”他们登上去时发现平台空着，放了三张椅子。在一边的目光所及之处，他们看到了一排平台，尽头在阴暗的石头丛中，他们认出那是一座山丘。在另一边，越过几条马路和那看不见的港口，他们的目光落在了海天相接的模糊的地平线上。他们知道那边是悬崖，再远一点，一束微光有规律地一闪一闪，这是航道上的灯塔灯光，从这年春天开始，它就一直向绕道驶向其他港口的船舶发出信号。天空一片清朗，微风和畅，明亮的星光和远处灯塔的微光融合在一起，时不时有灰尘飘过。微风吹来了香草和石头的气味。周围一片寂静。

“这天气很好，”里厄边说边坐下来，“就好像鼠疫从未到过这里。”

塔鲁背对着他，望着大海。“是呀，”过了一会儿他说，“天气很舒服。”他也坐到了医生旁边，仔细地看着他。天空中那束微光闪了三次。一阵刺耳的餐具碰撞声音从马路深处传到他们的耳朵里。房子的门“砰”的一声关上了。“里厄，”塔鲁用一种自然的语调说道，“您从没有试着了解我是谁吗？您把我当朋友吗？”

“当然，”里厄回答说，“我当然把您当朋友。但是我们没什么时间来互相了解。”

“那好，这样我就安心了。那您觉得现在是做朋友的时间吗？”里厄每次回答他的时候都对他微笑。

“嗯，那么……”在隔了几条马路远的地方，一辆汽车好像在潮湿的路面上滑行。它开远了，之后从远处传来一阵杂乱的喊叫声，打破了寂静。然后在天空和星星的重压之下，它又落回到两个男人身上。塔鲁站起来，坐到了平台的栏杆上，面对蜷缩着陷在椅子里的里厄。以天空作为背景，塔鲁的身躯十分庞大。他说了很长时间，下面是对他的讲话大概的复述。

“里厄，简单说来，在熟悉这座城市和遇到这场瘟疫之前，我已经充分经历过鼠疫的痛苦了。可以说我跟大家一样。但是有人却并不觉察或者安于现状，也有人觉察到了因而寻求摆脱。而我就是一直想求得摆脱的。

“当我年轻的时候，我天真无邪，就是说我那时根本没什么想法。我不是那种有什么苦恼的人，起初我顺其自然，我过得一帆风顺。我的机灵使我在女人中间如鱼得水。如果说我曾经有过某些忧虑的话，那么它们来得快，去得也快。有一天，我开始思索了。现在……

“需要跟您说的是我没有经历过像您那样的贫穷生活。我的父亲是代理检察长，这是一个很好的职位。然而他没什么官架子，天生是个老好人。我的母亲是一个朴实谦逊的人，我一直深爱着她，但我总是不愿多谈起她。父亲无微不至地关爱我，我也相信他一直想方设法地了解我。他有外遇，这一点我现在可以肯定，但是我远没有达到为此生气的程度。他在这些方面表现得合乎尺度，不令人反感。简单地说，他不是个自我的人，现在他已经去世了，我认为虽然他在世时没有像圣人一样活着，但他不是一个坏人。他介于两者之间，就是这样。他这种类型的人能引起人们对他适当的爱戴，而且可以持续下去。

“不过他有一个特别之处，《谢克斯旅行指南》是他爱不释手的一本书。这不是因为他经常要旅行，他只会在假期的时候去布列塔尼，在那里他有一小间地产。但是他可以立刻告诉您从巴黎到柏林的列车出发和到达的准确时间，或者从里昂到华沙需要换乘的时间表以及两个您任意挑选的首都之间的准确公里数。您能够说出从布里昂松到夏蒙尼该怎么走吗？连车站站长都要被搞晕的问题，可我父亲却知道得一清二楚。他差不多每个晚上都要这样练习，以便丰富他在这方面的知识，他对此也感到相当自豪。我也乐意跟他玩这个游戏，我经常向他提问，然后在《谢克斯旅行指南》上核对他准确无误的答案，并为此兴奋不已。这个小小的练习使我们之间的关系更加亲近，因为我是他的一个听众，他对我的好意我也很是受用。至于我，我发现他的这种在铁路行车方面的才能毫不亚于他其他方面的才能。

“但是，我讲得有点多了，对他的评价可能太高了。因为，说到底，他只不过是对我的决心产生过一点间接影响。最多是给我提供了一次机会罢了。

“当我十七岁时，我的父亲叫我去听过他的庭审。那好像是一起重大案件，在法庭上，他肯定觉得这是他看起来最风光的日子。我觉得他是想通过这个仪式，这个能激发年轻人的想象力的仪式来鼓励我继承他的事业。我答应了，因为这能让父亲高兴，还因为我很好奇，想看一看、听一听这个生活在我身边的人所扮演的另一种角色。除此以外，我没有其他想法。法庭上发生的事，在我看来应该就像七月十四日的阅兵式或者学期结束时的发奖一样，是既自然又必然的。我对这些只有一个抽象的概念，一点也没有不安。

“但是那天唯一给我留下印象的就是那个罪犯。我觉得他确实是有罪的，至于是什么罪并不紧要。但是这个差不多三十岁左右，长着稀疏的红棕色头发的小个子男人，他看上去好像下定了决心承认一切，他似乎对他的所作所为和他将要受到的惩罚胆战心惊。审判开始后，我就只盯着他看。他像一只被刺眼的光线惊吓到的猫头鹰。他的领带结歪在领口的一边。他啃着右手的指甲……总之，我不必多讲了，您知道这是一个活生生的人。

“可是，直到这时我才突然意识到，在这之前，我只是把他看作‘被告’这类简单的概念。我不能说当时我忘了父亲在场，但是我感到内脏好像被什么东西抓住了，使我把全部注意力都集中到这个罪犯身上。我几乎没听到什么，我只是感到人们想处死这个活生生的人，一种强烈的本能就像潮水一样盲目而固执地把我推向他那边。直到父亲宣读公诉状的时候我才真正清醒过来。

“父亲穿上他的红色长袍，就像变了一个人一样，不再是老好人也不是受人爱戴的人，他的口中挤满了大量的句子，这些句子像一条条毒蛇不断地爬出来。我听明白了，他请求以社会的名义处死这个男人，甚至请求砍掉犯人的脑袋。他仅仅说了一句——这是真的——‘这颗脑袋应该掉下来。’但总而言之，这两句话的差别不大，但结果一样，因为最终要罪犯人头落地，只是那时不是他自己来完成这项工作罢了。而我则一直听着这个案件直到结束，除了我对这个不幸的人产生了一种令人眩晕的亲近感，而这是我父亲从来也不会有的。不过根据习惯，在最后时刻——这是文雅的说法，而这实质上应该被称为最卑鄙的谋杀时刻，我父亲是必须出席的。

“从那刻开始，我就对《谢克斯旅行指南》产生了可怕的厌恶感，不再看它。从那刻起，我对司法、死刑和处决都感到害怕。后来，我震惊地发现，父亲已经多次参加这种谋杀时刻了，正是他起得特别早的那些日子。是的，在这种情况下，他总是上好他的闹钟。我不敢把这些告诉我的母亲，但是那时我对她做了更加仔细的观察，我明白了他们之间已经没有什么感情，她过着清心寡欲的生活。这也使我原谅了我的母亲，正如我刚才所说的那样。再后来，我知道，对于她我也无所谓原谅，因为直到结婚前她一直都过着贫穷的生活，是贫穷使她学会了逆来顺受。

“您也许期待着我马上跟您谈我的离家出走。不，我还在家里待了几个月，差不多有一年。但是我那时心里一直很痛苦。一天晚上，父亲又在找他的闹钟，因为他第二天要早起。我那天晚上没有睡着。第二天他回家时，我已经离开了。听人说我父亲马上就叫人找了我，于是我回去看他，但没做任何解释，我平静地对他说如果他逼我回去，我就自杀。他最后同意了，因为他可以说是天生的性格温和，并且他还跟我说了很多大道理，说过这种无拘无束的生活是很愚蠢的（这是他对我的行为作出的解释，我一点也没有反驳他），他还是忍着涌上来的真诚的泪水对我百般嘱咐。在那之后的很长一段时间，我经常回去看望我母亲，我那时也会碰到他，但也只是心里会有点悲伤。他去世后，我把母亲接过来和我一起住，要不是她后来也去世的话，她现在还和我住在一起。

“我把这段开始的经历讲得很详细，因为这就是一切的起点。我现在要讲得快一点了。十八岁时我离开富裕的家庭，过着贫穷的生活。为了生活我干过各种各样的工作。一切还算顺利。但是我关心的问题是死刑。我想为那个红棕色的猫头鹰报仇。因此正如他们所说的，我搞过政治。我不想成为鼠疫患者，这就是我的全部目的。我相信我所生活的这个社会是建立在死刑的基础上的，因此在与鼠疫抗争的同时，我也在与谋杀作抗争。我曾经是这样想的，别人也曾经对我这样说，而归根结底，这种观点也是基本上正确的。于是，我就跟其他一些我所爱的，而且至今一直爱着的人们站在一起。我就这样坚持了很久。在欧洲，无论哪个国家发生这类斗争，我都参加过。好吧，我们不谈这个了。

“当然，我知道其实我们自己也是一样，我们也偶尔判决死刑。但是有人告诉我，有一些死刑是必要的，这是为了这个世界上不再有更多的死刑。这在某种意义上是真实的。然而，毕竟，也许是我自己忍受不了这样的真实。但可以肯定的是，我在犹豫。可是我想到的是那只猫头鹰，而这些还将继续。直到有一天我亲眼见到了执行死刑（这是在匈牙利），于是，童年时在法庭里所遇到的这种使我晕头转向的场面又一次使我视线模糊起来（当时我已成人）。

“您从没有看过枪决吗？当然没有，一般来说这要得到邀请，而且会提前从公众中选出来。而您只有从铜版画上和书本上看来的印象：一块蒙眼的布条、一根柱子以及远处的几个士兵。好吧，不是这样的！您知道吗？执行枪决时，一排狙击手站在犯人对面一米五远的地方。您知道吗？要是犯人向前两步，他的胸膛就会碰到枪口。您知道吗？在这么近的距离上，狙击手把枪口对准犯人的心脏位置，一粒豆大的子弹就能在上面打出一个拳头大的窟窿。不，您不会知道这些，因为从没有人讲过这些细节。对鼠疫患者来说，人的睡眠要比生命更为神圣不可侵犯，我们不应该去打扰这些正人君子的睡眠。只有风格不高的人才会这样做，而风格在于不要固执己见，这是众所周知的事。可是我，从那以后，我就没有安睡过。这种苦涩的味道一直停留在我的嘴里，我不断地坚持着，也就是说我不断想到它。

"于是，我懂得了这样的事实：在自己满心以为是在理直气壮地与鼠疫作斗争的漫长岁月里，自己却一直是个鼠疫患者。至少，我的情况就是如此。我了解到，我已经间接地赞同了千万个人的死亡，甚至促成了这一死亡，因为我赞成了导致这种必然的死亡的一切行动和原则。其他人好像并不受到这种想法的折磨，或者至少说他们从来没有主动地提到过这些。而我一想到这些就会喉咙哽咽。我跟他们在一起，但我却是孤独的。当我倾诉我内心的不安时，他们告诉我应该考虑一些当前的问题，他们还经常向我灌输一些感人的道理，要我接受我无法接受的东西。但是我回答他们，穿着红色法衣的大鼠疫患者在这种情况下也是理由十足，如果我接受了小鼠疫患者的那些不可抗拒的、苦苦哀求的理由，那么我就必须接受大鼠疫患者提出的同样的理由。他们向我指出，附和穿红色法衣的人最好的方法是让他们拥有判决的专权。但那时我说，如果我们做了一次让步，就没有理由再拒绝了。看来历史已经向我们证明了这点，今天他们不是在争先恐后地杀人吗？他们已经杀红了眼，而且他们也只能这么做。

“但是不管怎么样，我所关心的事并不是去和别人争辩。而是那只红棕色猫头鹰，以及法庭上的肮脏勾当：一张张又脏又臭的嘴向锁在镣铐里的人宣布他即将死去，并办理他死亡的一切手续，事实上，在整夜整夜的垂死的恐怖中他期待着眼睁睁地被谋杀。我所关心的是那个胸膛上的窟窿。我告诉我自己在把问题弄清楚过程中——至少对我来说是这样——我坚决拒绝，绝不赞成。您听到了吗？我决不赞成这种令人作呕的屠杀。是的，在没有把问题弄清楚之前，我选择这种盲目的顽固态度。

“从那以后，我就没有改变过我的想法。很长时间以来我感到愧疚，为我曾经是一个杀人凶手感到愧疚，即使这是间接的，即使是出于良好的愿望。随着时间的流逝，我无奈地意识到，甚至是那些比较善良的人，如今也不由自主地去杀人或者放任杀人的行为，因为这就是他们生活的逻辑，在这个世界上，我们的一举一动都有可能导致一些人死亡。是的，我不断地感到愧疚，我认识到这一点，我们所有人都生活在鼠疫之中，我已经失去了内心的平静。我直到今天仍在寻找，设法来了解他们每一个人，力图使自己不要成为任何人的仇人。我只知道为了不再成为鼠疫患者就要做我们应该做的事，只有这样，才能使我们内心平静，或安心地死去。这是能使人得到安慰的，如果说不能救活他们的话，但至少可以尽可能地减轻他们的痛苦，甚至有时还能为他们做点好事。因此，我决心拒绝使人死亡或者为致人死亡的人辩护，不管是间接的还是直接的，不管是出于有理还是无理。

“因此，瘟疫没有教会我任何东西，要不就是它教会了我和你们站在一起与之抗争。我知道某些学问（是的，里厄，我对生活了解得很透彻，您应该能看出来），每个人身上都有鼠疫，因为世上没有人，没有任何人能够在其中安然无恙。因此，我们必须时刻保持警惕，否则一不小心就会把气呼到别人身上，而把鼠疫传染给他人。只有病菌是自然产生的，而其余的，如健康、正直、纯洁，可以说是出自意志的作用，一种永远也不应停止的意志。正直的人几乎不把疾病传染给任何人，他们是尽可能小心翼翼不让自己分心的人。他们不需要意志和压力，而能保持永远不分心！是的，里厄，成为一个鼠疫患者确实很累人。但是要不成为鼠疫患者其实更累人。这就是所有人都看起来疲惫不堪的原因，即使如今，所有人都差不多是鼠疫患者了。不过因为这个原因，有几个不愿成为鼠疫患者的人，要经历一种极端的疲乏，而且除了死亡没有任何东西能够使他从中解脱出来。

“从此刻起，我明白自己对这个世界来说，已毫无价值。从我放弃杀人的那刻起，我就对自己宣判了永久的流放。其他人则去创造历史。我也明白自己无法从表面上判断其他人。要成为一个合理的杀手，我还缺少一种才能。当然这不是一个优点。但是现在我承认了自己，我学会了谦虚。我只是说在这片土地上存在着灾祸和受害者，而且必须尽可能地拒绝站在灾难的一边。这对您来说可能很容易，我不知道这是否容易，但是我知道我说的情况都是事实。我听到过如此多的争辩，它们差点就把我搞晕了，而且它们已经搞晕其他人而让他们赞成谋杀，我知道一切罪恶都来自那些没有清楚言语的人。我这时候明确地表明了我的立场和行动，而使我走上正道。因此，我说灾祸和受害者是存在的，但是没有其他的了。要是我这样说，我就变成了灾难本身的话，至少我是不会赞同的。我只是想成为一个天真无邪的杀手。您瞧，这并不是什么雄心壮志。

“当然，肯定存在着第三种境界，那是属于真正的医生的，但是不能否认的事实是我们碰到的不多，而且这也很困难。这就是我与受害者站在一边的原因，所以，我决定在任何情况下都站在受害者的一边，以便对损害加以限制。在受害者当中，我至少能设法知道怎样才能达到第三种人的境界，就是说，获得安宁。”

结束这段话时，塔鲁摇晃着他的腿，轻轻地用脚敲击着地面。在一阵沉默之后，医生略微抬起了头，问塔鲁是否知道有一条通往安宁的道路。

“是的，那就是同情。”远处传来两辆救护车的铃声，立即与惊叫声混杂在一起，汇集到城市的边缘，靠近岩石丛生的山冈。同时他们听到某种像爆炸一样的声音，然后又是一片寂静。里厄数了两下灯塔的闪光。海风似乎吹得更有劲了，同时带来一股盐水的味道。现在他们可以清晰地听到海浪沉闷地拍打着峭壁的声音。

“总而言之，”塔鲁简洁地说，“我所关心的是，人们怎样才能成为一个圣人。”

“但是您不相信上帝。”

“确实是这样，但是也许可以成为一个没有上帝的圣人，这是我今天遇到的唯一的具体问题。”

突然，在传出喊叫声的地方冒出一阵巨大的火光，伴随着升起的风浪，一阵叫嚷声传到两个男人的耳朵里。那个火光马上暗下去了，远处，在平台的边上，只剩下一点点红色的反光。风停止的时候，他们能清晰地听到男人的叫喊声，然后是一阵射击和人群的叫嚷混杂的噪声。塔鲁站起来，仔细听着。但是再也听不到什么了。

“城门处又发生战斗了。”

“现在结束了。”里厄说。

塔鲁低声抱怨说这永远也不会结束，而且还会有受害者，因为这是命令。

“也许吧，”医生回答说，“但是您知道的，我感到跟战败者在一起比跟圣人在一起更团结。我认为，对于英雄主义或者圣人，我并没有什么喜好。我所关心的是成为一个人。”

“是的，我们追寻的是同样的东西，不过，我雄心比你小。”

里厄以为塔鲁是在开玩笑，就盯着他看。在天空映照下的微光中，他看到了一张悲伤而庄重的脸。又起风了，里厄感到风吹在皮肤上还有点温热，塔鲁打起精神。“您知道吗，”他说，“我们需要为我们的友谊做点什么？”

“随便您。”里厄说。

“到海里洗个澡。即便对于一个未来的圣人也是高尚的乐趣。”里厄听后笑了起来。

“带着我们的通行证，我们可以去防波堤那边，只为鼠疫活着就太蠢了。当然，一个男人就应该为受害者而战斗。但是换种说法，要是他停止热爱的话，他又为了什么而战斗呢？”

“对，”里厄说，“走吧。”过了一会儿，汽车停在了城门的栅栏处。月亮也升起来了。乳白色的夜空向四处投下了暗淡的影子。在他们身后是层层叠起的城市，从里面吹来的热风把他们推向大海。他们把他们的文件拿给守卫看，守卫检查了很长时间。通过城门，再通过堆满木桶的、弥漫着酒香和鱼腥味的土堤，他们朝着防波堤的方向走去。还没靠近，一股碘盐和海藻的气味告诉他们大海就在附近，然后他们又听见了海浪的声音。

海水轻轻拍打着防波堤下的大石块，他们爬下去的时候，海水就像天鹅绒一样厚实，又像动物的皮毛一样柔软光滑。他们爬到了一块朝向大海的礁石上。海水咆哮着，又渐渐退下去。大海舒缓的起伏使海水时而波光粼粼，时而平静如镜。在他们面前的是无边无际的夜晚。里厄的手指抚摩着冰冷的岩石，他满心欢喜。他转向塔鲁，猜出朋友那张凝重而又平静的脸上也有同样的喜悦，但这并不能使他忘却什么，甚至不能忘却他思虑的谋杀问题。

他们脱去衣服。里厄最先跳了下去。一开始水很凉，当他浮起来的时候就变得温热了。游了一会儿蛙泳之后，他知道今天晚上的海水是温热的，因为秋天温热的海水储存了陆地好几个月的热量。他有规律地游了起来。他的脚在身后的水面上击打出一阵阵翻腾的水花，海水沿着手臂流过，贴在两条腿上。一声沉重的击水声告诉他塔鲁已经下水了。里厄翻过身来，一动不动地仰躺在海面上，面对着夜空中的月亮和繁星，他长长地呼着气。然后他听到一阵越来越清晰的击水声，在夜晚的寂静和孤独中显得格外清晰。塔鲁靠了过来，不久就听到了他的呼吸声。里厄掉转方向，和他的朋友并肩，以相同的节奏游着。塔鲁加大力气超过了他，他不得不加快动作。在几分钟里，他们并肩，感受着同样的孤独，远离原来的世界，摆脱了城市和鼠疫。里厄先停了下来，慢慢地游回去，直到他碰到了一股寒流。两个人都没有说话，只是加快了他们的动作，好像受到了这股突袭而来的海水的催促。

他们穿好衣服，离开时两个人都一言不发，但是他们的心情是一样的，这个夜晚的回忆对他们来说是美妙的。当他们远远地看到鼠疫的岗哨时，里厄知道现在塔鲁和他都在心里说着同样的话：瘟疫刚刚遗忘了他们，这很不错，不过现在又该重新开始了。

25

确实，又该重新开始了，鼠疫不会长时间地放过任何人。十二月，它又在市民的胸中燃烧，火焰照亮了炉子，它又使隔离营里两手空空、无所事事的人影增加了。总之，它没有停止过它耐心而断断续续的步伐，一直在前进。当局期望寒冷的天气能够阻止瘟疫继续前进，然而它看起来没有停止的意思，越过了初冬的严寒。必须等待！但人们由于等得太久，已经不能再等了，整个城市的居民都活在对未来的绝望中。

至于医生，那天晚上给他带来友谊和内心宁静的短暂时刻是一去不复返了。城里又开设了一家医院，里厄只能整天对着病人。不过他注意到，在这个阶段的疫情中，出现了越来越多的肺鼠疫，患者可以更多地与医生配合。他们不再像起初那样自暴自弃、心情沮丧或精神错乱，现在他们看起来对自己的利益有了更清楚的认识，自己要求获得一些对他们最有利的东西。他们不断地要求喝水，每个人都想保暖。不顾医生也和他们一样疲惫，然而在这些情况下，他现在感到自己不那么孤单了。

快到十二月底时，里厄收到一封还在隔离营地里的预审审判长奥顿先生寄来的信，上面说他的检疫隔离期已经结束，但是当局查不到他进入隔离营地的日期，于是为了保险起见，误把他继续关押在隔离营地里面。他不久前出来的妻子已经向省政府反映情况，但是她受到了冷遇，别人只告诉她绝不会有错。里厄请了朗贝尔来调查此事，几天之后，他见到了奥顿先生。当局确实出了差错，里厄对此感到非常气愤。但是消瘦的奥顿先生抬起虚弱的手，字斟句酌地说：“所有人都会犯错的。”医生这才感到在他身上有什么东西发生了变化。

“您打算做什么，审判长先生？您的案件正等着您呢！”里厄说。

“嗯，不！”审判长说，“我想请个假。”

“您确实需要休息一下。”

“不是因为这个，我是想回到隔离营地去。”

里厄吃了一惊，“但是您刚刚出来呀！”

“要是我没理解错的话，别人告诉我在隔离营地里有一支政府组织的志愿者队伍。”

审判长转动着滚圆的眼珠子，压了压他的一簇头发说：

“您明白的，我想尽一份力。可能这个想法有点愚蠢，但这样会使我感到和我的小孩亲近一点。”里厄看着他，在奥顿先生那双坚毅而毫无表情的眼睛里不可能突然冒出一股温情。不过它们变得比较混浊了，失去了原本的纯粹。

“当然，”里厄说，“既然您愿意去，那这件事就交给我来办吧。”

医生果然把这件事办妥了，直到圣诞节为止，疫城中的生活还是老样子。塔鲁也一如既往、神态自若地出现在各个地方。朗贝尔向医生透露，多亏了两个看守的帮助，他建立了一条通信的秘密系统。他时不时地会收到一封信。他向里厄提供了这个系统的使用权，里厄接受了。里厄艰难地写了几个月以来的第一封信。他仿佛失去了某种语言的表达能力。信寄出去了，但迟迟未见回信。在另一边，科塔尔幸运地活了下来，他的倒卖活动使他变得富有。至于格朗，他没有挺过节日的这段时间。

这一年的圣诞节与其说是耶稣的节日，倒不如说是地狱的节日。商店灯光暗淡，空空如也。摆在玻璃橱窗里的是仿制的巧克力或只是一个空盒，电车上是一个个阴郁的身影，完全没有往年圣诞节的情景。往年的圣诞节，无论富人还是穷人，家家都团聚在一起，而现在只有那些享有特权的人，躲在满是灰尘的商店里间，享受着他们用大价钱换来的远离人群、见不得人的庆祝活动。教堂里充满的不是感恩的声音，而是人们的哀叹。在阴冷的城市里，只有几个小孩还在奔跑，因为他们还不懂鼠疫正威胁着他们。但是没有一个人敢向他们提起过去背着礼物的圣诞老人，虽然他和人类的痛苦一样古老，但是没有一个人敢向他们提起，过去有圣诞老人，背着礼物而来，他虽与人类的痛苦同样古老，但却像年轻人的希望那样富有生气。

昨夜，格朗没有赴约。里厄为此感到担心，于是一大早就到了他的家，但没有找到他。所有人都警觉起来。临近十一点，朗贝尔来医院通知医生他远远地看到过格朗在大街上游荡，身形憔悴。然后他就再也没有看到过他。于是医生和塔鲁就开车出去找他。

中午，天气非常寒冷。里厄下了车，看到远处的格朗几乎贴在一个放着粗制木雕玩具的玻璃橱窗上。在这苍老的公务员脸上，眼泪不断地淌下来。这些眼泪使里厄感到惊慌，因为他知道流淌的眼泪意味着什么，他的喉咙也哽咽了一下。里厄同时也回忆起了这个不幸者在订婚时的情景：那天也是圣诞节，他们站在商店外面，让娜依偎着他，仰头对他说她很高兴。让娜清脆的声音穿过遥远的岁月回响在格朗疯狂的心里，这是肯定的。里厄明白此刻这个流着泪的老人在想什么，他和自己的想法一样，这个没有爱的世界就像一个死去的世界，总是会在某个时刻，我们厌倦了监禁、工作和勇气，而去找回某个人的身影和柔情。

但是，里厄在镜子里看到了他。他流着泪转过身，背靠在玻璃橱窗上。

“啊，是你呀，医生。”他叫道。里厄只是点点头，但说不出话来。

里厄也有与他同样的苦恼，他这时心里已是怒火中烧，因为无论是谁，见到别人的悲伤，也会在心里生出这样的感情。

“是我，格朗。”里厄说。

“我希望有时间给她写信。为了让她知道……为了让她幸福时不感到愧疚。”

稍微用了一点劲，里厄才把格朗拖走。格朗就这样一直让他拖着，结结巴巴地说不成话。“这场瘟疫已经持续很久了。人们只能听天由命，有什么办法呢？啊？医生！我就跟现在一样的平静。但是我需要尽很大的力才能保持仅有的常态。而且现在，我实在受不了了。”

他停住了，四肢发颤，眼神发狂。里厄抓起他的一只手，发现手烫得厉害。“该回去了。”里厄说。

但是格朗挣脱了，跑了几步，然后又停下来，张开手臂，前后摆动起来。他原地转了过来，倒在冰冷的人行道上，脸上淌满了不断流下的泪水。行人远远看见，突然停下来，不敢再往前走。里厄不得不抓起老人的双臂。

现在格朗躺到了床上，呼吸困难，肺部受到了感染。里厄思索着：这位公务员没有家人。何必送他进传染病房呢？自己只要和塔鲁一起过去照料他……

格朗的头陷在枕头里，皮肤发青，眼睛黯淡无光。他眼珠一动不动地盯着塔鲁用纸箱碎片在壁炉里点起的微弱火光。“我感觉很糟。”他边说话边咳嗽，咳嗽的声音听起来很怪，好像是从他那燃烧着的肺部的深处发出来的噼噼啪啪的声音。里厄要求他不要讲话，并说他会痊愈的。病人奇怪地微笑着，脸上显露出一种温情，尽力地眯起眼睛。“如果我大难不死，医生，我向您脱帽致敬！”话音刚落，他又重回到沮丧的情绪当中。

几个小时之后，里厄和塔鲁发现他平躺在床上，里厄惊恐地从他脸上发现疾病正在恶化。不过他好像清醒了一点，一看到他们，就用一种格外低沉的声音请求他们将他放在抽屉里的手稿拿给他。塔鲁把稿子拿给他，但他只握紧了背面，也没有看，随后就把它递给医生，做了个邀请的手势，希望他读一读这些手稿。这沓简短的手稿差不多有五十页左右。医生翻了翻发现所有的稿纸上都写着一个相同的句子，不断地重抄、修改、丰富或者精简。五月，女骑士和树林小径这几个字不断地重复，用各种方式排列成句子。作品中还包含了一些解释，有时又显得过分详细。但是在最后一页的底部，只写了一个书法工整的句子，而且墨水还未干："我亲爱的让娜，今天是圣诞节了……"在这句的上面，工工整整地写着那个句子的最后版本。"请您读一下。"格朗说。于是里厄读了出来。

"在一个五月的美好清晨里，一位苗条的女骑士骑上一匹华丽的枣骝马，奔跑在一条树林小径的花丛中间。"

"这句怎么样？"老人用狂热地声音说道。里厄没有抬眼看他。

"啊！"对方激动起来，"我就知道。美好，美好，就是这个词不正确。"里厄抓起他放在毯子上的手。

"算了吧，医生，我已经没时间了……"他的胸膛痛苦地鼓起来，他突然一下子叫出来："烧了它！"

医生犹豫着，但是格朗用一种可怕的口气重复了他的命令，如此痛苦，以至于里厄不得不把这些稿纸扔到了快要熄灭的炉火里。房间马上亮了起来，一股短暂的热气给屋子增添了暖意。当医生回到病人身边时，他已经转过身去，脸几乎贴在墙上。塔鲁看着窗外，好像对这个场景无动于衷。在注射了血清之后，里厄告诉他的朋友格朗撑不过今晚，塔鲁说自己留下来。医生答应了。

整整一夜，格朗快要死去的想法纠缠着他。但是第二天早上，里厄看到格朗坐在床上，和塔鲁说着话。他身上的高热消失了，只是全身无力。

“啊！医生，”公务员说，“我犯了个错。不过我要重新开始。我想起了一切，您看着吧。”

“等等再看。”里厄对塔鲁说。但是到了中午，没有发生什么变化。晚上时，格朗被认为是得救了。里厄对这种死而复生一点也不明白。然而差不多也是在这个时候，里厄接收了一位他认为已经没有希望的女病人，一进医院她就受到了隔离。这个年轻的女孩满口说着胡话，身上出现了所有肺鼠疫的症状。但是，第二天早上，高热就退下去了。医生还认识到，在格朗的病例中，早晨暂时的病情缓解使他习惯于认为这是一个不好的迹象。然而到了中午，高热也没有反复。晚上也只是升高了十分之几，又过了一天的早上，高热已经消失了。小女孩尽管身体很虚弱，但已经可以在病床上自由地呼吸了。里厄说她已经克服了所有困难，奇迹般恢复了。在这个星期里，医生共遇到四个类似的病例。在周末的时候，老哮喘病人看到医生和塔鲁时激动不已，“这下好了，”他说，“他们又跑出来了。”

“什么东西？”

“嗯！老鼠哇！”自从四月开始，人们还发现过一只老鼠。

“还会重新开始吗？”塔鲁问医生。

老人摩擦着手掌。“瞧瞧它们乱窜的样子。看了真叫人高兴。”

他在他家靠近马路的那条门边，看见了两只活老鼠。一些邻居告诉他，他们家里也是，这些畜生又重新出现了。在一些棚子里，人们又听到了几个月来已经忘记了的吱吱的叫声。里厄期待着每周公布的统计数字。数据显示疫情减退了。

鼠疫第五部

26

尽管疫情出乎意料地突然减缓，但市民们还是不敢过早地高兴。刚刚过去的几个月里，发生的一切事都使他们渴望解脱，但他们懂得了小心翼翼，他们越来越对瘟疫在短期内结束不抱什么期望。不过这个新的动向已经成了人们交谈的主题，并在他们心底升起了还不敢明说的强烈的希望。其他的一切都是次要的，人们关心的是：鼠疫死亡数字正在下降。相比之下，那些在鼠疫中逝去的人也就显得不那么重要了。虽然人们没有强烈地期盼那即将到来的“健康时代”，但人们已经开始期盼，尽管还带着冷漠的表情，但已经开始讨论鼠疫结束后的生活。

人们都知道要一下子恢复鼠疫发生前的那种快乐的生活是不可能的，因为破坏起来很容易，重建就难了。人们只是认为只要食品供应能够有所改善，那样大家就可以先解决这最迫切的问题了。但事实上，在这些无关紧要的谈话里却同时冒出一种荒诞的希望来，使市民们有时会感到不对头，于是他们就急忙说，无论如何，鼠疫是不会一夜之间就结束的。

确实，鼠疫不会马上结束，但疫情的减缓速度超过了一般合乎情理的想象。一月初，持续严寒，整个城市上空好像都凝结着冷空气，然而天空却从来没有像这样湛蓝。几天来没有暖意的阳光整天笼罩着城市。在这片纯净的天空中，鼠疫死亡率连续下降三周，瘟神把尸体一字排开，数量却越来越少了。在短短的时间里，它好像失去了几个月来积累起来的力量。像格朗和上面提到的那个年轻姑娘一样，他们本来已经被选中为鼠疫的不幸者，但他们又成功地逃脱了；在一些街区它还猖獗了几天，而它在其他街区已经完全消失了；在星期一它使更多的人患了病，而到了星期三，又把全部病人都放过了。看到疫情时而喘息不前，时而迅猛前进，人们以为它是因为疲劳和厌倦而垮了下来，同时失去了以前所向披靡的威力和百发百中的打击能力。卡斯特尔研制的血清一下子取得了前所未有的成功。医生采取的每一个步骤，以前毫无效果，但现在却突然显得有效果了。好像鼠疫成了强弩之末，人们以前用来抵抗它的迟钝的武器现在突然变得锋利起来。但是疫情时不时还会顽强地挣扎一下，发动一种盲目的进攻，夺走三四个本来有希望治愈的病人的生命。这些人则成了这场瘟疫中的不幸者，在这充满希望的时刻，他们却成了鼠疫的牺牲品。奥顿先生就是这样一个例子，当时人们不得不把他撤出隔离营，塔鲁说他实在命运多舛，然而人们也不知道这是指奥顿先生的死亡，还是指他的生活。

不过总体看来，疫情正在全线退却，省里的公报开始的时候还只是隐约流露出一点希望，后来则向公众证实了这种信心，即胜利的大局已定，疫情正在放弃它的阵地。事实上，很难确认胜利与否，人们所能注意到的是这场疫情似乎要离开了，就像它来的时候一样。人们用来对付疫情的策略没有改变，以前无效的，如今看来却很合适。人们感到疫病自己已经变得精疲力竭了，或者可能是它在袭击了所有的目标后正在主动撤退。从某种角度看，它已经完成了使命。

尽管如此，人们会说城里什么都没有改变。白日里大街上依旧寂静，到了晚上，街道还是挤满了同样一群人，只是多数人都穿着大衣围着围巾。电影院和咖啡馆的生意跟以往一样兴隆。不过走进去细看的话，人们会注意到人们脸上的表情已经更加放松了，而且不时挂着笑容。这时候才发觉人们已经很久没听见过笑声了。实际上几个月来那张把全城围得密不透风的帷幕出现了一道口子，而且每星期一从无线电广播新闻中，人们可以发现这个裂缝正在扩大，最后它将大到可以让人呼吸了。不过，人们只是悄悄地松了口气，还不敢明显地流露出喜悦的心情。但要是在从前，诸如一列火车离站或者轮船到港，或者是汽车被允许重新上路，人们都是不敢想象的。可是在一月中旬颁布的这些公告反而没有引起人们的惊奇，因为这差不多是不容置疑的了。这表明我们的市民在充满希望的道路上走过了一个重要阶段。我们可以说，从微小的期望对人民来说成为可能的那刻起，就可以认为鼠疫被终止了。

整个一月里，市民们经历了兴奋与沮丧交替的心路历程。也正是在这样的情况下，他们的反应也是矛盾的。甚至在统计数字最向好的时候，依然发生了几起试图逃走的事件。这引起了当局和城门守卫们很大的惊奇，显然他们也毫无思想准备，因为大多数的逃跑都成功了。实际上，这时候逃跑的人也不过是受到正常感情的支配。因为对一些人而言，对鼠疫的怀疑态度扎根在他们心里，使他们无法摆脱，他们不再相信希望。所以即使到了鼠疫已经消失的时候，他们还会按照老一套继续生活，他们对形势的适应总是落后于人。而另一些人则正好相反，他们长时间忍受着与亲人的分离之苦，在经历了如此漫长的隔离和长期的沮丧情绪之后，这股希望之风反而吹得他们失去了耐心，使他们激动得无法控制自己。他们想到在这个临近尾声的时期也许会死去，再也见不到所爱的人，而这段时间以来他们所承受的痛苦也不会得到回报。几个月来，尽管经受着监禁和流放之苦，他们也坚持等待着，但现在一线希望的曙光却摧毁了恐惧与失望都无法摧毁的东西，他们像疯子一样急匆匆地想赶超鼠疫的脚步，而无法与他对抗到最后一刻。

与此同时，一些使人乐观的迹象出现了，比如说物价已经明显回落。从纯经济学的角度来看，这个现象是难以解释的。各种困难依旧存在：城门处保持着隔离检疫程序，食物供给也远没有得到改善。因此我们见证了一种纯粹的精神现象，好像瘟疫撤退在各处都引起了反应。那些过去集体生活但因为鼠疫而不得不分开的人也变得乐观起来。城里的两个修道院开始恢复，集体生活也得以恢复。军队里的情况也是一样，士兵们被重新召回到空着的营房中，恢复了正常的部队生活。这些小事都具有强烈的象征意义。

直到一月五日，市民们生活在这种暗藏的兴奋当中。那个星期，死亡人数大幅降低，所以在咨询了医学委员会的意见之后，省政府宣布疫情受到了控制。但公告中还指出，民众仍需保持警惕，对城门的封锁仍要再持续两周，防疫措施还将持续一个月。在这期间，为防险情再次发生，“一切维持现状，各项措施仍将继续”。然而所有人都认为这些补充只是些形式条款，到了一月二十五日的晚上，城里开始狂欢。为了配合公众的欢庆活动，省政府决定恢复健康时期的照明。于是在寒冷而纯净的天空下，市民们成群结队地拥上街头，欢天喜地。

当然，许多屋子仍然紧闭着百叶窗，在其他人热闹庆祝时，这些人仍在沉默中度过。然而，对这些沉浸在悲伤中的人们来说，他们也感到了很大的宽慰，因为他们不用再担心家人会死去，自己的生命也不再受到威胁。在这样的时刻，那些有鼠疫患者在医院接受治疗的家庭是最不幸的，他们不是在隔离病房就是隔离在家，等待着灾难真正结束，就像那些已经逃离鼠疫阴影的人一样。当然，这些人也抱有希望，只是他们把这希望深埋在心底，在没有真正有把握之前，他们还是把希望封存在心底，在垂死和欢乐之间等待。在这个寂静无声的夜里，在这一片欢腾之中，这种静静的等待与观望，对他们来说显得更加残酷。

但是这些例外丝毫不影响其他人的乐观。尽管鼠疫还没有结束，它还有余威，但是人们已经想到了几个星期后，火车呼啸着从一眼望不到尽头的铁轨上鸣笛飞驰，轮船在闪闪发光的海面上破浪航行的情景。也许再过一天等他们亢奋的情绪平复后，怀疑又会涌上心头。但是此刻，仿佛全城都动了起来，劫后余生的人们从那些封闭、阴暗、毫无活力的地方出来，一齐迈开了脚步。这天晚上，塔鲁、里厄、朗贝尔也走在这群人当中，他们也像走在云端。离开林荫大道很久之后，甚至当他们来到空无一人的街道上的时候，塔鲁和里厄还能听到他们身后的欢声笑语，而在偏僻的街道上，他们又走过一扇扇紧闭的窗户。痛苦在百叶窗后继续，不远处的大街则是一片欢腾。解放的时刻临近了，但这解脱的时刻却是几家欢乐几家愁。

当欢笑声变得越来越响时，塔鲁突然停下了脚步。在阴暗的路面上，一个黑影轻盈地跑过。那是一只猫，春天以来他还是第一次见到猫。它在人行道的中间停留了一会儿，犹豫地舔了舔爪子，又迅速挠了挠右耳，接着又悄悄地奔跑起来，消失在夜色中。塔鲁笑了。那个小老头儿也准会开心起来的。

27

但是，在鼠疫似乎渐渐远去，眼看要回到那个它曾悄悄爬出来的未知的洞穴中去的时候，在城里至少有一个人为它的离开陷入了沮丧的情绪之中。这个人就是科塔尔。

此外，塔鲁的日记自从死亡数字开始下降的那刻起，就变得相当奇怪。也许是因为疲劳的缘故，上面的笔迹变得很难辨认，而且内容也经常从一个主题跳到另一个主题。另外，这些笔记第一次失去了原来的客观描述，开始让位于个人评论。结果在一段段涉及科塔尔的描述中，往往也会有关于那个逗猫的小老头儿的记叙。据塔鲁说，鼠疫丝毫无损他对那位老人的尊重，不管是鼠疫发生之前还是鼠疫结束之后，老人一直引起塔鲁的兴趣。后来塔鲁不再对他产生兴趣了，是因为他曾试图去找过他。在一月二十五日那晚之后，他守在那条小路的角落里，希望能看到小老头儿。正如我们所说，猫儿回来了，在有阳光的地方取暖。但是在那个习惯的时间里小老头儿却没有出现，百叶窗还是紧闭着。在接下来的几天中，塔鲁就再也没有看见百叶窗打开过。于是塔鲁认为这个小老头儿不是生气了，就是已经死了。如果他是生气了，那是因为他相信自己有理，是鼠疫坑害了他；但是如果他已经死了，那就应该像考虑那个老哮喘病人一样，想一想他是不是一个圣人。塔鲁并不认为他是圣人，但是他承认老人的情况给人一种启示。塔鲁在笔记中写道：“可能人们只能达到某种接近圣人的标准，在这种情况下，就只能去做一个谦逊而仁慈的撒旦了。”

在这些笔记里，关于科塔尔的描写中还掺杂了大量其他的评论，通常是散落的备注。其中有些是关于格朗的叙述：他正处于康复期，但他已经像什么都没发生过一样继续他的工作了。另一部分则提到了里厄医生的母亲。他们住在一起时，塔鲁和他的母亲谈过几次话，她的态度，她的微笑，她对鼠疫的评论都被一丝不苟地记录下来。塔鲁首先强调的是里厄母亲的沉默寡言，她简洁的表达方式，还有她对一扇窗户的偏爱。那扇窗子朝向宁静的街道，她每晚都会一个人坐在窗前，稍稍挺直身子，手安静地放着，露出专注的目光，直到暮色侵入房间，在渐渐变暗的灰色光线中她变成了一个黑影，最后她一动不动的侧影消失在黑暗中；塔鲁还记述了她从一个房间走到另一个房间的轻盈步态，还有她的善良，从未在塔鲁面前表现过这种善良的品格，但他从她的一言一行中能够体会到这种品格散发出的光辉；最后，塔鲁认为她具有一种不需多加思索就能懂得一切的本领，尽管她沉默、谦让，但她不惧怕任何光，即使是咄咄逼人的瘟疫的“光芒”。写到这里，他的笔迹开始歪歪扭扭起来，显得十分奇怪。后面的几行字变得难以辨认，最后的几句话也是他第一次讲到他的内心情感：“我的母亲也是这样的人，也是同样的谦逊，我喜欢她的品格，我一直想着和她在一起。八年来，我始终不能承认她去世了。她只是比平时更加谦逊罢了，然而我回过头，她却不在那儿了。”

我们该谈谈科塔尔了。自统计数字下降以来，他找各种不同的理由多次拜访里厄。事实上，他每次来都问了同一个问题，就是里厄对疫情发展的预测：“您认为鼠疫会这样一下子停止吗？这么突然，毫无预兆？”他对这个问题保持着怀疑的态度，或者说，至少这是他所表达的，但是他不断重新提出这些问题又显示他的信心并不够坚定。一月中旬的时候，里厄已在很多场合非常乐观地回答过这些问题，但一直没让科塔尔变得高兴，反而引起他各种不同的反应，一会儿脾气暴躁，一会儿心情沮丧。到后来，医生不得不对他说，尽管统计数字表现出好转的迹象，但宣布胜利还为时过早。

“也就是说，”科塔尔说，“我们什么都不知道，它有可能在某天回来？”

“是的，正如治愈率也有可能提高一样。”

这些不确定的因素使所有人都感到不安，但似乎对科塔尔是一种宽慰。他曾当着塔鲁的面与街区里的一些店主聊天，竭力向他们宣扬里厄的观点。无可否认，人们不难相信这种看法。因为初步胜利的狂热消退之后，很多人又产生了怀疑的想法。看到人们的忧虑，科塔尔却感到放心。但是有时候他也感到沮丧泄气，他对塔鲁说：“是的，最后城门总会打开的。那样一来，您瞧吧，他们就都会撇下我。”

一月二十五日之前，人们对科塔尔的情绪变化无常感到吃惊。尽管他平日总是设法讨好街区里的居民和熟人，但现在却总是和他们吵架。从表面上看，他退出了社交圈，一夜之间过起了孤僻的生活，再也不见他去餐馆、剧院或者他喜欢去的咖啡馆。不过，他似乎也并没有回到鼠疫发生前那种有节制的默默无闻的生活。他整天闭门不出，让邻近的餐馆每天给他送饭。只有晚上，他才偷偷地出去买点必需品，买完就匆匆赶回去。要是塔鲁碰见了他，只能从他口中听哼哈之类的回答。可是没过多久，人们忽然发现他又爱好交际了，对鼠疫高谈阔论，询问每个人的看法，每个晚上又高高兴兴地出入于人群之中。

省政府发布公告那天，科塔尔消失不见了。两天后，塔鲁碰见他在街上闲逛。科塔尔请他一起到郊区去，他有点犹豫，因为这天的工作使他感到非常疲惫。但科塔尔一再请求，并且很激动，话说得很快，嗓门儿也很大，挥舞着手臂。他问塔鲁是不是真的认为省里的一张公告就能使瘟疫结束。塔鲁当然认为公告本身不能阻止灾难，但是它能使人们合理地想到，瘟疫就快要结束了，除非出现意外。

“是呀，”科塔尔说，“除非出现意外，但总会有意外。”

塔鲁向他指出省政府宣布两周后开放城门，这说明省政府也考虑了意外情况。

“他们做得很好哇！”科塔尔还是显得忧郁不安，“因为从事情的发展趋势来看，他们很可能要把说过的话收回来。”

塔鲁承认这有可能，但他认为最好还是做好准备迎接城门开放，恢复正常的生活。

“行啊，”科塔尔对他说，“也许是这样，不过您说恢复正常的生活是什么意思？”

“影院里有新的电影可看。”塔鲁微笑着说。

但是科塔尔没有笑，他想知道人们会不会认为鼠疫没有改变城里的一切，一切都恢复原貌，也就是说，就好像什么都没发生过一样。塔鲁认为：鼠疫会改变城市，又不会改变城市。当然，不论现在还是将来，我们的市民最大的愿望就是像什么也没发生一样继续生活，因此在某种意义上来说任何东西都不会改变；但从另一方面来看，人们又不可能忘记一切，无论人们多么希望忘掉。鼠疫将会留下痕迹，至少在人们心里。科塔尔直截了当地说他根本不关心内心，他对人们的内心一点也不在乎。他所关心的是那些行政组织会不会转变，所有的职能机构是否像以前那样运转。塔鲁说他对此一无所知，不过按照他的想法，所有在瘟疫中受到干扰的职能机构重新运转时会遇到一些困难，这期间会出现大量的问题，至少那些旧的职能机构是需要改编的。

“啊，”科塔尔说，“那是可能的，一切都得重新开始。”

两个人走到了科塔尔家附近，科塔尔开始变得活跃起来，一副乐观的样子。他设想着整个城市开始新的生活，抹去他的过去，重新从零出发。

“没错。”塔鲁说，“毕竟，对你来说也一样。从某种意义上来说，将要开始的生活是崭新的。”

“您说得对。”科塔尔说着变得越来越激动，“从零开始，这会是件好事。”

但这时，两个男人突然从阴暗的走廊里出来。塔鲁刚要问那两个家伙到底想干什么。对面的两个穿戴讲究、一副公务员模样的人就问这个矮个子是不是叫科塔尔。科塔尔发出一阵低沉的惊叫，没等那两个人和塔鲁作出反应，转身就跑，一下子消失在夜色中。塔鲁问他们到底想干什么，他们作出一副谨慎而礼貌的样子说他们来是为了询问一些情况，然后就沉着地朝科塔尔逃走的方向走去。

回到家里，塔鲁记录下这个场景，接着又写到自己的疲倦（他的字迹足够证明这一点）。他又补充说他还有很多事要做，但这不能作为保持不了状态的理由，于是他问自己是否真正做好了准备。最后他做了回答，塔鲁的笔记也到此结束了，他最后写道：“在白天和黑夜，人们总会有某个时刻是感到怯懦的，除了那一刻，他什么都不害怕。”

28

两天后，离城门开放没有几天了，里厄医生中午回到家里，想着他能不能收到他期待着的电报。虽然这几天他的工作和鼠疫最盛时期一样让人疲惫不堪，但一想到不久后就能恢复自由，他身上的所有疲惫也就不复存在了。现在他充满希望，并为此感到心情愉快。一个人不能总是绷紧神经，不能总是硬撑着，为了与鼠疫作斗争而拧起来的那股劲，终于可以稍稍松弛一下了，这也是件幸福的事。如果他期待的电报也有好消息，那么里厄就能重新开始了。在他看来，似乎每个人都在重新开始他们的生活。

他经过门房的时候，新来的守门人把脸贴在玻璃窗上朝他微笑。里厄上楼时，还在回想守门人那张因为疲倦和贫苦而苍白但却微笑的脸。

是的，当这段“抽象”的时期结束后，他将重新开始，如果运气不坏的话……但是他打开门时，里厄的母亲迎了过来。他说塔鲁先生身体不适，他早上起来过，但没力气出门，又躺了回去。里厄的母亲很担心。

“可能没什么大碍。”里厄说。

塔鲁伸直了身子平躺着，大脑袋陷在枕头里，宽阔的胸肌在被子下显出一个清晰的轮廓。他发高烧了，头疼得厉害。他告诉里厄这些很可能就是鼠疫的症状。

“不，还不能确定。”里厄检查过他的身体后说道。但是塔鲁渴得要命。在走廊上，医生告诉他的母亲这可能是鼠疫开始的症状。

“天哪！”她说，“这不可能，不可能是现在！”

但她马上接着说：“我们要留下他，贝尔纳。”

里厄思考着：“我没有这个权力，”他说，“但是城门就要开放了，要是您不在这儿的话，我擅自做主还有可能。”

“贝尔纳，”她说，“把我们两个都留下，你知道我刚刚打过疫苗。”

医生说塔鲁也打过疫苗，但也许是因为疲劳，大概忘了注射血清和采取某些预防措施。

里厄去了一趟诊所，当他回到房间的时候，塔鲁看到他拿着几支装着血清的安瓿。

“啊，是这种病吧。”他说。

“不，这只是预防措施。”

塔鲁伸出的手臂回答了一切，他忍受着没完没了的注射，而他自己也曾在别的病人身上做过这类注射。

“晚上我们再看看情况。”里厄看着面前的塔鲁说道。

“把我隔离起来怎么样，里厄？”

“还不能确定您得的就是鼠疫。”

塔鲁勉强地笑了笑，“这是我第一次见到你在注射血清的同时没有下隔离的命令。”

里厄转过身去，“我的母亲和我会照看您，您在这里更好。”

塔鲁没有说话，医生正在整理那些安瓿，他想等塔鲁说话了再转过身。最后，他朝床边走去。病人注视着他，脸上显得疲惫不堪，但是他那双灰色的眼睛透着冷静的目光。里厄笑了。“能睡着就多睡会儿。我很快就回来。”

里厄正要转身出门的时候，听到塔鲁在叫他。他过转过身但是塔鲁好像在犹豫该怎么说话，最后他还是开口了：“里厄，我希望您把一切都告诉我。”

“我答应您。”

塔鲁扭过他那张大脸，勉强地露出一个微笑。

“谢谢！我不想死去，我会争取活下去。但是如果这一场我输了，我想有个好的结局。”

里厄俯下身子，抱紧了他的肩膀。

“不，”他说，“要想成为圣人，就要活下去，你要活着打赢它。”

那天的天气很冷，后来渐渐变得暖和了一些，但是到了下午，天气又发生了变化，下了几场大雨和冰雹。傍晚时分，天空才微微放晴，但却更加寒冷刺骨。里厄回到家里，还没脱外套就进了他朋友的房间。他的母亲在里面打毛线。塔鲁好像一直没动过，但是他的嘴唇烧得发白，这表明他在努力抗争。

“怎么样？”医生问。

塔鲁在床上微微欠了欠身子。“啊，”他说，“我要输了。”

医生俯身观察，发现在他滚烫的皮肤下面凸出一串串淋巴结，胸口发出一阵阵呼噜声，就像地下炼钢厂里发出的噪声。塔鲁表现出了两种鼠疫的症状。里厄直起身子，说血清还没有到产生效果的时间。塔鲁想回答，但一阵热浪滚到喉咙，堵住了他的话。

晚饭后，里厄和他的母亲坐在病人身旁。对塔鲁来说战斗的夜晚开始了，里厄明白这场与疫神的艰苦战斗将持续到黎明。塔鲁结实的肩膀和宽阔的胸膛不是这场战斗中最精良的武器，而是里厄刚刚在注射时看到的，沿着针头从塔鲁的胳膊流出来的那股血液，更确切地说，是存在于这股血液中的比灵魂还要难以捉摸的东西，这种东西任何科学都解释不了。而他只能看着他的朋友战斗，他要做的只是替他消肿，给他打补针，但是几个月来不断的失败使他学会了怎么看待这些措施的效果。实际上他唯一能做的就是为这些措施的偶然生效创造条件，运气是他不可或缺的伙伴。他想着，一定要促成这种偶然性。因为他在疫神的面前感到了迷茫。它又一次卷土重来，力图破坏人们的战略措施，它看起来非但没有在人们期望的地方消失，反而又出现在意想不到的地方，它又一次力图使人们大吃一惊。

塔鲁一动不动地抗争了整整一夜，他没有对病魔的袭击作出任何一点反应，全靠沉默和平静来进行对抗。他更没有说一句话，他以自己的方式来说明他在与病魔作斗争，而不能分一点心。里厄只能从他朋友的眼睛里读到他们战斗的话语：塔鲁的两只眼睛时而张开时而闭上，眼皮有时紧紧地闭上包裹住眼球，有时又相反，松弛开来，眼神定定地看着一个物体或者集中到医生和他母亲身上。每次医生和他目光接触，塔鲁就会努力地露出微笑。

有一个时刻，他们听见街上传来急匆匆的脚步声，人们似乎在由远及近的轰隆隆的雷声中匆忙地奔跑，雷声最后变成了汇集到街道上的漫流：又下雨了，很快，雨夹杂着冰雹噼噼啪啪地打在人行道上。巨大的帷幔在窗前飘动。在阴暗的房间里，里厄看了一会儿窗外的大雨，又重新凝视着床头灯下的塔鲁。他的母亲织着毛衣，不时抬头关心地看看床上的塔鲁。医生现在已经做了他所能做的一切。大雨过后，屋里更显得安静，寂静中只能听到一场看不见的战斗发出的听不见的厮杀声。他仿佛在寂静中听到了一阵轻轻的而有节奏的呼啸声，这种怪声在整个疫病期间一直回荡在他的耳边。他朝母亲点点头，示意她去睡觉。她摇头表示拒绝，她的眼睛放出光来，随即仔细地看了看编织针上的结，生怕织错了。里厄起身给病人喂了一口水，又重新坐回了自己的位置。

窗外，几个路人趁着雨停的间隙，快步跑过人行道，他们的脚步声开始很响，后来渐渐远去。医生还是第一次注意到有这么多迟归的人，没有救护车鸣叫声的夜晚，很像从前的夜晚。这是一个从鼠疫中解脱出来的夜晚。然而病魔仿佛被寒冷、灯光以及人群驱赶着逃出了城市的某个黑暗的深处，躲进了这间温暖的房间，向塔鲁毫无生气的躯体发出了最后的攻击。瘟神不再搅乱城市的天空，而是在屋子里凝重的空气中轻声呼啸，这就是他听了几个小时的那个怪声。他要制止它，让它在这里也承认失败。

快到黎明时，里厄欠身对母亲说："你应该去休息一会儿，这样八点的时候才能来替我。睡觉之前，记着喝一点药水。"

里厄的母亲站起来，放好针线，朝病人的床铺走去。这段时间塔鲁的眼睛一直闭着。他的头发被汗水浸湿，一缕缕地贴在额头上。里厄的母亲叹了一口气。病人睁开了眼睛，他看到一张温柔的脸正俯视着他，在高烧的滚滚热浪中，他又露出那种顽强的笑容，他的眼睛很快又闭上了。母亲走后，里厄坐在椅子上，此时大街上没有什么声音，一片寂静。早晨的寒冷慢慢侵入到屋子里。

医生感到困意袭来，但是黎明第一辆汽车发出的声音把他从瞌睡中惊醒了。他打了个寒战，看了看塔鲁，他明白现在是战斗中的一个短暂的休息，病人也睡了。马车的铁木车轮正朝远处滚滚而去。窗外天还没有亮，医生走向床边的时候，塔鲁正面无表情地看着他，好像还没有从瞌睡中清醒。

"您睡着了，不是吗？"里厄问。

"是的。"

"您的呼吸好点了吗？"

"好一点了。这能说明什么？"

里厄停顿了一下，过了一会儿才接着说："不，塔鲁，这不能说明任何问题，您和我一样明白这只是病情在早晨的暂时缓解。"

塔鲁点点头表示同意："谢谢您一直准确地回答我的问题。"

里厄坐到了床尾，他感到身旁病人的腿像死人一样僵直。塔鲁呼吸越来越重。

“又要发烧了，是不是，里厄？”他喘着气问。

“是的，不过要到中午我们才能确定。”塔鲁闭上眼睛，好像在养精蓄锐。他一脸疲惫地等待着身体里折磨着他的高热再次进攻。当他再次睁开眼睛，他的眼神十分黯淡。直到他注意到里厄俯身靠近他的时候才清亮起来。

“喝点水。”里厄说。

塔鲁喝了一点，就又躺了回去。“时间过得真慢哪！”他说。

里厄用手臂扶着他，但是塔鲁正看别的地方，没有什么反应。突然之间，体温明显升高了，额头也开始发烫，好像他身体内部的某个堤坝决了口。当塔鲁的视线再次落到医生身上时，医生把脸凑过去鼓励他。塔鲁还想努力挤出一个笑容，但这时他咬紧的牙关和被白色的唾沫封住的嘴唇使他无法作出这个动作，然而，在他僵硬的面孔上，那双眼睛还炯炯有神，闪耀着勇敢的光芒。

七点时，里厄的母亲走进了房间。医生返回办公室打电话给医院，安排别人替他的班。他还决定推迟出诊的时间，想在屋子里的长沙发上躺一会儿，但是他刚躺下就立即站了起来，回到塔鲁的房间。塔鲁把头转向里厄的母亲，看着她小小的影子，她坐在椅子上，手握紧了放在腿上。他如此全神贯注地看着她，于是她就把自己的一只手放在嘴唇上示意，然后起身熄灭了床头灯。在窗帘后面，日光很快照了进来，没过一会儿，病人脸部的轮廓就在黑暗中浮现出来，里厄的母亲看到他一直注视着她。她俯身替他抚平了枕头，又抬起手在他潮湿而弯曲的头发上放了一会儿。这时她听到塔鲁说：“谢谢，现在一切都好。”声音低沉，好像从很远的地方传来的。当她重新坐回去的时候，塔鲁已经闭上了眼睛，在他疲惫不堪的脸庞上，尽管嘴唇紧闭，但再一次微笑了。

中午的时候，高热升到了顶峰。一种牵动五脏六腑的咳嗽使病人的身体剧烈地摇晃，他开始咳血。淋巴结停止肿胀，但仍然没有消退，就像一根拧进关节里的螺丝一样，里厄认为根本无法把它们拔出来。在高热和咳嗽的间隙，塔鲁时不时地看一看他的朋友们。但是他眼睛睁开的次数越来越少，而且每次睁开眼睛时，他那张饱受折磨的脸庞在日光下就变得更苍白。高热就像一场暴风雨，使他的身体不时地抽搐，他眼中的亮光也变得越来越少，塔鲁在这场暴风雨中慢慢地昏迷过去。里厄面前的只是一张呆滞得像面具一样的脸，上面没有一丝笑容。这个曾经使他感到非常亲近的躯体，现在被一个长矛刺中，正忍受着非人的折磨，被从天而降的仇恨的风暴吹得扭曲变形。他眼看着塔鲁淹没在鼠疫的汪洋大海里，却对这场灾难无能为力。他只能站在岸边，空张着双手，心如刀割。他再一次感到自己无能为力，挫败的泪水模糊了里厄的双眼，使他没能看见塔鲁突然转了个身，面朝着墙壁，在一声低沉的呻吟后离开了人世。

接下来这个夜晚，没有抗争，只有宁静。在死者安宁的房间里，站在已经换好便服的躯体边，里厄感到一种令人惊奇的平静，许多天以前的一个晚上，在人们冲击城门之后，在那一排排的似乎高高凌驾于鼠疫之上的平台上空，就曾出现过这种气氛。那时候，他就联想到自己经历过的一个场景：他亲眼看到一些病人死去，接着，类似的宁静就会出现在病床的上空。这是战败后的平静。但是现在包围着他朋友的这股平静是如此的异乎寻常，与街道的平静和从鼠疫中解脱出来的城市的平静是如此的不同，以至于里厄觉得这是一次彻底的失败，它宣告了一切战争的结束，使和平本身变成了一个难以治愈的苦痛。里厄不知道最后塔鲁是否找到了他的安宁，但至少在这个时刻，医生知道对于他自己，再也无法找到安宁；对于失去儿子的母亲或者埋葬自己朋友的人，暂时的麻木之后是永久的哀伤。

外面，寒夜依旧，明朗而冷寂的天空中挂着寂寥的星星。在灯光昏暗的房间里，里厄和他的母亲感到窗外寒气逼人，朔风呼啸像漫长寒夜里的叹息。在病人的床旁边，里厄的母亲仍然以她习惯的姿势坐着，床头灯照着她的右侧。屋子中间，远离光线的地方，里厄坐在扶手椅里等待天亮。他不时想到妻子，但每次思念浮起都被他压了下去。

入夜后，行人的脚步声就在寒冷的黑夜里清脆地响起。

“你都安排好了吗？”里厄的母亲问道。

“是的，我已经打电话了。”

这时他们又陷入了沉默。里厄的母亲时不时地看一看他的儿子。当他碰到她的目光时，他就对她露出微笑。夜晚熟悉的噪声又相继在街道上出现。尽管当局还未批准，但是汽车已经重新上路了。它们快速地摩擦着路面，消失了，接着重又出现。说话声、叫喊声此起彼落，接着是一片寂静，然后又传来马蹄声、两辆电车转弯时在轨道上的摩擦声、隐约的嘈杂声，随后再次响起夜的叹息声。

“贝尔纳？”

“什么？”

“你不累吗？”

“不累。”

里厄知道母亲现在想着什么。她在心疼他，他明白。但是他也知道心疼一个人并不是什么要紧的事，或者至少可以说爱是很难表达出来的。因此，他和母亲总是默默地相濡以沫，总有一天会轮到她或他离开人世，可是在那之前谁也没进一步倾诉母子之爱的衷情。同样，塔鲁曾在他身边，而塔鲁就在昨天晚上死了，他们也没有时间再体会他们的友情。就像塔鲁自己说过的那样，他没有赢。但他，里厄，又赢得了什么呢？他仅仅赢得了对鼠疫的认识和对它的回忆，懂得了友谊和对他朋友的回忆。人类在鼠疫和生活的游戏中所能赢得的全部东西，就是知识和记忆。可能这就是塔鲁所说的“赢”的含义！

又一辆汽车驶过，里厄的母亲在椅子上摇晃了一下。里厄对她笑了笑。她对他说她不累，又马上接着说：“你应该到山区去休息休息。”

“当然要去，妈妈。”

是的，他会去休息一下。为什么不呢？那也将是一个充实回忆的机会。但是如果是这样的话，“赢”就意味着仅仅带着我们所懂得的和我们所拥有的回忆，却被剥夺了希望，这样的生活将是多么残酷。也许塔鲁就曾是这样生活过来的，而且他深知没有幻想的生活是空虚的。没有希望，就不可能得到内心的安宁，尽管塔鲁认为任何人都无权判别人的刑，但他也清楚地知道没有人能克制自己去审判别人，甚至那些受害者有时都可能是刽子手，塔鲁就曾生活在这种分裂和矛盾的痛苦之中，他从来也没在希望中生活过。是否正因为如此，他才寻求神圣，试图在帮助别人的过程中寻找安宁？老实说，里厄不能回答，但这也无关紧要。他会永远记得塔鲁两手紧握着方向盘，驾驶着医生的汽车和那个平躺着的一动不动的魁梧的躯体。一个是充满热情的生命，一个是死后的形象，这就是所谓的认知。

正因为如此，第二天早晨里厄医生在收到妻子去世的消息时才显得异常平静。那时他正在诊室里。他的母亲几乎是跑着进来，递给他一份电报，接着就又出去给送信人付小费。当她回来时，他的儿子手里拿着那份打开的电报。她看了他一眼，而他却出神地凝视着窗外海港绚丽的晨景。

“贝尔纳。”里厄的母亲说。

医生精神恍惚地看了看她。

“电报上说什么？”她问道。

“就是那件事，”医生回答道，“一周以前。”

里厄的母亲也把头转向了窗外。沉默片刻后他劝母亲不要哭，他已经有预感，当然这终究很难接受。只是他知道，说这话的时候，他虽然痛苦但并不感到意外。几个月来，特别是这两天来，同样的痛苦一直没有停止过。

29

二月的一个晴朗的早晨，黎明时分，城门终于开放了，市民、报纸、广播，包括省政府的公告都对此表示了祝贺。叙述者剩下的任务就是要讲讲城门开放之后的欢乐时刻，尽管他分身乏术，当时没能全身心加入到这些狂欢的队伍中去。

大规模的庆祝活动持续了一天一夜，车站的火车重又喷出了蒸汽，来自远洋的轮船也朝城市的港口驶来，这些景象表明：这一天，所有因长期分离而忍受着痛苦的人们，等到了大团圆的日子。

不难想象此刻那些长期忍受着分离之苦的人们的心情。整整一天，到站和从这里出发的火车都满载着乘客。在暂缓撤销令的两个星期里，人人订的都是这一天的火车票，生怕最后一刻省里会取消原先的决定。另外，一些来到城市里的旅客还没有完全打消他们心中的恐惧，因为虽然他们大体知道了亲人的遭遇，但是他们对其他人和城市本身却一无所知，在他们的想象中奥兰城仍面目狰狞。不过上面讲的也只适用于那些在这段分离时期里没有经受过爱情煎熬的人。

热恋中的人事实上仍沉浸在他们的幻想中，对他们来说唯一改变了的事是：在长达数月的分离日子里，他们拼命盼着时间过得快些，甚至当他们已经看到城市的时候，他们还希望火车再快一点；但当火车开始刹车，要停下来的时候，他们却反而又希望时间过得慢一点，甚至希望时间停止。他们有一种强烈的而又无法捉摸的情感，这几个月里他们受损的爱情生活使他们产生了一些不切实际的幻想：让欢乐的时间比他们等待的时间慢一些，最好慢上一倍。而那些在屋子里或者站台上等待着他们的人（比如朗贝尔，他的女人已经得到了通知，几个星期之前就做好了动身前来的准备），他们也是同样心烦意乱。朗贝尔惶惶不安地等待着，怀着在鼠疫的几个月里已经幻化成了抽象概念的情感，来迎接支撑他度过了那段时间的爱人。

他想重新变回鼠疫开始时的那个一心想着逃出去，飞奔到他所爱的人身边的那个人。但他知道那已经不可能了。他变了，鼠疫使他有了一种漠然的心态，尽管他努力地驱赶它，然而它却像一阵隐隐约约的疼痛纠缠着他。在某种程度上，他感觉鼠疫结束得太快了，他还没有做好心理准备。幸福突然降临，形势变化超出了他的期待。朗贝尔知道他所期盼的一切都会一下子回来，快得令人来不及好好品味。

的确，每个人都或多或少地有着跟朗贝尔一样的心情，我们在这里谈的是月台上的人的情况。在车站的站台上，他们开始了个人生活，在他们互相交换的眼神和微笑中，还能感到他们共同的命运。但是一旦他们看到火车的蒸汽喷出，他们的流放之感就被一阵杂乱的使人头晕的欢乐的狂风给吹走了。列车一停，那在这个站台上开始的遥无尽期的分离便在瞬间结束了。一瞬间，他们在狂喜中伸出手臂贪婪地拥抱那有些生疏的身体。朗贝尔还没来得及看清楚向他奔过来的这个人的容颜，她就已经扑到了他的怀里。他张开手臂搂着她，把她的头紧紧地贴在自己身上，他看到了一头熟悉的头发，他情不自禁地流下了眼泪，他不知道这是因为此刻的幸福，还是因为他长期压抑了太长时间的痛苦。泪水模糊了他的视线，使他看不清埋在他胸前的到底是他朝思暮想的那张脸，还是正好相反，是另一个陌生女人的脸。这个疑虑要等以后他才能弄清楚。而此刻，他想表现得和周围人一样，相信鼠疫可以来，也可以走，但爱情始终如一。

他们都一对对依偎着回家，带着战胜鼠疫的欢乐，暂时忘记了他们之外的世界。看似战胜了鼠疫，忘却了曾经的所有悲痛，忘却了那些从同一辆火车上下来，却没有找到亲人的人。这些人正打算回家去证实他们所担心的事情。对于这些没有陪伴的，又感受了新的痛苦的人，对于那些此时正在怀念失去的亲人的人，他们的心情又是完全不同的：分离之苦在此刻达到了顶点。对那些母亲、丈夫、妻子或者爱人来说，他们的一切快乐随着某位亲人被埋进了无名的土坑或者化为一堆灰烬而远去，对他们来说，鼠疫还在那里。

但谁又会考虑这些孤独的人呢？到了中午，太阳驱散了早上徘徊不去的寒气，温暖宁静的阳光普照着城市。在堡垒和山冈上，欢庆的炮声不断地在宁静的天空中轰鸣。全城的人都跑出来庆祝这一激动人心的时刻，这标志着痛苦已经结束，但遗忘还未开始。

在城里的每个广场上，人们跳起庆祝的舞蹈。一夜之间，马路变得拥挤，越来越多的汽车在拥挤不堪的马路上艰难前行。城市里钟声齐鸣，响了整个下午，铿锵之音在蔚蓝的天空中、在金色的阳光下回荡。教堂里，人们朗诵着对主的赞美诗。与此同时，那些娱乐场所也都人满为患，咖啡馆已无后顾之忧，尽情推销白酒的最后存货。柜台前，挤满了一群群激动的人。在他们中间，一对对情侣在众目睽睽之下搂抱在一起，一点不介意别人的目光。每个人都在叫喊，都在欢笑。几个月来，他们储存起来的对于生活的热情，在这一天，在他们得以幸存的日子里，都被宣泄出来。这一天是他们得以幸存的日子，明天才是小心翼翼地开始生活的日子。至于眼前，不同出身的人们把酒言欢、称兄道弟。连死神都未能促成的平等，在这几个小时里，在解放的欢乐中得以实现。

但是这种普遍的欢庆局面说明不了一切。傍晚的时候，那些跟朗贝尔走在一起挤满街道的人群里，有些人平静的外表下掩饰着更加微妙的幸福感。不管是情侣还是家庭，事实上，他们都只是一些安详的散步者。其实更大程度上，他们是在这个使他们痛苦的地方进行一种微妙的朝圣。他们向刚回来的人展示或明显或隐蔽的鼠疫的痕迹，或者是历史的遗迹。在少数情况下，他们甘愿担任起向导（作为鼠疫的见证者），然而在谈论危险的时候，他们不提恐惧，却对鼠疫的危害夸夸其谈，这是一种无伤大雅的乐趣。但是在另外的情况下，情侣们所选择的参观线路更加情意绵绵，当一位情人陷入甜蜜和淡淡苦痛的回忆中时，会告诉他的爱人："就是在这个地方，一个和今天一样的夜晚，我想你想得发疯，但是你却不在身边。"这些热情奔放的恋人是很容易认出来的，因为在这片嘈杂声中他们旁若无人地窃窃私语，自信满满。他们比街头的乐队更能表达出这种解放的心情。因为这些紧紧依偎着的快乐的情侣，即使不说话，也能在这片嘈杂声中以一种完全赢得胜利的、令人羡慕的快乐方式宣布：鼠疫已结束，恐怖也已烟消云散。尽管证据还在，他们平静地否定了这个屠杀一个人就像踩死一只苍蝇一样天天发生的世界，那种准确无疑的野蛮状况，那种置一切原有的社会道德于不顾的囚禁生活，那种令所有还未被其杀死的人都目瞪口呆的死人的恶臭味。总之，他们否认我们曾是一群麻木不仁的人，曾经每天看着我们的一些同类被投入焚尸炉。而另一部分人背负着怯懦和恐惧的枷锁，等待着自己未卜的命运。

至少，当里厄医生一个人在钟声、炮声、音乐声和震耳欲聋的喊叫声里独自往郊区的方向行走时是这样想的。他的工作还要继续，病人是没有假日的。在照耀着城市的一束美妙柔和的光线之中，可以闻到一股烤肉和茴香酒的熟悉味道。周围的人仰天欢笑。一对对男女互相依偎着，脸上因为幸福而显得容光焕发，不时发出充满情意的叫声。是的，鼠疫结束了，恐惧不再。这些紧紧相拥的臂膀确确实实地说明鼠疫正是流放和分离的根源。

几个月来，里厄发现每个人的脸上都带着亲如一家的表情，今天他终于知道这里面的缘由了。人们熬到鼠疫结束时，由于生活艰苦、缺衣少食，他们不得不穿上在移民生活中穿过的衣服，这首先在他们的脸上，其次在他们的衣着上都说明他们不是土生土长的本地人。自从因为鼠疫开始封城的那一刻起，他们就生活在疏离的状态里，远离亲人，这种状态使他们忘记了一切。在不同程度上，在城市的各个角落里，那些男男女女都曾渴望着团聚，虽然每个人的情况不同，但结果同样是可望而不可即的。一些人曾竭尽全力呼唤着他们的亲人，为了温暖的肉体、柔情或共同的习惯。有些人因为失去了友谊，或不能再通过普通的维持友谊的方式比如说写信、火车和轮船来与他们的朋友重逢而痛苦。另外一些少数人，也许塔鲁就是其中一位，愿意做些某种难以定义的，但在他看来是唯一想得到的事情，他们有时把它叫作“安宁”。

里厄一直走着，越走身边的人越多，嘈杂声也越来越大，他要去的郊区好像在倒退，路越走越远。渐渐地，他感觉自己融入了这个嘈杂的人群当中，他越来越明白叫喊声意味着什么，至少其中也有一部分代表了自己的心声。是的，他们曾一起经受过苦难，这些痛苦来自难以忍受的分离，无法挽回的流放和无法满足的饥渴，在他们的心灵上留下了创伤。在死人堆里，在救护车的鸣叫声中，在这些所谓的命运发出的警告声中，在这挥之不去的恐怖气氛和人们心中强烈的反抗中，一种巨大的声音曾经警告着这群受到惊吓的人们，告诫他们要去寻找他们真正的故乡。然而在这些人心中，真正的故乡在这座令人喘不过气来的高墙之外。它在山冈上散发着香味的灌木丛中，在大海里，在自由的国度和他们的爱情之中。他们渴望回到真正的故乡，重新过上幸福的生活，而对于其他的一切，他们都不屑一顾。

这种流放和重逢的渴望究竟有什么意义，里厄无从得知。他继续往前走，人们向他叫喊，从各个方向拥挤着他。他渐渐走进了不太拥挤的街道，他认为这些事情有没有意义其实也无伤大雅，只要符合人们愿望的事物能看得见摸得着就够了。

现在他知道这些回应是什么了，在空无一人的郊区街道上他更加明白了这一点。那些执着于小我的、一心只想回到自己的爱情家园的人，他们也许得到了满足。当然，他们当中也有一些人失去了他们所等待的人，继续在街上孤独地走着。另外一些人还算幸运，他们没有遭双重分离的痛苦，他们在鼠疫之前没能一下子建立起他们的爱情，之后又在几年的时间里盲目地追求勉强结合的人。这些人和里厄一样，曾经相信时间能解决一切问题，现在他们却被永远地分开了。但是另一些人，如朗贝尔（医生早晨曾对他说："勇敢些，现在是你证明自己正确的时候了。"），他们很快地找回了自己原以为已经失去的亲人。至少在某一段时间里，他们是幸福的。他们现在知道，如果说存在一种人们一直渴望获得又能真正获得的东西的话，那就是人类的感情。

相反，那些想超越人类而去寻找连他们自己都想不清楚的东西的人，谁都没有找到答案。塔鲁似乎已经找到了那种他曾说过的安宁，但他是在临死的时候才找到的，此时那对他已经失去意义了。在夕阳的余晖下，里厄看到另外一些人在家门口紧紧地拥抱在一起，激情地注视着对方。如果说他们得到了他们想要的东西，那么这是因为他们要求的只是属于他们自己的东西。在转向格朗和科塔尔居住的那条街道时，里厄想到，对于那些局限于人类本身及其卑微而令人敬畏的爱情的人而言，是应该时常得到一些欢乐的奖励。

30

故事快要结束，也到了让贝尔纳·里厄医生承认他就是这个故事的叙述者身份的时候了。但在描述最后的事件之前，他想说明一下自己写这部作品的理由，希望人们了解，他坚持着以一个客观见证人的语气来做记录。在整个鼠疫期间，他的职业使他有机会观察到大多数市民的行为以及了解他们的心情，因此他完全有资格来报告他的所见所闻，但他希望在讲述时保持着必要的谨慎态度。总体来说，他竭力避免讲述他没有亲眼见到过的事件，竭力避免把一些无法证实的想法强加于他在鼠疫时期的伙伴身上，他只是把那些通过偶然的机会或者由于发生不幸的事件而落到他手中的文字材料作为参考依据。

他是在为一种罪行做证，所以他像一个善良的证人一样，保持着某种谨慎的态度。与此同时，他遵照内心，站在受害者一边，他确信他们是一个共同体，一起经历爱情、苦难和流放。因此他可以说，市民的一切忧虑都曾经是他的忧虑，他们的困境也曾经就是他自己的困境。

作为一个忠诚的见证人，他必记录的首先是他们的所作所为，以及有关文献和相关传闻。至于他个人所经受的不幸、焦虑和指责，他都闭口不谈，要是他偶尔提到一些，那也只是为了让别人更好地理解他的市民朋友们，以及为了把他们在大多数时候隐约感觉到的东西尽可能准确地表达出来。说实在的，这些服从理智的努力并没有使他为难。每当他想直接把自己内心的思想和成千上万的鼠疫患者的呻吟声掺杂在一起的时候，他就会想到他的痛苦中没有一种不是他人的痛苦，而在一个需要独自承受痛苦的世界上，这本身是件令人欣慰的事，因此他也就不谈个人的事了。毫无疑问，他必须为所有人发言。

不过市民中至少有一个人是里厄不能代表的，这就是塔鲁跟里厄谈起的那个人：“他唯一的真正的罪行就是他从心底里赞成那种导致孩子和成人死亡的东西。除此以外，我都能理解，但是这一件事，我只能勉强原谅他。”这个人有一颗愚昧也可以说是孤独的心。讲完他的故事，我们的记录就该结束了。

当里厄离开喧闹的大街，拐进格朗和科塔尔居住的街道的时候，他实际上被一条警戒线拦住了去路。他根本没有预料到这些。远处节日的欢呼声衬得这个街区更加安静，他原以为这里一个人都看不到呢。他拿出自己的证件。

“不行，医生，”一个警察说，“有个疯子在朝人群开枪。请您留在这儿，我们也许会需要你。”

这时候，里厄看到格朗朝他走过来，格朗也不知道怎么回事。他们不让他过去，但他得知子弹是从他家所在的楼房里打出来的。他看见了屋子的正面被夕阳的余晖染成了金黄色，他能看到有一股股火苗从他的屋子里蹿出来。大楼的前面是一块很大的空地，一直连接着对面的人行道。在马路中间，他们清楚地看见一顶帽子和一块脏东西。里厄和格朗从很远的地方就能看到在马路的另一边还有一根警戒线，在它后面几个街区里的居民快速地走着。仔细看，他们还发现了握着手枪的警察，潜伏在那间屋子对面的建筑物的门后。那间屋子的百叶窗都紧闭着，其中有一扇百叶窗似乎半挂在窗框上。马路上十分安静，人们只能断断续续听到从市中心传来的音乐声。

这时，从屋子对面的一幢楼房发出“砰砰”两声枪响，那扇百叶窗碎片乱飞。之后又是一片安静。站在这里，经过一天的吵闹，里厄觉得这一切看起来有一点不真实的感觉。

“那是科塔尔家的窗户哇！”格朗突然显得非常不安，“可是科塔尔已经消失了很久了呀！”

“你们为什么开枪？”里厄询问警察。

“他们正在转移他的注意力，我们在等着运送必要装备的车过来，因为他朝所有试图进入楼房大门的人开枪，已经有一个警察中弹了。”

“他为什么要开枪？”

“我们也不知道。当时人们都在大街上庆祝。第一次枪声响起的时候，他们还没反应过来。接着又一枪，他们惊叫起来，有人受伤了，所有人就都跑开了。肯定是个疯子，就是这样！”

在周围恢复平静的时候，时间似乎被一分一秒地拉长了。街道的远端有一条狗跑了出来，那是一只很脏的西班牙猎犬，他的主人肯定一直把它藏在那里。这只狗沿着墙边跑了过来，在靠近那栋房子的大门旁停下来，蹲在地上舔着身上的毛。警察吹了几声哨子叫它，它仰起头慢慢地穿过马路，去嗅那顶帽子。这时三楼枪声响起，那只狗像一块布一样翻了个面，剧烈抽搐，最后侧身倒下了。警察立即还击，对面大楼的门口又开了五六枪，那扇百叶窗被打得更烂，然后周围又恢复了平静。夕阳又下沉了一点，阴影开始接近科塔尔家的窗户。医生身后的马路上响起一阵轻微的刹车声。

“他们来了。”警察说。

许多警察突然出现在他们身后，手里拿着一些绳索、一架梯子和两个用油布包起来的长方形的东西。他们走左侧的街道，绕到格朗屋子对面。过了一会儿，那些房子的门口出现了一阵骚动，然后又安静下来。那只狗已经不动了，倒在一片暗红色的血泊之中。

突然，从被警察控制的房子里，传出一阵冲锋枪的扫射。人们能看到的百叶窗已经完全掉落，上面只剩一个黑洞洞的口子，从里厄和格朗所站的位置，他们什么也看不见。当扫射停止时，从屋子另一边更远的一所房子里，第二阵冲锋枪打响了。子弹是朝窗户里打的，因为窗户周围砖块被打碎了一圈。与此同时，三个警察跑过马路，冲进入口处的大门。另外三个警察也冲了过去，这时冲锋枪停止了扫射。人们还在等待。那栋楼房里传出两声爆炸声，然后嘈杂声越来越大，人们看见一个穿着衬衫的矮个子男人，喊叫被拖着走出了屋子。街道上所有百叶窗瞬间全都打开了，窗户上挤满了好奇的人们，同时一大群人从周围的房子里拥出来，在警戒线后面互相推挤着。这会儿，人们看清了这个走到马路中间的矮个子，双脚着地，手臂被警察拧到后面。他在哭喊，一个警察走上来，狠狠地揍了他两拳。

“是科塔尔，”格朗结结巴巴地说，“他疯了。”

科塔尔被打倒在地，那个警察又踹了几脚倒在地上缩成一团的科塔尔，然后一群乱哄哄的人骚动起来，朝里厄和他的朋友这边走来。

“别挡在这里。”警察喊道。

当那群人经过的时候，里厄把头转开了。

夜幕降临时，格朗和医生离开了。这次事件搅动了他们麻木的神经，在这偏僻的街道上又一次挤满了欢庆的人群。在家门口，格朗和医生道别，他要去工作了。正要上楼的时候，格朗对里厄说他给让娜写了信，现在他很高兴。然后他又提到了他的句子。

他说：“我去掉了句子里面所有的形容词。”

他带着一丝狡黠举起他的帽子，做了隆重的问候的动作。但是里厄仍想着科塔尔，在看老哮喘病人的路上，那些拳头打在科塔尔脸上沉闷的响声一直回响在他的耳旁。也许想一个有罪的活人比想死人更加令人难受。

当里厄到病人家中时，天已经黑了。在屋子里，老人一边听远处解放的欢呼声，一边继续安然地捡着锅里的鹰嘴豆。

“他们应该庆祝一下，”他说，“有苦也有乐，这才成了一个世界。您的同事怎么没来，医生？”

这时传来一阵爆炸声，但那只是小孩点燃了鞭炮。

“他死了。”医生一边说着，一边给老头儿呼呼作响的胸口听诊。

“哎呀！”老人惊叹了一声，不知道说什么好。

“是得了鼠疫。”里厄补充说。

“哦。”老人过了一会儿才重复道，“好人先走，这就是生活。不过他是个知道自己想要什么的人。”

“您为什么这么讲？”医生整理好听诊器后问道。

“没什么原因，他不会信口开河，我挺喜欢这个人的，就是这样。别人说‘这是鼠疫，我们经历的可是鼠疫呀！’他们就想着要为自己发勋章。但鼠疫到底是怎么回事？不过就是生活罢了。”

“您要有规律地做烟熏治疗。”

“哦！请您放心，我还要活很长时间，我要看着他们都死在前面，我知道该怎么活。”

欢乐的叫喊声远远地应和着他。医生走到屋子中间时停了下来。

“我上天台去看看会打搅到您吗？”

“不会。您想站得高一点看看这群人，是不是？不过他们和过去是一样的。”

里厄朝楼梯走去。

“医生，他们是不是真的要为鼠疫中的死者建一座纪念碑？”

“报纸是这么说的，竖一座石碑或者造一块纪念章。”

“我敢肯定他们会造的，他们还会发表演讲。”

“我在这儿都能听到他们的讲话：‘我们已故的……’他们演讲完就去吃喝了。”老人笑得喘不过气。

里厄已经登上了楼梯。辽阔冷寂的天空一望无垠，星星闪闪发光。在山冈附近，星星像火石一样坚硬。这个夜晚就像那个他和塔鲁一起走上平台时，那个暂时忘却鼠疫的夜晚一样。不过，今天悬崖脚下的海水比那时更加的清亮。空气凝滞而轻盈，少了温热的秋风带来的盐水的气味。然而，城市里的喧闹声像一阵阵波涛冲击着平台的墙脚。但是今夜是解放的夜晚，而不是反抗的夜晚。远处，可以看到黑暗中的一片红光，那是灯火辉煌的林荫大道和广场。在这个自由的夜晚，欲望像脱僵的野马，正是这些欲望汇聚成的轰鸣声传到了里厄耳边。

城外阴暗的港口上空升起官方庆祝活动的第一批礼花，城里人发出一段长时间低沉的欢呼声迎接这一刻的到来。科塔尔、塔鲁、医生的妻子，所有这些里厄爱过的而现在已经离开他的人，无论死了的或是有罪的，都被遗忘了。老头儿说得对，人们还是和以前一个样，他们还是那样精力旺盛，还是那样天真无知。在这个超脱了一切痛苦的平台上，里厄忘却了痛苦，感到自己也融入他们当中。在人们一阵阵越来越响亮、越来越持久的欢呼声里，越来越多的五彩光束在天空中绽放。里厄医生正是在此时决定编写这篇记录的，他的目的是不在事实面前保持缄默，他要为鼠疫受害者做证，为他们遭受的不公平和暴力留下一点回忆，也是为了如实地告诉人们他从这场灾难中学到的东西：在人身上，值得赞扬的东西总是多于应该摒弃的东西。

不过他明白这篇纪实写的并不是一个全面胜利的故事，它只能是一个记录，叙述当时人们不得不做什么，以及当鼠疫带着它的无情的屠刀再次降临时，那些既成不了圣人又不甘心屈服于灾难，拼尽全力济世救人的人又该做些什么。

是的，里厄一边听着在城市上空回响的欢呼声，一边思考着。这样的欢乐终究是处在威胁之中的，他了解这些处在欢乐之中的人们看不见的东西，他知道人们能够在书上看到这些话：鼠疫杆菌绝不会死亡，也绝不会消失，它们能够在家具或衣物里潜伏数十年之久，它们在房间里、地窖中、行李箱里、手帕上，或者在废纸堆里，它们耐心地等待着，等待着冥冥中的指令或者人类的不幸。也许将来有一天，疫神会唤醒它的鼠群，送它们在某个幸福的城市里播撒死亡。

局外人上部

1

今天，妈妈死了，也可能是在昨天，我不清楚。我收到了养老院寄来的电报："母殁，明日葬。深表哀悼。"电报上没写具体时间，妈妈也可能是昨天死的。

养老院在马朗戈，离阿尔及尔有八十公里的路程。我坐今天下午两点钟的公共汽车过去，傍晚之前能到。这样我就能在那里待一晚，为妈妈守灵，明天晚上再回来。我向老板请了两天假。按常理，以这样的理由请假他是不应该拒绝的。尽管如此，我仍然感觉到他有些不情愿。我甚至跟他说："这并不是我的错。"他没回话，这让我觉得自己有点不应该。但无论如何，我也没有什么好抱歉，反倒是他应该向我表示一下哀悼。大概后天他看见我穿丧服时，就会向我致哀了。现在还有点像妈妈还没有过世一样，等到葬礼过后，事情告一段落，一切就又回到正轨。

我坐的是两点钟的公共汽车，天气很闷热。和往常一样，我还是在赛莱斯特的饭馆吃午饭。他们都来安慰我，赛莱斯特还对我说："人只有一个母亲哪！"我走的时候，他们一直送我到了门口。我有点烦，想快点离开，因为我还要去艾玛努埃尔那里借黑领带和黑纱。他几个月前刚死了叔叔。

我是跑着去赶的汽车。心里着急，时间也赶，加上汽车的颠簸和汽油味，还有明晃晃的道路和亮得耀眼的天空，把我弄得昏昏沉沉的，一路上我几乎都在睡觉。当我醒来的时候，头正靠在一个军人的身上。他冲我笑了笑，问我是不是远地方来的。我不想说话，只点了下头，应了声“是”。

养老院离车站还有两公里，我是走着过去的。我想立刻见到妈妈，但是门房说我得先去见院长。院长那时正忙着，我等了一会儿。在这个空当儿，门房就一直说个不停，后来他带我去见院长。院长是一个小老头儿，肩上佩戴着荣誉团勋章。他那双浅色的眼睛盯着我，随后他伸出手，握住我的手老也不松开，我真不知道如何抽出我的手。他看了看桌子上的档案，然后对我说：“默尔索太太是三年前来这里的，您是她的唯一赡养人。”我以为他是在责备我什么，就赶紧向他解释。但是他打断了我。“您无须解释什么，亲爱的孩子。我看过您母亲的档案，您无力负担她。她需要有人一直在她身边照料，而您的薪水又无法承担。总之，她在这里会更安逸些。”我说：“是的，院长先生，我是这么考虑的。”他又说：“你知道，在这里，她有年龄相仿的人做朋友，他们有相同的爱好，有共同的兴趣。而您太年轻了，和您待在一起或许她还会觉得闷呢！”他说的没错，妈妈在家的时候，她总是一天到晚地看着我，不说话。她刚进养老院的几个礼拜经常哭。那是因为她不习惯。两三个月后，如果再让她回家，她也会哭的，那也是因为不习惯。因为这个原因，近一年来我几乎没来看过她。当然，还有其他原因，来看她就必须占用星期天，还不算买票、赶车、坐两个小时车所费的精力。

院长还在说着什么，可是我几乎不听了。最后他说：“我想您愿意再看看您的母亲吧？”我站了起来，没说话，他带着我出去了。走到楼梯口的时候，他向我解释说：“我们把她的遗体抬到小停尸间里了。因为担心其他老人害怕，这里每逢有人死了，其他老人总要有两三天的时间才能安定下来，这会给我们的工作带来很多困难。”

我们穿过一座院子，院子里有不少老人，他们正三五成群地闲聊着。我们经过他们身边的时候，他们就不作声了；我们一过去，他们就又说开了。他们说话的声音让我想起笼子里低声乱叫的鹦鹉。我们走到一座小房子的门前，院长与我告别："就到这里吧，默尔索先生。如果有事，请到我的办公室来找我。原则上，葬礼定于明天早上十点钟举行。我们是想让您能够为您母亲守灵。另外还有，您母亲似乎经常向她的朋友们表示，希望按照宗教的仪式安葬。这事我已经安排好了，不过我想还是应该告诉您一声。"我谢了他，我知道母亲并不是无神论者，可她活着的时候也从未想到过宗教。

我走了进去。屋子里很亮，玻璃天棚，四面墙壁都刷着白灰。有一些椅子和几个X形的架子。正中间的两个架子上停着一口棺材。在刷成褐色的木板上清晰可见一些发亮的螺丝钉，刚拧进去个头儿。棺材旁边站着一个阿拉伯女护士，穿着白色的工作服，头上围着一块颜色鲜艳的围巾。

这时，门房来到我身后。他大概是跑着进来的，他说话有些上气不接下气。

"他们把她盖上了，我来帮您打开，让您看看母亲。"他走近棺材，我叫住了他。他大声说道，"您不想……"

我回答说："不想。"

他把螺丝刀放回了口袋，然后看着我。我认识到我不该说不想，这让我感到有些尴尬。他看了我一会儿，然后问道："为什么？"他并没有责备的意思，好像只是想问问。"呃，我不知道。"他捋着他发白的胡子，也不看我，温和地说："我能理解。"

他有一双碧蓝的眼睛、脸颊微微发红。他给我搬来一把椅子，自己坐在我的身后。那名女护士站了起来，向门口走去。当她走过去的时候，门房在我耳边窃窃私语地说道："她长的是恶疮。"我不明白，就看了看了那个女护士，我注意到她眼睛下面绕头缠了一条长长的绷带，而她鼻子的那个位置却是平的。在她的脸上，人们能看到的，除了眼睛，就是一条雪白的绷带。

她走出去，门房又对我说："我想该让您一个人待会儿。"我不知道我做了什么表示，他说完话后并没有走，而是站在了我椅子背后。背后站一个人，这让我感觉很不自在。傍晚时分，整个屋子依然很亮。两只大胡蜂"嗡嗡嗡"地贴着天花板乱飞。我感到困劲来了，眼睛都有些睁不开了。

我头都没回，对门房说："您在这里很久了吗？"

"五年了。"他立即回答道，就像是在等着我问他一样。

接着他又开始滔滔不绝地说了起来。如果有人对他说他会在马朗戈养老院当一辈子门房，他一定不会相信。他说他已经六十四岁了，是巴黎人。说到这儿，我打断了他，"噢，您不是本地人？"问完我才想起来，他在带我去见院长之前，跟我谈到过妈妈，他说过要赶紧下葬，因为平原地带天气很热，尤其是这个地方。就是在那个时候，他告诉我他曾经在巴黎居住过，并且永远忘不了那里。他说在巴黎，遗体可以在家里停放三天，有时四天，但是这里不行。在这里时间实在太仓促了，你还没来得及想，人就该下葬了。这时，他老婆打断了他："不要说了，这些事不该对这位年轻的先生说的。"门房的脸一下子红了，连连向我道歉。我说没事，我觉得他讲得对，也很有意思。

他继续跟我说，他当初来养老院是因为穷，但是他觉得自己的身体还算结实，就自荐当了门房。

我向他指出，无论如何，他还是养老院收留的人。但是他并不这么认为。他说自己是一个"管理者"。我先前就觉得奇怪，每当他说到养老院里其他人的时候，他总是说"那些人"或者"那些老人们"，其实养老院有些人并不比他年龄大。现在我明白他的意思了。从某种程度来说，他的确是管着他们的。

这时，那个护士又进来了。天黑得很快，眨眼间，浓重的夜色笼罩了玻璃天棚。门房打开了灯，突然的光亮让我感到有些眼花目眩。

他提出带我去吃饭，但是我并不饿。于是他又建议给我送一杯牛奶咖啡来。我喜欢牛奶咖啡，就说了谢谢。过了一会儿，他端着一个托盘回来了。我喝了口咖啡，想抽烟。但是我有些犹豫，我不知道在这样的情况，在妈妈灵前抽烟是否合适。我想了想，认为并没有什么。我递给门房一支烟，我们抽了起来。

过了一会儿，他对我说道："您知道的，您母亲的朋友一会儿也要来守灵，这是一种习惯。我得去找一些椅子，再端些咖啡来。"

灯光照在雪白的墙上格外刺眼，令我十分难受。我问他能否关掉一盏灯。他说不行，这种灯就是那样装的，要么全关，要么全开。后来我也没再注意他。他进进出出，搬进来几把椅子，将它们摆好，又在一把椅子上围着咖啡壶放了一些杯子。然后他隔着棺材坐在了我对面。女护士也坐了进来，背对着我。我看不见她在做什么，但从她胳膊的动作来看，好像是在织毛线。屋子里暖暖的，咖啡令我有些发热，从敞开的门外，飘进来一股清爽的夜的味道和阵阵花香。我觉得我是打了一会儿盹。

我被一阵窸窸窣窣的声音弄醒了。刚一睁开眼睛，感觉到屋子比之前更加白亮了。在我面前，所有东西都没有阴影，每一个角落，每一样东西，每一根线条，都清清楚楚，轮廓分明，没有一点遮掩。那些老人——我母亲的朋友们，就是在这个时候进来的。大概有十来个人，他们悄无声息地在这刺眼的灯光下挪动。他们坐下的时候，没有一把椅子发出响动。我看见了他们，我从来没有这么清楚地看过人。他们衣服和面孔的任何一个细节都没有逃过我的眼睛。然而我没有听见他们的声音，这让我怀疑他们是否真的在这里。

几乎每个女人都系着围裙，系在腰间的带子使她们的肚子显得更大了。我还从来没有注意过老太太会有这么大的肚子。而男人们几乎都很瘦，都拄着拐杖。更让我惊奇的是，我在他们脸上看不见眼睛，唯有从一堆皱纹中闪烁着的一缕混浊的亮光。

他们坐下的时候，大多数人都看了我一眼，有些不自然地点点头，嘴唇都陷入了没有牙齿的嘴里。我不知道他们点头是向我打招呼，还是由于他们的年龄，脸上肌肉不自主地抽动。我还是愿意相信他们是在向我打招呼。点过头后，我发现他们都摇摇晃晃地坐到了门房的附近，他们都面对着我。这一刻，我有种可笑的感觉，好像他们是来审判我的。

过了一会儿，一位女士哭了起来。她坐在第二排，前面还坐着一个女人，我没有办法看清她的脸。她抽抽搭搭地哭着，我感觉她短时间内是不会停了。其他人好像都没有听见似的，他们神色悲伤凝重，沉默不语。他们看看棺材，看看手杖，或者东张西望，他们只看这些东西。完全不理会那个哭泣的女人。那个女人一直在哭。我很好奇，因为我并不认识她。我真希望她别再哭了，但是我不敢对她说。过了一会儿，门房弯下腰，对她说了句话，可她摇了摇头，嘟囔了句什么，依旧抽搭着。于是门房起身向我走来，在我身边坐下。过了一会儿，他才眼睛看着别处对我说："她是您母亲的好朋友，她说您母亲是她在这里唯一的朋友，现在什么亲近的人都没有了。"

我没有说什么，我们就这样沉默着坐了很久。那个女人呜咽的声音渐渐减弱了，但还是抽搭得厉害，又过了好一会儿，总算是无声无息了。

我的睡意已经没了，但是很疲惫，腰酸背痛。此刻，这些人的沉默让我更难受。我偶尔听到一种奇怪的声音，不知道是什么，但是过了一会儿我就猜到了那声音的来源，原来是几个老头儿嘬腮帮子发出的声音。他们沉浸在自己的冥思中，浑然不觉。我甚至觉得，躺在中间的死者，在他们心里根本没那么重要，但是现在我发现那只是一个错觉。

我们喝了门房端来的咖啡。下半夜的事情我已经记不太清楚了，就这样一夜过去了。印象中只有一次我睁开眼睛，看见那些老头儿们一个个蜷成一团睡着了，只有一位，下巴压在杵着手杖的手背上，一动不动地盯着我，仿佛他就在等我醒来一样。然后我又睡着了。最后因为腰越来越不舒服我才醒了。晨曦已经悄悄地爬上了玻璃窗，从天窗洒下。有一个老头儿醒了，不停地咳嗽。他把痰吐在一块大方格手帕里，每吐一口痰都像是要咳出血来。其他人都被吵醒了，门房说他们离开的时候到了。他们站了起来，经过这样辗转难眠的一夜，他们一个个都面如死灰。让我感到意外的是，他们在出去之前竟然都和我握手道别，好像过了这么一个彼此无言的夜晚，竟拉近了我们彼此的关系。

我很疲惫。门房把我带到他房里，我洗了脸，又喝了一杯牛奶咖啡，感觉舒服多了。当我出去的时，太阳已经升起，在马朗戈和大海之间的山岭上空，留下了一片红光。从远山处吹来的风中带着一股淡淡的盐味。看得出来今天是个好天气。我已经很久没有来乡下了，如果没有妈妈的事，这会儿出去散散步该多好哇！

我站在院子里的一棵梧桐树下，等着举行葬礼，闻着清新的泥土气息，我顿时清醒了很多。我想起了办公室里的同事，这个时候他们起床准备去上班，对我来说，那永远是每天最难熬的时刻。没多久，我的思绪被房间里传来的钟声打断了。从窗外隐约看出里面先是一阵慌乱，随后又再次安静了下来。太阳又升高了一些，我的双脚被晒得发热。门房穿过院子向我走来，他说院长想见我。于是我去了院长办公室。他让我签了几份文件。院长穿着黑色的衣服，搭配带条纹的裤子。

他拿起电话，问我：“殡仪馆的人已经来了很久，我现在要让他们来盖棺了，您要见您母亲最后一面吗？”

我说不用了。他听了以后，对着电话低声吩咐着：“费雅克，告诉那些人，他们可以过去了。”

院长告诉我他会参加葬礼，我谢了他。他在写字台后面坐下，叉起两条小腿。他告诉我送葬的人除了执勤的女护士外，只有我和他。依据惯例，院里的老人是不允许送葬的，只许参与守灵。“这是基于人道考虑所做的决定。”不过他又跟我说，这次他破例允许我妈妈的一个老朋友多玛·菲赫兹也来为她送行。说到这里，院长笑了下，他对我说：“您知道，这种感情有些天真。他和您母亲几乎形影不离。在养老院里，大家常拿他们开玩笑，他们总是对菲赫兹说：‘你的未婚妻呢。’他听了总是会心地一笑。他们两位都被逗得很开心。可想而知，默尔索太太的死令他非常难过，我想我不应该拒绝他的请求。但是，根据医生的嘱咐，昨天晚上，没让他守灵。”

说完这些，我们默默地坐了好一会儿，院长才站起身来朝窗外望去。望了一会儿，他突然说：“马朗戈的神父来了，他提早到了。”他告诉我，步行到教堂至少要走四十五分钟，因为教堂在村子里。我们下了楼。神父和两个唱诗的小童等在门口。其中一个男童的手上拿着香炉，神父弯着腰，正调着香炉上银链子的长度。他看到我们的时候，立即站起身，对我说了几句话。他叫我“孩子”，然后他领我走进了屋里。

我一眼就看见棺材上的螺钉已经被钉紧，旁边站了四个穿黑衣服的男人。同时院长跟我说车子正在路上等，神父开始了祈祷。从这时起，一切都进行得很快。那四个男人走向棺材，把一条毯子盖在上面。神父、唱诗的小童、院长和我则先在外面等候。门外有一位我不认识的女士，“这是默尔索先生，”院长向女士介绍我。我没听清这位女士的名字，只知道她是护士的代表。她面无表情地朝我点点头，瘦骨嶙峋的长脸上没有一丝笑容。我们站在一旁，让抬棺材的四人先过去，然后我们跟在棺材后面走出了养老院大门。

送葬车就停在大门口，送葬车又长又光亮的外形让人联想起铅笔盒。旁边站着个身材矮小，衣着有些滑稽的葬礼司仪，还有一个看上去局促不安的老者，我想他应该就是那个菲赫兹先生。他戴着一顶圆顶宽檐软毡帽（当棺材经过时，他摘掉了帽子表示敬意），松垮的西装长裤在鞋子上面堆了好几层褶，白领衬衫太大了，而黑色的领花又太小。鼻头上布满了黑点儿，嘴唇在不住地颤抖着。最令我印象深刻的是，一双下垂而卷曲的耳朵露在稀疏的白发外面，血红的耳朵跟他苍白的脸形成强烈对比。司仪安排了我们每个人行进的位置。神父走在最前面，然后是车子，车子旁边是四个抬棺材的。再后面是院长、我以及护士代表和菲赫兹先生。

天空已经阳光普照，阳光直射到大地上，地面温度迅速升高。我不知道为什么要等这么久才正式出发。老菲赫兹把帽子戴上了又重新摘下来。一身黑色的衣服更让我觉得酷热难当。院长跟我谈到他时，我转向他那边一点，望着他。院长告诉我，我母亲和菲赫兹先生傍晚的时候经常由一个女护士陪着到村庄那边去散步，有时候会一直走到村子里去。我环顾四周的田野，体会妈妈的心情：一排排柏树延绵通向天边的山冈，一望无际的田野红绿相接，零星的、相隔甚远的房屋若隐若现……在这片景色中，傍晚时分该是一个令人感伤的时刻。白天，火辣辣的阳光，让在热浪中融化的风景显得无情而又令人沮丧。

我们终于起程。这时候我才发现菲赫兹有点一瘸一拐的。车子越走越快了，老人落在了后面，脱离了送葬的队伍。车子旁边也有一个人跟不上速度，落到后面和我并排走着。我感到有些诧异，太阳怎么升得那么快。我惊觉田野里早已充满了嗡嗡的虫鸣和草地的沙沙声。

我头上的汗不停地往下流。我没有帽子，只好拿手帕扇风。殡仪馆的那个伙计跟我说了句什么，我没听见。他用右手掀了掀鸭舌帽的帽檐，左手用手帕擦着额头的汗。我问他说什么。

他指了指天空，连声说道："晒得够呛。"

我附和道："是呀！"过了一会儿，他又问我："里边是您的母亲？"我回答："是的。"

"她年纪大吗？"我又回道："差不多。"其实我也不知道妈妈究竟多少岁了。他不再说话了。我回头望见老菲赫兹已经落下了五十多米远。他摆动着抓着帽子的手，急忙忙地往前赶。我又看了看院长，他维持着一贯的从容风度，没有一个多余的动作，尽管额头上渗出了汗珠，也不伸手去擦。

我感到一行人走得更快了，四周仍然是一片被阳光照得耀眼的田野。烈日直射下来，天空亮得有些让人受不了。我们经过一段新修的公路，太阳晒得柏油路面发亮，脚踩在上面，留下许多闪烁的脚印。车顶上，车夫油亮的黑皮帽子，好像在黑油泥里浸过似的。头上天空的蓝白，柏油的亮黑、丧服的黯黑、灵车的漆黑……我有点迷失在了周围这些单调的颜色里。

毒辣的阳光，难闻的皮革味、马粪味、漆味、香炉味，加上一夜没有睡觉的疲倦，让我有些神志不清。我又回头看了眼，菲赫兹已经离我们很远了，在一片热空气之中消失不见了。我搜寻他的身影，才发现他已经离开了大路，从田野里斜着穿过来。我看到前面大路有个弯，原来熟悉路径的菲赫兹正抄近道追赶我们。果然，在大路的拐弯处，他追上了我们。接着我们再次将他落下，他就又斜穿田野追上来。就这样重复了好几次。而此时的我感到血直往太阳穴上涌。

后面的一切都进行得非常迅速、准确和自然，没能在我的记忆里留下多少痕迹。唯有一件事例外，那就是在村口的时候，护士代表跟我说了话。她的声音很特殊，好听而颤抖，和她看上去的样子很不协调。她说：“走得慢，会中暑；走得快，就会出汗，到了教堂就容易着凉。”她说得有道理。这真是进退两难，无可奈何。此外，我还保留着这一天的几个印像，比如说菲赫兹最后在村子追上我们时的那种神情，又激动又难过，大滴的泪珠滑过他的脸颊，被遍布脸上的皱纹截断，分开又聚合，最后在那张心力交瘁的脸上化为一层光润的水。还有教堂和人行道旁的村民，坟墓上红色的天竺葵，像木偶般昏厥的菲赫兹，撒在妈妈棺材上血色的红土和混入土中的雪白的树根，人群，嘈杂声，村庄，在咖啡馆门前的等待，无休止的汽车轰鸣声，以及当公共汽车开进万家灯火的阿尔及尔时我的喜悦，心想我终于可以上床倒头睡它十二个钟头了。

2

睡醒后，我明白了为什么当我向老板请那两天假的时候他显得不太高兴，因为今天是星期六。我当初完全没有想到这一点，直到今天起床才想到。老板必然是想到了的，这样一来加上周日我就有了四天假期，而这当然会令他感到不快。不过，第一，安葬妈妈是在昨天而不是在今天，这并不是我的错；第二，无论如何，星期六和星期天都是我的。虽然如此，我还是能理解老板当时的心情。

昨天一天累得我筋疲力尽，早上简直起不了床。在浴室刮脸的时候，我一直在想待会要做什么，最后我决定去游泳放松一下。于是我乘电车去了海滨浴场。一到那儿我就扎进了水里。这天有很多年轻人在这儿游泳，当中我遇到了玛丽·卡多娜。我们曾经在一个办公室工作过，当时她是打字员。那时候我就想把她弄到手，我认为她也喜欢我。但是不久她就离开了那里，我们没有机会发展。

我扶她爬上浮台。扶她的时候，我碰着了她的胸部。她躺在浮台上，我继续留在水里。过了一会儿，她转过头来对着我笑，发丝沾满脸颊。接着，我也上了浮台，坐在她身旁。天气很宜人，水温也很舒适，空气中弥漫着令人愉快的气息，我半开玩笑地将头后仰，枕在她肚子上。她什么都没说。于是我就一直躺着没动。我仰望着天空，碧蓝的天空中夹杂着一缕金色，我感觉到脖子下玛丽的腹部在轻轻地起伏。我们就这样半睡半醒地在浮台上待了许久。当阳光变得强烈起来时，她便潜入水里，我跟着她下了水，追上后伸手抱住她的腰，我们一起游泳。她始终开心地笑着。

当我们在岸上晒身体的时候，她对我说："我晒得比你还黑。"我问她晚上要不要一起去看电影，她又笑了，说她正好想看一部费尔南德尔[1]的片子。

我们换好衣服出来，她惊讶地看见我系了一条黑色的领带，问我是不是在服丧。我告诉她妈妈死了。她问那是什么时候的事情，我回答："昨天。"她听后脸色有些变化，但没表示什么。我本想告诉她这不是我的错，但还是把话咽了回去，我想起同样的话我已经跟老板说过了，结果毫无意义。反正人总是有点什么过错。

晚上看电影的时候，玛丽已经把这些事情都忘干净了。电影里许多地方很滑稽，但情节真的很蠢。她的腿和我的腿挨在一起，我抚摩着她的胸部。在电影结束前，我笨拙地吻了她。电影结束后，她便跟着我回家了。

第二天我醒来时玛丽已经走了。她跟我说过她要去她婶婶家一趟。我想起今天是星期日，这让我有些心烦，因为我从来就不喜欢星期日。于是我翻了个身，在枕头上寻找玛丽头发留下的海水味，然后又睡到了十点。醒来后我继续躺在床上抽烟。我不想像往常那样去赛莱斯特的饭馆吃午饭，他们一定会问我很多问题，我不喜欢那样。我没吃面包，是因为家里没有了，也懒得下楼去买。于是我煮了几个鸡蛋吃。

吃过午饭，我感觉到有点无聊，就在屋子里来回走。妈妈在的时候，这套房子大小还合适，现在我一个人住就显得太大了，于是我把饭厅的桌子搬到卧室里。我就住这一间，每天所能看见的，就是几把已经有点塌陷的椅子，一个镜子发黄的柜子，一个梳妆台，一张铜床。

[1] 法国喜剧电影演员。

其余的都被我丢在一边闲置不用。

闲着无聊，为了找点事做，我拿起一张旧报纸读了起来。我剪下克鲁申盐业公司的广告，贴在一本旧簿子里。凡是报上让我感兴趣的东西，我都会剪下来贴在一本旧簿子上。然后我洗了手，走出房间坐在阳台上。

我的卧室临着城区的主干道。午后天气晴朗，路面油亮，行人稀少，但每一个人都很忙碌。我先是看见出来散步的一家子，前面是两个穿海军服的小男孩，短裤长过了膝盖，笔挺的衣服使他们显得有些笨手笨脚；后面是一个小女孩，头上别着一个粉红色的蝴蝶结，脚上穿着黑色皮鞋。他们后面是一位身材高大的母亲，穿着一身栗色的绸连衣裙，还有一位相当瘦弱、矮小的父亲。我常见这个人，他戴着一顶平顶窄檐的草帽，扎着领结，拿着一根手杖。看到他和他老婆走在一起，我才明白为什么大家都说他是个优雅有教养的人。他们过去不久，来了一群小区里的年轻人，头发油得发亮，红领带，衣服腰身紧，衣袋上绣着花，方头皮鞋。我猜他们是要去市中心的戏院，所以才这么早出发。他们一边赶电车，一边高声说笑。

他们走后，路上就没什么人了。这个时候下午场的表演都开始了。街道上只剩下看店的店主和猫。街道两旁的榕树上，天空纯净，没有一丝云，却不见灿烂的阳光。对面卖烟的店主搬出一把椅子，倒放在门前，两腿骑上去，又把两只胳膊搭在椅背上。刚才拥挤的电车现在几乎是空荡荡的。烟草店旁边那家叫“彼埃罗之家”的小咖啡馆里也已经空无一人，侍者正在扫地。这真是再典型不过的星期天的景象。

我把椅子也倒了过来，学卖烟的店主那样坐着，确实很舒适。我抽了两支烟，回到房间拿了一块巧克力回来靠着窗嚼起来。一瞬间，天阴了下来，我以为是要下暴雨了，谁知乌云又慢慢散去。飘过的云层像是要下雨，这样一来使街上显得阴沉。我望着天空出神，就这样不知过了多久。

五点钟一到，电车轰隆隆地开了过来。车里挤满了从郊外体育场看比赛回来的人，有的就站在车阶上，有的扶着栏杆。后面几辆车里面坐着运动员，我是从他们的小手提箱看出来的。他们大声地唱歌，为自己的队伍高喊万岁。有几个人朝我指手画脚，其中有一个喊道："我们赢了！"我挥了挥手，大声地对他们表示祝贺。从这时起，路上的小汽车也多了起来。

天空变暗了，屋顶的上方出现了红色的晚霞。随着暮色渐至，街上也热闹了起来。散步的人渐渐回来了，那位优雅的父亲又出现了。孩子们不是哭着，就是被大人拖着跌跌撞撞地向前走。这时，电影院差不多都散场了，观众涌上街头。年轻人迈着大步，比平时更精力充沛，我想他们刚才看的一定是一部冒险电影；从市中心回来的男孩们则稍微晚一些出现。他们显得更加严肃，尽管他们脸上挂着笑容，但看上去非常疲倦。他们在街对面的人行道上徘徊。这时候一群姑娘挽着胳膊走了过来。男孩子们故意迎上去与她们擦身而过，向她们讲笑话，弄得那些姑娘们一边笑一边回过头来看。我认出她们是镇上的，其中两三个我认识，她们向我挥手打招呼。

街上的路灯突然点亮了，夜空中的星星在灯光中黯然失色。我望着满是行人和灯光的街道，感到眼睛有些疲倦。灯光把潮湿的路面照得闪闪发亮，偶尔驶过的电车车灯照在人们油亮的头发上、银手链上和欢笑的脸上。

不久后电车少了，夜色越来越浓，树木和电灯的上空变得一片漆黑，路上的行人也在不知不觉中散了，直到第一只猫缓缓地穿过再次变得空无一人的马路。

我想自己还没吃晚饭。因为靠在椅背上太久，脖子有点酸痛。我下楼买了些面包和意大利面，回来自己做好，站着吃了晚饭。我本想在窗边抽支烟，但是入夜天气转凉，我觉得有点冷，只好关了窗户。当我回到房间，在镜子里看见桌子的一角上，酒精灯旁摆着几块面包。我心想星期天总算过去了，现在妈妈已经安葬，明天我又该像往常一样上班了。总之，我的生活跟从前一样，没有任何变化。

3

整个上午我都很忙，老板挺和气，他问我会不会太累了，接着他又问我妈妈的年龄。为了不出错，我说了个“六十几岁”。不知为何，他好像松了一口气，像是认为整件事情都结束了。

桌上堆了一沓厚厚的提货单，我得一一处理。午休之前，我洗了手离开办公室去吃午饭。中午是我最喜欢的时刻。我不太喜欢晚上，因为到了晚上，公司里的毛巾被很多人用过之后都湿透了，舒适干净的感觉都没有了。我曾经向老板提过这事。他说这的确让人不快，但是他仍认为无关紧要。我比平时下班晚了些，直到十二点半我才和艾玛努埃尔一起出来。办公室外面就是海，我们在那里看了一会儿停在港口里的船。就在这时，一辆卡车开了过来，带着哐哐的铁链声和噼里啪啦的爆炸声。艾玛努埃尔问我想不想跳上去。我听了就跑了起来。车离我们有段距离，我们在后面使劲追赶。嘈杂声和灰尘把我淹没了，什么也看不见，只有向前奔的冲动。我感到绞车、机器和半空中的桅杆在和我们身边的轮船之间拼命晃动。我第一个抓住了车，一下子跳了上去。然后我帮着艾玛努埃尔坐上来。我们大口喘着气，尘土弥漫的阳光中，卡车在码头上高低不平的路面上颠簸。艾玛努埃尔笑得上气不接下气，在我耳边说：“我们胜利了。”

我们到赛莱斯特那儿时，浑身都湿透了。他还是像往常一样在店里招待客人，大肚便便，系着围裙，两撇发白的小胡子。他看见我问我是否一切都好，我点点头并说我饿了。我吃得很快，饭后喝了一杯咖啡。因为喝了酒，有些困意，回家倒在床上睡了一会儿。醒来时我躺在床上抽了支烟，我有点要迟到了，于是我跑着去赶电车。办公室里很热，整个下午我都忙碌地工作。晚上下班时心情特别放松，我沿着码头悠闲地往回走，十分惬意。我望着绿色的天空，开心地享受这个令人陶醉的夜晚。尽管如此，我还是径直回了家，因为我想自己煮土豆。

楼梯间很黑，我上楼的时候差点撞到老萨拉曼诺，他是我同层居住的邻居。跟平常一样，他牵着他的狗。八年来，人们总是看见他们俩形影不离。那是只西班牙猎犬，得了皮肤病，我想应该是疥癣，毛都快掉光了，浑身是硬皮和褐色的痂。由于长期跟这只狗挤在一间小屋子里，久而久之，老萨拉曼诺长得都像它了。他的脸上长了些淡红色的斑疹，头发枯黄而稀疏。而那只狗，也跟着它的主人养成一种弯腰驼背的走相，绷紧脖子，鼻子向前伸。他们像是一家人，却又彼此厌恶。每天的十一点和六点，老头儿都带着狗出来散步。八年如一日，他们从未改变过路线，总是沿着里昂路走，狗拖着人，直到老萨拉曼诺打个趔趄，他就又打又骂。吓得狗儿趴在地上不敢前行，倒过来变成老人拖着它走。要是狗忘了，又拖起主人来，就又会挨打挨骂。最后，一人一犬挺在人行道上，你瞅着我，我瞪着你，狗的眼中满是畏惧，而人则是一脸愤怒。他们天天如此。要是碰到狗要撒尿，老头儿偏不给它时间，使劲拽它，狗就哩哩啦啦尿一道儿。如果偶尔狗将尿尿在了屋子里，一样会遭到一顿毒打。

这样的日子已经过了八年。赛莱斯特总是说“这真不幸”，但事实上我们谁都无法说这到底是不是不幸。我在楼梯上碰见老萨拉曼诺的时候他正在骂狗，骂它是混蛋，是没用的东西，而狗则一直在哼唧。我跟他说：“你好。”但是他仍然在骂狗。于是我问狗怎么惹他了，他没有回答，只是叫喊着“你简直脏死了”！我隐约看见他正弯着腰在狗的颈圈上摆弄什么。于是我提高了嗓门又问了一遍。他头也不抬，强压着怒气答道：“它死都不肯动。”说完，便使劲拖着那条狗出去了，尽管老狗不断地哀号。

正在此时，另一个跟我住同一个楼层的邻居走进了楼道。这一带的人都说他是拉皮条的。但要是有人问起他的职业，他就说是“仓库管理员”。显而易见，他在我们这楼里不怎么讨人喜欢。但是他经常跟我聊天，有时还到我那儿坐坐，因为我肯听他说话。他讲的事很有趣，当然我也没有任何理由不搭理他。他叫雷蒙·辛戴斯，长得很矮，肩膀却很宽，生着一个拳击手的歪鼻子，衣着倒是很体面。他在谈到老萨拉曼诺对待狗的方式时也说：“真是不幸！”他曾问我对此是否感到恶心，我回答说不。

我们一起上了楼，就在我要转身走进门的时候他对我说：“我那里有猪血香肠和葡萄酒，过来一块儿吃点怎么样？”我想这样一来我就不用做饭了，便同意了。他家同样也只有一间房子，以及一个没有窗户的厨房。他床的上方摆着一个白色和粉红色相间的仿大理石做的天使像，还有几张体育冠军的相片和两三张裸体女人画片。房间看起来很杂乱，床上也乱七八糟。他先点亮了煤油灯，然后从口袋里掏出一卷不太干净的纱布，把右手缠了起来。我问他怎么了，他说跟一个找他碴儿的家伙打了一架。

“您知道，默尔索先生，”他对我说，“我并不坏，只是脾气比较暴躁，而那家伙挑衅我说：‘你要是有种就从电车上下来。’我对他说：‘滚开，别找麻烦。’他却说我不是男人，没胆下来。于是我下了电车对他说：‘够了，你最好聪明点，小心我教训你！’他说：‘你敢怎么样？’我就揍了他一拳头，他倒在地上。我本想要把他扶起来，他却躺在地上用脚踢我。我给了他一脚，又打了他两耳光。他被打得满脸流血。我问他还敢不敢惹我，他说：‘不敢。’”他一边说一边整理纱布，我则坐到了床上。“您看，这不是我的错，是他找事。”我点了点头，他继而又想询问我对这事的看法。“您是一个男人，又有主意，我猜想您一定能帮助我。我希望能够成为您的朋友。”我没有回话，接着他问我愿不愿意做他的朋友，我也没表示反对，他似乎很高兴，他拿出香肠，在锅里煮熟，又在桌上摆好酒杯、盘子、刀叉和两瓶酒。做这些事的时候他一言不发。

直到我们坐好吃晚饭，他才开始讲起了他的故事，起先，他还是有点犹豫。“这事和一个女人有关，应该说她是我的情人，今天和我打架的就是她的哥哥。事实上是我养着她，这花了我大部分的收入。”我没有说话，他说他知道周围的人怎么说他，但是他问心无愧，他真的有份仓库管理员的工作。“事情是这样的，后来我发现她在骗我。”他说他给了她足够的钱维持生活，为她付房租，每天还给她二十法郎的伙食费。“房租是三百法郎，伙食费六百法郎，偶尔给她买双袜子，一共一千法郎。她并不工作，可她却说我给的钱还不够她生活，我就建议她去找一份半天的工作，这样我就不用为她那些零碎的花销而操心了。我还对她说‘这个月我给你买了一套衣服，每天给你二十法郎，替你付房租，而你下午却跑去和你的女友们喝咖啡。你拿咖啡和糖招待她们，而这些钱都是我的血汗钱。我对你付出了这么多，你不能这样回报。’但是这女人就是不愿去工作，还老喊着钱不够。终于有一天我发现了她是在骗我。”

然后他告诉我，他在她的手提包里发现了一张彩票，而她无法解释是用哪儿来的钱买的。没多久，他在她那里发现了一张当票，上面写着她当了两个手链，而他根本不知道她有手链。

“我知道我受骗了，我决定跟她分手。摊牌时我把她揍了一顿，掀了她老底。我说她就是拿我寻开心的，并告诉她说：‘总有一天你会后悔你的所作所为，这条街上的所有女人都在羡慕你有这么好的运气跟着我。’”

他一直把她打得出了血才罢手。他说他以前并不打她。“以前那可不叫打，只不过都是轻轻碰一下。她一哀号两声，我就关上窗子。每次都这样作罢。但是这次我是来真的，而且在我看来还便宜了她。”

他解释说正是为了这一点，他需要询问我的意见。他下来调了调变短的灯芯。我一直听他的故事，喝了将近一升的红酒，觉得太阳穴发烫。我开始抽雷蒙的烟，因为我的烟已经没有了。末班电车开过，带走了遥远的郊区的嘈杂声。雷蒙继续说起来，说现在让他烦恼的是，他虽然对那女人“还有感情”，但是他想惩罚她。

他先是计划把她带到一家旅馆，然后叫来警察，好好地羞辱她一番，然后让他们把她当妓女进警察局备个案。后来，他又找过几个混社会的朋友。他们也没有什么好办法。雷蒙特别指出，这就是人在江湖的无奈。他把这事告诉了他们，他们的建议是给她“留个记号”。但是这不是他想要的。他需要再考虑考虑。他想询问下我对这事有什么意见。不过在此之前他想知道我对他的故事有什么看法。

我说没有什么看法，只是觉得这事挺有意思。他问我她是不是在骗他。我说应该是。他又问我是不是也认为该惩罚下她，如果是我的话，我会怎么做。我说我不知道会怎么做，但是我理解他想教训她的心情。

我又喝了一点酒，他点了一支烟，说出了他的想法。他要写一封信给她，“一封羞辱她的信”，不仅要狠狠地羞辱她，还要让她后悔不已。然后等她回来，他就和她上床，就在要完事的时候朝她脸上吐口水，再把她赶出去。这样，她便算是得到应有的惩罚了。我同意这是个不错的办法，这确实能够惩罚她。

但是雷蒙说他写不好这封信，想请我帮他写。我没说什么，他问我是不是不方便马上写，我说不是的。

他杯子里的酒一饮而尽，站了起来。推开盘子和我们吃剩的冷香肠。然后他又仔细地擦了擦铺在桌上的漆布。从床头柜的抽屉里拿出方格纸、黄色信封、一支小红木杆的蘸水笔和一小方瓶紫墨水。他告诉我那个女人的名字，看得出来她是个摩尔人。

我没怎么思考，随兴地写了那封信。信写得不算漂亮，不过我还是尽量让雷蒙满意，因为我没有理由让他失望。然后我把写好的信大声地念给他听。他一边抽烟一边听，不时地点头，听完又叫我再念一遍。他看上去非常满意。“这封信写得很好，”他咯咯地笑着说，“我就知道老兄你有经验。”

起初我并没有注意到他已经跟我称兄道弟了。直到他说“现在我们是朋友了，是吧？”我才感到有些惊讶。我保持沉默，他就又重说了一遍。我对于做不做朋友无所谓，可是他看上去倒是真有这个意思，于是我点了点头。他封好信，我们把剩下的酒喝光，然后默默地抽起了烟，好久没有说话。外面的街上一片宁静，除了偶尔听到汽车开过的声音。我说时间不早了，雷蒙也表示今晚时间过得真快。从某种角度上来说这是真的。我觉得很困，该回家上床睡觉了，但是有些站不起来。我看上去一定很疲倦，因为雷蒙对我说：“你要放轻松些。”一开始我没有明白他的意思。接着他解释说他听说我妈妈死了，但这是早晚的事，希望我不要再难过下去。我也这样认为。

当我起身要走的时候，雷蒙紧紧地握着我的手，说男人的事男人最懂。从他那里出来，我把门带上后又在漆黑的楼道里待了一会儿。楼道里静悄悄的，一股模糊的、潮湿的气息从楼梯间的深处升上来。我除了能听见耳朵里血液一阵阵的流动声外什么也听不见，我静静地待着，一动不动。突然，从老萨拉曼诺的屋子里传出狗的低声哼哼，在无声无息的夜里显得格外凄厉。

4

这一星期，我工作得都很好。雷蒙来找过我，告诉我说他把信寄了。我跟艾玛努埃尔一起看了两次电影院，有时他看不懂电影演的什么，我得给他解释。昨天是星期六，玛丽如约过来找我。她穿了一件非常漂亮的裙子，上面是红白条纹的图案，脚下穿着凉皮鞋，我的视线简直无法从她身上移开。从衣服的起伏隐约可见她那乳房坚挺的线条，太阳把她的脸晒成了棕色，这样的肌肤让她的脸蛋像花朵般娇美。我们乘坐公共汽车，来到离阿尔及尔几公里外的一处我常去的海滩。那儿两面夹山，岸上有一溜儿芦苇。下午四点钟的太阳不算大，海水温温的，层层细浪轻柔慵懒。

玛丽教给我一种新游戏。就是游水的时候，迎着浪峰，吸一口浪花含在嘴里，然后翻过身来，把水朝天上吐出去。这样一来，像泡沫般的薄雾散在空气中，或像一阵温雨落回到脸上。没多久，我的嘴就被盐水烧得发烫，于是玛丽游到我身边，在水里抱着我，嘴巴贴着我的双唇，用舌头融化了我嘴里海水的咸涩。就这样我们忘情地相拥了好一阵子。

我们回到岸边穿衣服，玛丽用灼热的眼神看着我。双眸闪烁着光芒。我吻了她，从这一刻起，我们没有再说话。我搂着她，两个人都急于找到公共汽车坐上去，然后回到我家，然后一起跳上了床。我让窗户开着，夜晚凉爽的清风在我们棕色的皮肤上流动。

第二天早晨，玛丽没有走，我叫她留下来一起吃午饭。我下楼去买肉，回来的时候我听到雷蒙的屋子里传来女人的声音。过了一会儿，楼梯间又传来老萨拉曼诺骂狗的声音，听见楼梯上响起了鞋底和爪子的声音，还有老萨拉曼诺吼着“浑蛋，没用的东西！”可想而知，这是老萨拉曼诺带着他的狗出去了。我把这老头儿和狗的事告诉了玛丽，引得她笑了起来。她穿着我的睡衣，两袖高高挽起。看她一笑，我的欲望又被点燃了。过了一会儿，她问我爱不爱她。我说这种问题没意义，但确实我好像不爱她。我的回答伤了她的心。不过当我们做午饭的时候，她又笑了起来，每当她笑的时候我就总想吻她。正在这个时候，雷蒙房间爆发了激烈的争吵，引起了我们的注意。

先是听见女人尖锐的叫喊声，然后传出雷蒙的骂声：“你这个臭女人，你敢对不起我！看我怎么收拾你！”一阵碰撞声后，接着就传来女人的哭喊声。声嘶力竭的哭喊瞬间引来了许多人，挤满了楼梯间。玛丽和我也出去看。那个女人一直在叫，雷蒙一直在打。玛丽说这太可怕了。我没有回应。她叫我去找警察，我说我不喜欢警察。住在三楼的那个水管工叫来了一个警察。警察敲门后，里面声音停止了。他又用力敲了敲，过了一会儿，里面传来女人的哭泣声，雷蒙开了门。他嘴里叼着一根烟，脸上挂着装出来的笑容。“叫什么名字？”警察问道。雷蒙照实回答了。“跟我说话的时候，把你嘴上的烟拿掉。”警察说。雷蒙有些犹豫，他看了我一眼，又放在嘴里抽了一口。说时迟那时快，就在这时警察扬手照着雷蒙的脸就来了一记狠狠的、结实的耳光。香烟从他的嘴唇边飞出好几米远。雷蒙的脸色都变了，一声不敢吭，只是低声下气地问警察能不能拾回他的烟。警察说可以，但是警告他说：“警察问话可不是闹着玩的。”那个女人一直在哭，不停地说：“他打我，他是个吃软饭的。”雷蒙插嘴道：“警官先生，说一个男人吃软饭是合法的吗？”警察叫他闭嘴。于是雷蒙又转向那个女人：“等着吧，臭女人，我们还会再见面的！”

警察叫他闭嘴，并叫那个女人走，让雷蒙待在家里等着局里传讯。

“你应该为自己的行为感到丢脸，”警察补充说，“看你醉得东倒西歪的，一定喝了好多酒。”

“不，我没醉，”雷蒙解释，“我发抖是因为您站在我面前，我控制不住自己。”

雷门关上门后，大伙儿也就散了。我和玛丽做好了午餐。但是她没有什么胃口，东西几乎都让我吃了。她是一点钟左右离开的，我又上床睡了一会儿。

将近三点钟的时候，有人敲门，是雷蒙。我继续躺在床上，他坐到床沿边，半晌不说话。我就问他事情的经过。他说一开始计划进行得很顺利，但是后来她打了他一个耳光，他就打了她。之后发生的事情就是我看到的那样。

我说那女人已经受到了惩罚，你也该满意了，他表示同意，他还指出警察来了也无所谓，反正他已经打了她了。他说他很了解警察，知道该怎么跟他们打交道。他还问当警察打他的时候，我是不是等着他回敬警察一下，我说当时没什么想法，再说我不爱招惹警察。雷蒙好像很得意。他问我愿不愿意一起出去走走。我下了床，梳理头发。他希望我做他的证人。我没表示反对，但是我说我不知道该怎么做。他说：“这非常简单，你只要告诉他们那个女人对不起我就行了。”这好像很简单，于是我答应了为他做证。

我们一块出门，雷蒙请我喝了一杯白兰地。后来他想打台球，我陪他打了一局，差点赢了他。他还想带我去妓院，但是我拒绝了，我说我不喜欢那地方。我们慢悠悠地走了回去，路上他告诉我，成功惩罚了那女人，他心情非常好。我发现他待我不错，我也觉得这是一个愉快的夜晚。

快到家时，我远远看见老萨拉曼诺站在门口，似乎很不安。走近后我发现他的狗今天没在他身边。他四处张望，转来转去，试图看穿整个黑暗的走廊。他嘴里不停地嘟囔着，一双充满血丝的眼睛扫视着街上的每个角落。雷蒙问他怎么了，他并没有立刻回答。我隐约听到他嘀咕着“浑蛋，没用的东西！”他好像有些慌张失措。我问他狗在哪里？他有些生硬地回答我说跑丢了。接着他突然滔滔不绝地说了起来：“我跟平常一样带它去练兵场散步。那里很热闹，到处都是人，我停下来看《国王散心》。等我回过身想走的时候，狗就不见了。我知道他的颈圈有点大，一直想给它买个小的，可我怎么也没想到这个畜生能这样就走了。”

雷蒙说他的狗可能是一时走散了，过段时间它自己就会回来的。他还举了好几个狗跑几十公里找到主人的例子。但是老萨拉曼诺的神色看起来似乎更加不安了。“你不知道，捕狗队会把它弄走的。它长了一身疮痂，没有人会收养他的。”

我建议他可以去宠物收容所看看，丢失的狗都在那里。只要付一点钱就可以把狗带回来了。他追问我是不是要很多钱，我说我也不清楚。接着他就发起火来：“让我为这个畜生花钱？下辈子吧！”然后他又开始骂起狗来。雷蒙只好笑笑，转身上了楼梯。我跟着他上去后，在楼梯口我和他互道晚安。没多久，我听见了老萨拉曼诺的脚步声，接着是敲我门的声音。我打开门，他就站在门口，嘴里说着：“抱歉，我希望我没有打扰到你。”

我请他进来，但是他摇了摇头。只顾盯着自己的鞋尖和颤抖的长满硬痂的手，没有看我：“默尔索先生，您说，他们不会真的把它抓走了吧？他们会把它还给我吗？我该怎么办好哇？”我告诉他，一般收容所会将狗保留三天，等待主人去领，三天过后无人认领的狗就随意处置了。听完，他沉默地望了我一眼，然后道了晚安。他关上房门不久，我听见他在房间里走来走去，接着他的床咯吱咯吱地响。透过墙壁，我听见传来一阵奇怪的声音，原来他哭了。不知道为何，这时我想起了妈妈。第二天我得早起，因为不觉得饿，没有吃晚饭就睡了。

5

雷蒙打电话到办公室找我。他说他有个朋友（他跟他的朋友说起过我），邀请我星期天到他朋友离阿尔及尔不远的海滨木屋去玩。我说虽然我很想去，但是我已答应和女友一块儿过周末了。雷蒙听了立刻邀玛丽一块儿过去，并表示他朋友的妻子一定会因为在一堆男人中间有了女伴而高兴的。

我本想立刻就挂断电话，因为我知道老板不喜欢我们在上班时间打私人电话。但是雷蒙让我等一等，他还有另外一件事要跟我说，那也是他给我打电话的主要目的，因为邀请完全可以晚上再说。

他整天都被一群阿拉伯人跟踪，他情妇的哥哥也在其中，“如果回家时，你在公寓附近看到那个人，记得告诉我一声。”我说没问题。

打完电话不一会儿，老板派人来找我过去。顿时我感到有些心神不安，我以为他又要说少打电话多做事之类的话。结果根本不是这样。他说他要跟我谈一个还很没有成形的计划，他想听听我对这个计划的看法。老板打算在巴黎设个办事处，在当地直接处理与一些大公司的业务往来，他想知道我能否去那儿工作。

“你是一个年轻人，”他说，“我想你会很喜欢留在巴黎生活的。当然你每年还有时间去法国四处走走看看。”

我对职务变动表示同意，事实上去不去巴黎我根本就无所谓。于是他问我是不是不愿意改变一下生活方式，我回答说生活是改变不了的，况且任何一种生活方式都有它好的一面，我对这里的生活也没有任何不满。他好像有些不高兴，说我总是在答非所问，没有雄心壮志，这对于做生意来说是致命的弱点。

谈话结束我就回岗位上继续工作了。我并不是故意想让他不快，我只是没有理由要去改变我现在的生活。仔细想想，我没什么好抱怨的。我上大学的时候，也有过不少所谓的雄心壮志，然而当我不得不辍学的时候，我很快就明白了，那些实际上并不重要。

晚上，玛丽过来找我，问我愿不愿意和她结婚。我说无所谓，如果她想结，那就结好了。她接着又问我爱不爱她。我的回答就跟上次一样，这个问题毫无意义。如果一定要我回答的话，我想大概是不爱她。“那你为什么要答应娶我呢？”我说这真不是问题的重点，如果她喜欢，结婚有什么不可。再者，是她先提出的，我只要同意就好了。她说可是结婚是件很重要的事。我说我并不这么认为。她一言不发地看着我，沉默了好一会儿她才说话。她假设性地问，如果这个建议出自另外一个女孩，一样和我这么亲近，我会不会同意。我回答“当然会”。

然后她说她是爱我的。而我对她的想法却不可能知道。她又沉默了一阵，喃喃地说：“你真是个怪人。也许这就是我爱上你的原因。不过，或许以后我也会因为同样的理由而讨厌你吧。”我不置可否，于是她又笑了起来，挽起我的胳膊，说她愿意嫁给我。我答应她愿意什么时候结婚我们就什么时候办婚礼。我跟她谈到老板的建议，她说她自己会很乐意去巴黎。我告诉她我曾经在巴黎待过一短时间，她又问我巴黎怎么样。“在我看来，那里很脏，到处都是鸽子和阴暗的院子。人的肤色都很苍白。”

之后，我们沿着公路散步，穿越了好几条大街。街上的女孩们都很漂亮，我问玛丽是否注意到了，她点头说是的，并说她了解我的意思。接下来，我们有好几分钟都没有说话。但是，我还是很想她能留下来陪我，一块儿去赛莱斯特的饭馆吃饭。她说她很愿意与我共进晚餐，但是她还有事不能耽搁。这时我们已经走到了我家的公寓附近，于是我跟他说再见。

她用眼睛注视着我，说：“你不想知道我究竟有什么事情要做吗？”其实我想知道，但是我没有想到问她，正是这一点让她有些愤愤不平。那时我看上去一定很尴尬，看着我发窘的样子，玛丽突然笑了并挺起身子将嘴唇凑了上来。

玛丽走后，我独自来到赛莱斯特的饭馆吃饭。用餐时，进来一个奇怪的小女人，她问我是否可以坐在我这张桌子边。她当然有这个权利。她精致的苹果脸上长着一双明亮的眼睛，动作有一些急促。她脱下外套，坐下来匆匆地翻阅菜谱。她叫来赛莱斯特，语气很清晰很迅速地就点齐了她要的菜。在等凉菜的时候，她打开提包，取出一便笺纸和一支铅笔，算好钱，然后再从小包里把钱拿出来，加上小费，算得准确无误，整齐地放在自己面前。

这时凉菜上来了，她迅速地一扫而光。在等下一道菜上来的空当，她又从手提包里掏出一支蓝铅笔和一份本杂志。杂志上列着本周的电视节目。她非常认真，一个接一个，她几乎勾选了所有的节目。由于那本杂志大约有十几页，整整一顿饭的时间她都在仔细地做这件事。我吃完饭的时候她还在专心致志地勾着节目。她吃完后用刚才那机械化的动作穿好外套，离开了。由于我无事可做，跟着她走了出去，尾随在后头。她走在人行道的边上，步子非常快但很平稳，几无偏差，也不回头，没多久就从我的视线里消失了。回家的路上，我回想着她怪异的行为，想她一定是个“怪人”。但是很快我也就把她忘到了脑后。

在家门口，我遇见了老萨拉曼诺。我邀请他进屋坐坐，他告诉我狗确实丢了，因为它不在动物收容站。那里的人说它可能是被车撞死了。他问他们这种事去警察局问有没有用，他们告诉他说这不可能，因为这类事每天都会发生，警察局是不会有任何记录的。我建议他再养一条，他摇头说他已经习惯了原来那只，的确，他说得也确实不错。

老萨拉曼诺坐在桌子前的椅子上。我则蹲在床上，他面向我，双手放在膝盖上，头上依然戴着他那顶旧毡帽，从发黄的小胡子下面，他嘴里嘀嘀咕咕地不知道在说什么。他让我感到有些厌烦，但是我也确实无事可做，又一点也不困。于是我找点话题和他聊起来，问到了他的狗。他说自己是在老婆死后养的它。他很晚才结婚。年轻的时候，演戏是他的梦想，所以当兵那会儿，他在军队的歌舞剧团里演过戏。但最后，他进了铁路部门，不过他并不后悔，因为他现在得到了一小笔退休金。他和他太太过得并不算幸福，但是他已经也习惯了她的陪伴。在她死后，他感到十分孤独。于是他就向一个同事要了一条狗，那时它还很小，必须拿奶瓶喂它。因为狗比人的寿命短，所以他们就一块儿变老了。

“它是一条脾气很坏的狗，”他说着，“我们俩经常吵架，但是总的来说，它还是一条好狗。”

我说它看上去像是一条良种狗，老萨拉曼诺听了很得意。“你没有看到它生病前的样子！它最漂亮的是那一身毛。自从它生病后我就开始照顾它，每天早晚要替他上药。但是它真正的病因是衰老，而那是永远没法治愈的。”

听到我打了个哈欠，老头儿说他要离开了。我请他多待一会儿，并告诉他我对狗的事感到很难过，他对我表示了感谢，我说我母亲也非常喜欢他的狗。提到我母亲时他称呼她为“您可怜的母亲”，他猜想妈妈死后我该是非常痛苦的。看我没有说话，他很快地又有点不大自然地对我说，他知道这一带有些人对我的印象不太好，因为我把妈妈送进了养老院。但是他说他理解我的做法，也知道我很爱妈妈。

我说自己一直没有意识到（并且到现在我还搞不懂原因）这件事

让别人对我有了不好的评价。但我认为把母亲送去养老院没有什么错。因为她需要人照顾，而我付不起这笔钱。“更何况，”我又补充，“很长一段时间以来，妈妈和我无话可聊，她一个人待家里也闷得发慌。”

他说：“对呀，至少在养老院里，她还有伴儿。”他站了起来，说想回家休息，起身告辞。如今他的生活完全变了，这让他有些不知所措。他不好意思地伸过手来，这是自我认识他以来的第一次，握手时我感到他手上有粗糙的老茧。他微微一笑，在走出去之前又说：“我希望今天夜里附近的狗不要再乱叫了。不然我老以为那是我的狗。”

6

星期天早晨我总是起床困难，玛丽得喊着我的名字把我摇醒。为了能早点下水游泳，我们没有吃早饭。我腹内空空，头有点疼，叼在嘴里的香烟也有股苦味。玛丽开玩笑地说我是“哭丧着脸”。她穿了一件白色连衣裙，披散着一头长发。我称赞她很美，她开心地笑了。

下楼的时候，我们顺道敲了敲雷蒙的门，他回答说马上下来。我们下楼来到街上，疲惫加上房间里没有拉开百叶窗，外面已经发威的阳光射进双眼，像一记耳光突然打在我的脸上。玛丽却兴高采烈，不停地说着天气真好。过了一会儿，我感觉好多了，但肚子却开始饿了。我告诉了玛丽，但是她并不在意。她给我看她的油布袋，里面只有我俩的游泳衣和一条浴巾。终于我们听到了雷蒙关门的声音。他穿了蓝色长裤和白色短袖衬衫，头上配了顶扁草帽，玛丽见了咯咯地笑。他露在袖子外的胳膊很白，上面长着浓毛。他的打扮真让我不敢恭维。他吹着口哨下楼，看样子心情很愉快，他热情地向我打招呼：“嘿，老弟。”对玛丽则称“小姐”。

前天我们去了趟警察局，我为雷蒙做证那女人的确对不起雷蒙。最后警察只是警告他不得再犯，并没有查证我的证词是否属实。

我们和雷蒙在门口谈了谈前天的事，然后我们决定乘公交车过去。海滩离这儿并不远，不过乘车会快些，因为雷蒙觉得他的朋友乐意我们早点到。我们正要出发，雷蒙突然示意我看对面。我看见一帮阿拉伯人，背靠着烟店的橱窗，以他们特有的方式盯着我们，完全不动声色，就像我们是一堆石头或几棵枯树。雷蒙跟我说左边第二个就是跟他干架的人。雷蒙一副忧心忡忡的样子，却又说现在这件事已经了结了。玛丽摸不着头脑，问我们这是怎么回事。我告诉她说那些阿拉伯人想找雷蒙的麻烦。她听了叫我们赶快离开。雷蒙笑了笑，耸耸肩膀说确实该快点赶路了。我们朝汽车站走去，雷蒙说阿拉伯人没有跟着我们。我回头看了看，他们一直站在原地，还是那样面无表情地盯着我们刚刚离开的地方。

我们上车后，雷蒙看上去松了一口气，不断地说笑话逗玛丽开心。我感觉得出他对玛丽有好感，但玛丽几乎不愿意回他的话，只是偶尔看他一下，对他微笑下。

我们在阿尔及尔的郊区下车。海滩离公共汽车站并不远，不过中间要走过一个俯临大海的小高地，再随着渐渐倾斜的坡地直接到达海滩。蓝天白云之下，高地上到处都是纯白色的水仙和浅黄色的石头，与湛蓝的天空相互辉映，叫人睁不开眼睛。玛丽一边走一边抡她的油布袋甩花瓣玩，花瓣被她甩得撒落一地。我们路过一排排绿白围栏的小别墅，其中几栋的阳台隐没在一簇低矮的柽柳之中，还有几栋附近都是石头，光秃秃的。抵达高地的尽头前，平静的海面已映入眼帘，远方还有一座如山的海角静静地躺在那里，清澈的水面倒映出它慵懒而巨大的影子。一阵微弱的马达声从宁静的空气中传来，极远处有一艘捕鱼的小船在闪光的海面上缓缓地前行。玛丽停下来，摘了几朵蝴蝶花。站在通往海滩的斜坡上，已经可以看见一些早到的人在游泳了。

雷蒙的朋友住在海滩边上的一座小木屋里。房子背靠着峭壁，支撑屋子前端的木桩泡在水中。雷蒙替我们做了简单的介绍。他的朋友叫马颂，身材高大魁梧，肩膀很宽，而他的妻子长得娇小圆润，待人亲切，说话带点巴黎口音。

一见面，马颂热情地要我们不要客气，并说他早上刚钓了些鱼上来，准备一会儿下锅油炸了当午餐。我称赞他的房子很漂亮，他告诉我说每个周末和节假日他都会来这里。“我跟我太太处得很好。”他说。他太太此时已经和玛丽有说有笑了。看着他们，可能这是第一次，我真正动了结婚的念头。

马颂想去游泳，但是他的妻子和雷蒙不愿意去。于是只有我、玛丽还有马颂三个人去了海滩。玛丽迫不及待地跳进了水里，而我和马颂则在岸上待了一会儿才下水。他说话总是慢悠悠的，我注意到他不管说什么，总要加一句“依我看”，尽管这句话无法进一步表达任何具体意义。比如谈到玛丽时，他对我说：“她很标致，也可爱迷人。”

我没太留心他的话，而是专心享受阳光下的温暖和舒适。渐渐地，脚下的沙子开始发烫，我渴望下水，不过我又等了一两分钟才跟马颂说：“一起下去游游吧？”说着就扎进水里。马颂慢慢地往海水里走，直到站不住了才潜入水中。他游的是蛙泳且游得很差。我只好丢下他去追玛丽。水很清凉，我游得很畅快。我跟玛丽并肩游了很远，彼此的动作配合得很协调，彼此的心情也十分舒畅。

游到远处，我们翻身仰泳。面朝天空时，阳光从我的脸颊和嘴唇上带走了一层薄薄的带着盐味的水雾。我看见马颂游回了岸边，躺在沙滩上晒太阳。远远望去，他仍然像一个庞然大物。玛丽想和我一起游，让我从后面揽住她的腰，她在前面用双臂划水，我在后面用脚打水往前推进。“哗哗”的打水声一直在我们耳边回荡，直到我累了，才放开玛丽往回游。我恢复了正常泳姿，呼吸也自如了。到岸上，我趴在马颂身边，把脸贴在沙子上。我告诉他海水很舒服，他完全赞同。不久玛丽也回来了。我侧头看着她走过来。她浑身湿淋淋、亮闪闪，她把头发抓在脑后，挨着我躺了下来。她的体温与阳光的热气使我迷迷糊糊地睡了过去。

不知过了多久，玛丽推醒我说马颂已经回去了，该吃午饭了。我马上爬了起来，觉得饥肠辘辘。但是玛丽对我说，我一个上午都没有吻过她。这是真的，其实我还是很想那么做的。“我们到水里去。”她说着，于是我们迎着一排细浪扑进水里，游了几下，玛丽紧拥着我，我感到她的腿缠绕着我的腿，又唤醒了我对她的欲望。

我们上岸的时候，已经听见马颂站在他小屋子的台阶上喊我们了。我告诉他我饿昏了，他听了立刻对他妻子说我很讨他喜欢。面包很可口，我狼吞虎咽地吃光了我那份鱼。主菜是牛排和炸薯条。大家吃得津津有味，没有人说话。马颂喝了很多酒，还不停地给我倒。当咖啡上来的时候，我的头已经昏沉沉了，我抽了许多烟。我、马颂和雷蒙，我们三个计划八月一道来海滩度假，费用大家一起出。

这时玛丽突然对我们说：“嘿！你们知道现在才几点吗？才十一点半！”我们都有些惊讶，马颂说我们吃饭吃得早，才十一点半也是很自然的，无所谓早晚，肚子饿的时候就是吃饭的时间了。不知道为什么，这竟让玛丽笑了起来。我想是她喝多了。

过了一会儿马颂问我愿不愿意陪他去海滩散步。“我太太午饭后总要午睡，可是我就不大喜欢，我需要散会儿步。我总是对她说吃了饭散步比睡觉好。当然，她也有权利选择她所喜欢的。”玛丽说她要留下来帮忙洗碗。马颂太太说洗碗时男人待在这里只会碍事。于是我们三个人走出了小木屋，再次回到沙滩上。

太阳的位置几乎就在正上方，阳光直直地射在沙滩上，海面上泛着光，刺得人有些睁不开眼睛。海滩上一个人影都没有。木屋坐落在高地边上，俯瞰着大海，里面传来餐具和刀叉碰撞的声音。地面上散发着逼人的热气，让人喘不过气来。

开始，雷蒙和马颂在聊一些我没听说过的人和事。我发现他们已经认识很久了，甚至有段时间还曾经一起住过。我们朝海边移动，沿着潮水往下走，偶尔漫上来的潮水浸湿了我们的布鞋。我大脑一片空白，太阳晒得我昏昏欲睡。

就在此时，雷蒙和马颂说了句我没听清楚的话，同时我发现在海滩的尽头，离我们很远的地方，有两个穿着蓝色工作服的阿拉伯人正朝我们走来。我看了一眼雷蒙，他跟我说："就是他。"我们继续往前走。马颂纳闷儿他们怎么会跟到这里来。我猜是他们看见我们拿着海滩袋上了公共汽车，但我没有说出来。

虽然阿拉伯人前行的速度很慢，没多久他们已经离我们很近了。我们依旧镇定，但是雷蒙低声说："听着！如果一会儿打起来，我来对付那个家伙。马颂对付旁边一个。至于你，默尔索，如果还有人来，就是你对付了。"我说没问题，而马颂把手放进了口袋。脚下的沙子滚烫，就像是着了火一样。我们步步向前，和阿拉伯人之间的距离越来越近。就差几步远的时候，阿拉伯人停住了脚步。马颂和我放慢了步子，而雷蒙直接奔向他的对手。我听不清雷蒙对他说了什么，但是对方并不买账。雷蒙上去就是一拳，随即喊马颂也上。马颂冲向雷蒙给他指定的那个人，上去就是狠狠两拳，那人应声倒在了水里，脸朝下停了几秒钟都没有动弹，从水底地冒出一串水泡围着那人的头打转。同时雷蒙也在打，那个阿拉伯人满脸是血。雷蒙转身对我喊道："看我怎么收拾他！"我惊呼："小心！他有刀。"可是太迟了，雷蒙的胳膊和嘴上瞬间被划了一道口子。

马颂见状跳上前。那个阿拉伯人已经从水里站了起来，站到了持刀的同伙身后。我们都不敢动了。他们拿着刀小心翼翼地后退，目不转睛地盯着我们，挥刀警示我们不得轻举妄动。等到他们退到比较远的地方，就拔腿跑了。我们待在阳光底下一动不动。雷蒙用手紧压住流血的手臂。

马颂说有个医生每周末都来高地上度假，雷蒙说想马上去。但是他一张口，就从嘴里吐出血泡来。我们赶紧扶着他回到小木屋。雷蒙说他只是伤了点皮肉，走到医生那里没有问题。马颂陪着他去了，让我留下来把发生的事情讲给两个女人听。马颂太太哭了，玛丽脸色发白。给他们讲这事让我心烦。简单交代几句后我就不说话了，望着大海抽起烟来。

一点半左右，马颂和雷蒙回来了。雷蒙胳膊上缠着绷带，嘴角上贴着胶布。医生告诉他只是轻伤，但雷蒙的脸色很阴沉。马颂试着逗他笑，但是雷蒙始终一声不吭。最后雷蒙说他想去海滩走走。我问他要去海滩的哪里，他说只是想去呼吸下空气。马颂提出我们一起陪他去，但是他发起火来，对着我们咒骂。马颂说最好别惹他，让他自己冷静一会儿吧，但是我还是跟了出去。此刻的屋外就像一个火炉，毒辣的阳光碎成一片，洒落在沙滩和海面上。我们走了很长时间，我感觉雷蒙并不是随便走走，他知道往哪儿去，不过这可能是我的错觉。

我们来到海滩的尽头，这里有一眼清泉，水在一块巨石后面的沙窝里流着。就在这里我们又一次见到了那两个阿拉伯人，他们躺在地上，一身蓝色工作服满是油污。他们看上去很冷静，甚至是有些得意，他们对我们的出现没有任何反应。刺伤雷蒙的那个人一言不发地看着他。另一个人一边用眼角的余光瞟着我们，一边用一小节芦苇管不停重复三个单调的音符。

一时间，在烈日下僵持的双方，静得只听得见泉水发出的细微声音。雷蒙将手伸进装着枪的口袋里，但是那两个阿拉伯人没有动。我注意到那个吹芦苇的人的脚趾分得很开。

雷蒙一直盯着他的对手，问我道："干掉他？"我想如果我说不，他一定会火冒三丈，他的怨气无处宣泄，冲动起来说不定就开枪了。于是我说："他还没跟你说上半句话，就这样开枪不够光明正大。"沉默几秒钟后，轻柔的水声和笛声在热空气中发酵。"好吧，"雷蒙开口了，“就按你说的办，我先骂他一顿，如果他还口，我就拔枪干掉他。”“行。”我同意了，“不过如果他不掏刀子你就不能开枪。”雷蒙又火了。那个阿拉伯人还在吹着芦苇管，他们俩注视着我和雷蒙的一举一动。“听着，”我又对雷蒙说，“你们还是一对一单挑吧，你把枪给我，如果那个吹管子的人动手，或者他掏了刀子我就干掉他。”当雷蒙把枪交给我时，有一道阳光掠过，金属反射出亮光。然而双方依然没有动，就好像周围的一切把我们包裹住了一般，无法动弹。我们就一直这么互相凝视着，在大海、沙子和阳光之间，一切都凝固了，笛声和水声也都消失了。我脑中同时闪现着开枪和不开枪的念头。忽然，那两个阿拉伯人开始往后退，溜到山岩后面不见了。我和雷蒙转身往回走，他看起来心情好多了，还跟我提起回去我们要搭的公交车班次。

当我们回到木屋外，雷蒙慢慢地登上台阶，我却停在第一级台阶前。太阳晒得我脑袋嗡嗡作响，想到要费力爬上台阶再跟女士们说笑，我就泄气了。可是天气实在太热，待在耀眼的天空下不动也够难受的。待在原地或者走开结果都一样的。过了片刻，我决定转身走回海滩。

火辣辣的太阳热得刺眼，海浪就像是大海的喘息，一些细小的浪花被吹到沙滩上。我慢慢地向岩石堆走去，感觉额头要被晒裂开了。热气压迫着我，不让我前行。每当一阵热气扑到我脸上，我就咬咬牙，握紧插在裤兜里的拳头，我全身都绷紧了，决心战胜太阳，战胜它试图灌入我体内的麻醉剂。沙砾上、雪白的贝壳上，还有一片碎玻璃上反射出一阵阵亮光，就像是一把把利剑向我劈来，每当剑光一闪，我就咬紧牙。我就这样走了很久。

远远地，我看见了那堆黑色的岩石，被阳光映射在海水薄雾上所形成的光晕包围着。我想到了岩石背后那清凉的水流。我想再听听潺潺的流水，想逃避阳光的照射，不要再走，不要再听到女人的哭声。

总之，我想找一片阴凉的地方休息一下。然而当我走近时，我看见雷蒙的对头又回来了。只有他一个人，仰面躺着，头枕在双手上，他的脸隐没在岩石的阴影里，身体露在太阳底下。蓝色的工作服热得直冒烟。我有些吃惊，我本以为那件事已经完结了，我来这里之前压根儿没想那事。

他一看见我，稍微欠了欠身子，把手插进了口袋里。而我的直觉反应，自然是握紧了口袋里雷蒙的那支手枪。他见状又朝后躺下，手还留在口袋里。我离他有些距离，有十几尺，我隐约看见他半闭着的眼皮下目光不时闪烁，不过更多的时候，我感到他的面孔在眼前一片燃烧的热气中跳动。比起中午时分，海浪的声音更加慵懒平缓。白昼在岩浆般的大海中抛锚，整整两个小时了，没有丝毫变化。

天边，海天交接处驶过一艘小轮船，我觉得它像个小黑点，因为我的目光一直没有离开那个阿拉伯人。

我想只要我转身往回走，事情就不会发生了。可是，整个海滩在阳光的热气中颤动，让我举步维艰。我向泉水的方向挪动了几步。阿拉伯人没有动。不管怎样，他离我还有点距离。也许是他脸上的阴影的缘故，他看上去就像是在笑。

我就这么等着。猛烈的阳光烤着我的脸颊，汗珠在我的眉峰上聚集。太阳和安葬妈妈那天的一样，头也和那天一样痛，皮肤下面所有的血管都在一齐跳动。我热得忍受不了了，就又向前迈了一步。我知道这很愚蠢，就算走一步也不能逃离太阳。但是我还是跨了出去。这一次阿拉伯人马上出了刀，太阳光溅在刀片上，反射出细长的光刃抵在我的额头上。与此同时，眉头上的汗珠终于跌下，我的眼前顿时蒙上了一层模糊的水幕。一时间我什么也看不见了。只有太阳依旧扣在我头上。蒙眬中，那把闪闪发光的刀总是在我眼前晃悠，穿过我的睫毛，钻进我疼痛的眼睛。

从这时开始，整个世界变了调。自大海涌来厚重炽热的风，整个天空像是裂开了口，倾泻下巨大的火焰。我全身僵硬，握枪的手猛地一紧，枪的扳机扣动了，我摸着光滑的枪柄。在这声干涩、震耳欲聋的枪响中，一切开始急转直下。我甩了甩汗水以及紧贴在我身上的阳光，我发现自己打破了这一天的完美，毁掉了海滩上的平静安详和我在此拥有的快乐。于是，我又朝着那具一动不动的尸体开了四枪，子弹陷进他的身体，不见踪迹。这五声枪声仿佛短促的叩门声，让我亲手为自己敲开了厄运之门。

局外人下部

1

我被捕之后，立即被审讯了好几次。不过那只是一些关于身份的例行讯问，时间都不长。初到警察局时，似乎没有人对我的案子感兴趣。不过，八天之后，当我遇到预审审判长，却发现他那双盯着我的眼睛充满了好奇。开始时，他也只是问问我的姓名、住址、职业、出生日期和出生地址。接着他问我是否已经找好了辩护律师。我说没有，还问他是否一定要请一个。

“为什么这样问？”他说。我回答他说自己的案子很简单，因此不需要律师。

“这是你的看法。不过，法律自有其规定。如果你不找律师的话，我们会替你指派一位。”我觉得法院还管这些小事，倒是挺方便的。我跟他说了我的这一看法，他表示赞同，说法律制定得很完善。

起初我并没有认真地对待与他的会面。他办公室的窗帘紧闭，桌子上只有一盏灯，照亮了他让我坐的那把椅子，而他自己却坐在一片黑暗中。

我曾经在书里读过对类似的场景的描述，在我看来，这一切像是一场游戏。开始谈话后，我才看清了他的外貌。他身材高大，轮廓分明，有一双深蓝色的眼睛，蓄着灰色胡须，头发浓密花白，他看起来非常理智，尽管他的嘴角时不时会不自然地抽搐一下，但整体来说还给人一种和蔼可亲的感觉。要不是我及时地想起自己杀了人，离开办公室时我甚至一度想要伸出手和他握手告别。

第二天，一位律师到监狱来看我，他体型矮胖，很年轻，头发梳得服服帖帖。尽管天气很热（我穿着背心），他却穿着一身深色的西装，硬领子上还系了一条很怪异的黑白宽条纹领带。他把夹在胳膊下的皮包放到我床上，作了自我介绍，并告诉我说他研究了我案件的材料。他说我的案子虽然有些棘手，但只要我信任他，与他合作，仍有胜诉的把握。我向他表示感谢，他随即说："那么我们切入正题，说说案子吧。"

他在我的床上坐下，对我说，他们已经调查了我的私生活。知道我母亲不久前死在了养老院。他们去马朗戈做过调查，警察已经知道我在母亲下葬那天表现得有点"无动于衷"。

"您知道吗？"律师说，"向您问这些事我有点尴尬。不过这真的非常重要，一旦我在法庭上找不到替您辩护的论点，那么这就将成为起诉您的一条重要根据。因此，您必须协助我。"他问我在葬礼当天是否有感到"难过"，这个问题令我非常震惊；如果换作我问别人这个问题的话，肯定也会相当为难的。

我坦言自己已经不太有自省的习惯，因此很难回答。毫无疑问，我是很爱妈妈的，然而这并不能代表什么。每个心智健全的人，都或多或少曾盼望自己所爱的人死去。

听到这里，律师突然打断了我，显得很不安。他要我保证绝对不要在庭训或预审审判长面前说这番话。

我继续尝试对他解释，身体的生理因素会让我的情感酝酿发生混乱。妈妈下葬那天，我非常疲惫，非常困倦，所以没能真正意识到当时发生的事的意义。我能确定的是，我宁愿妈妈没有死。律师看上去并不满意，他说："这是不够的。"他略作思索后，问我是否可以说那一天是我努力克制住了内心的情感。我说："不能，因为这不是事实。”他用一种很奇怪的眼神看着我，好像我有点令他反感。接下来他几乎是不怀好意地警告我说，无论如何，养老院的院长和工作人员会出庭做证的，结果将会对我很不利。我提出母亲的死和我的案子没有什么关系，他听了只是说：“很显然，您对法律完全不了解。”

最后他离开了，看上去有些生气。我很想叫住他，告诉他我希望得到他的同情，不是希望他能更卖力地为我辩护，而是希望他能自然而然，真正发自内心地怜悯我。我看得出我让他不快。他无法理解我，有点怨恨我。我想对他保证我跟所有人一样，是个普通人。可是，这些话似乎起不了什么作用，而我也就懒得多费唇舌。

不久之后，我又被带到预审审判长那儿。时间是午后两点钟，阳光穿透薄薄的窗帘，照亮了整个办公室，室内依然很热。

他先请我坐下，很客气地对我说我的律师“因为突发状况”不能前来。他又补充说在我的律师未到场之前，我可以不回答他的问题。

我告诉他我可以单独回答。他按了桌上一个按钮，一个年轻的书记员走了进来，在我背后坐下了。审判长和我都在椅子上坐好后，审讯就开始了。首先，他说有人认为我是一个生性缄默孤僻的人，他想知道我对这种说法有什么看法。我回答：“那是因为我从来都觉得没有什么可说的，所以我宁可把嘴巴闭上。”

他就像第一次询问我时那样笑了笑，并承认这是最好的回答。“再说，这一点也无关紧要。”他注视着我停顿了一会儿，然后突然坐正，咄咄逼人地说道：“真正让我感兴趣的是您本人！”我不是很理解他的意思，所以我没有搭话。

“在您的罪行中，有些事情让我很费解。我很想弄个明白，希望您能配合我。”

我表示事情发生的过程其实很单纯。但他仍要求我把那天发生的所有事再描述一遍。于是我把上次对他讲过的内容又重复了一遍：雷蒙、海滩、游泳、打架，又是海滩、泉水、太阳和开枪射出的五发子弹。每当我说完一句他都点点头说“没错，没错”。当我讲到躺在沙滩上的尸体时，他特别强调了下“对”。就这样，他让我从头到尾又把事情的经过复述了一次，我觉得反复说同一件事情让我感到很疲惫，我觉得自己这辈子也没有说过这么多话。

又停了一会儿，他站了起来，对我说他愿意帮助我，在上帝的协助下，他也许要为我做点什么。但是在此之前，他想先问我几个问题。没等我反应过来，他开门见山地问我爱不爱妈妈。“当然，”我回答，“和所有人一样。”这时在我身后一直有节奏地敲着打字机的书记员一定是按错了键，因为我听到他很尴尬地退回去重新打了一遍。接着审判长又问了另外一个和刚才的问题看不出有任何逻辑关联的问题。“您是不是连着开的那五枪？”我想了想，然后解释说并不是连续开的，我先开了一枪，隔了几秒钟后又开的另外四枪。“那为什么您在第一枪和第二枪之间要停留呢？”我的眼前又浮现出那火红色的沙滩，又感受到了太阳炙烤着我的额头。然而这次我没有回答。在一片沉默中，审判长看上去有些烦躁，他坐回椅子上，抓了抓头发，把胳膊肘支在桌子上，以一种奇特的态度微微朝我俯下身来：“那么，为什么，为什么您还要向一个死人开枪呢？”这个问题，我也不知道如何回答。审判长把双手放在前额上，换了一种语调重复他的问题：“我在问你，为什么？您得给我一个答案。”而我一直保持沉默。

他猛然站起身来，大步走到他办公室的一头，拉开一个文件柜的抽屉。拿出一个银制的耶稣十字架，举着它朝我走来。几乎是颤抖着大声喊道：“您知道他是谁吗？”我回答说当然知道。于是他又快又激动地说他相信上帝，坚信这个世上没有人罪孽深重到上帝不可饶恕的程度。前提是人必须心存悔意，像一个孩子一样，将自己的灵魂敞开，准备好全然地接受信仰。他整个上身都俯在桌子上，在我的头顶挥舞着他的十字架。

说实话，他的这番理论我只能勉强理解，一来我有些热，他的办公室里有几只大苍蝇，时而飞来落在我的脸上；二来他让我感觉有些害怕。不过我认为这有点荒谬，因为不管怎样我毕竟是犯了罪。但是他仍然滔滔不绝，我大概听懂的是，在他看来，我的证词中只有一点不清楚，那就是为什么我稍作停顿后才开的第二枪。而其余的事情都非常明了，只有这一点他无法了解。

我本想告诉他别在这样固执地追根问底，因为这一点其实并不是那么重要。但是他打断了我，站直身子问我信不信上帝。当我回答说“不”时，他愤怒地坐回椅子上。

他说这是不可能的，每个人都信仰上帝的存在，即使是那些背弃上帝的人。这是他的信念，如果他对这有半点怀疑的话，那么他的人生便将失去意义。“难道您想要让我的生活失去意义吗？”他叫嚷着。我认为这和我无关，并且如实地告诉了他。

话刚说完，他已经隔着桌子把刻着基督受难像的十字架伸到了我眼皮底下，疯狂地大叫起来：“我是一个基督徒，我请求他宽恕你所犯的过错，你怎么能不相信他曾为你而受难呢？”

我明显注意到他对我不再以礼相待，已经用“你”来称呼我了。不过我也受够了，房间里越来越热。跟平时一样，当我想摆脱某个我不愿意听他说话的人时，就会作出赞同的样子。令我吃惊的是他一脸惊喜，得意地说：“你看，你看，你现还是相信并愿意依赖上帝的。”我再次否定了他的推论，他又一屁股坐回了椅子上。

他沉默了很久，看上去有气无力。一旁不停记录我们谈话内容的机器还在继续嗒嗒地响着，还在打着最后的几句话。他注视着我，看上去有些难过，轻声说道：“我从未见过您这样顽固的灵魂。在我面前的嫌犯看到上帝承受苦难的样子，没有人不掉泪。”我正想说那纯粹是因为他们犯了罪。但是很快我意识到自己跟他们一样，只是一时还没法把自己与他们联系在一起。

这时审判长站了起来，好像是告诉我审讯告一段落了。他看上去依然很疲惫，只问我是否后悔自己的行为。我思考了下，回答他与其说悔恨，不如说是某种厌烦。我感觉他听不懂我的意思。不过，这一天的事，就到此结束，没再有任何进展。

在这之后，我经常看到这位警官，但每次都由我的律师陪同。他们只是让我把说过的某些细节再明确一下。有时审判长也和我的律师讨论我受到的指控，他们谈论这些细节的时候，从来不留意在一旁的我。总之渐渐地，审讯的氛围变了调，审判长对我的案子似乎不再有兴趣，某种程度上就像我的案子已经了结了一样。他不再和我讨论上帝，我也再没有看他像那天那样激动过。结果，我们的会面变得简明扼要许多。提几个问题，和我的律师交换下各自的观点，审讯就结束了。正如审判长所说，我的案子进展得很顺利。如果谈论的是一般性的问题，他们就会邀我加入进来。我开始能自在地呼吸，讯问中没有人再厉声对我说话，一切都进行得很自然，解决得恰到好处，以至于我竟然产生了一种“我是他们的一分子”这种荒谬的错觉。预审持续了十一个月，我甚至发现，在这十一个月中，有那么不多的几次竟是我生平中最叫我高兴的事：每次审判长把我送到办公室门口，拍着我的肩膀亲切地说：“今天就先到这里吧，反基督先生！”然后，他们再把我交到法警手里。

2

有些事情我是从来都不想谈的。在我入狱几天之后，我就发现自己以后不会想提起我人生中的这一段。

不过，随着时间的推移，我已经不再将这份厌恶放在心上。事实上进来的前几天，我还并不是在真正的坐牢，只是漫无目的地在等着什么事情的进展。直到第一次也是最后一次玛丽来看我之后，一切才真的开始。有一天我收到她的来信，她说她以后不能再来看我，因为人家说她不是我的妻子，就是从那一天开始，我才感到我住的是牢房，我的正常生活已经一去不复返了。

我被捕的当天，他们先是把我关在一间有好几个囚犯的牢房里，其中大多数都是阿拉伯人。他们看见我先是嬉笑，接着打听我犯了什么罪。我说我杀了一个阿拉伯人，他们便全都安静下来。但是到了晚上，他们开始教我怎样铺睡觉用的席子，把席子的一头卷起来就可以当枕头用了。整个晚上都有臭虫在我脸上爬来爬去。

过了几天，我被移送到了单身的牢房里，睡在一块木板上。房间里除了床就只有一个铁盆和一个便桶了。监狱建在全城的制高处，透过一个小窗口我可以看见大海。某天我正抓着铁栏杆，看着外面阳光普照的地方，一个看守员进来说有人来看我。我猜是玛丽，的确是她。

我跟着看守员穿过一条长长的走廊，上了一段台阶，最后再走到另一条长廊的尽头，才抵达会客室。这是一间非常大的房间，阳光透过窗户照亮了室内，两道铁栅横着把大厅分成了三等分。每个部分大约八到十米，借此把前来探望的人和囚犯分隔开。玛丽站在我对面，她穿着一条条纹连衣裙，小麦色的肌肤如往常一样。我这一边共有十几个囚犯，大部分是阿拉伯人。而对面玛丽的周围都是些摩尔妇女。她身旁的两个访客一个是紧闭着嘴唇，身材矮小，全身黑色打扮的老妇人，另一个是没戴帽子的胖女人，嗓门很大，不停打着手势。由于铁栅间隔开了一段距离，来探望的人和囚犯不得不大声叫嚷才能听到彼此的声音。

当我进来时，叫嚷声从光秃秃的墙壁上反射回来，明亮的阳光从天上泄到玻璃上再射进大厅，让我感到头昏眼花。我的牢房又静又暗，到这里以后，我要好几秒才能适应。不过不一会儿，我就能看清浮现在大白天光线里的每一张脸。

我看到有个看守员坐在铁栅间通道的尽头。大多数阿拉伯囚犯和他们的家属都面对面蹲着。他们没有大叫大嚷，尽管大厅里嘈杂不堪，他们在一片嘈杂声中仍能小声对谈。他们低沉的声音从下面飘上来，在他们头上来往穿行的呼喊声中，好像是一个持续不断的低音部。这一切都是我走向玛丽时一并注意到的。她已经紧紧贴在铁栏杆上，努力向我挤出笑容。我觉得她很美，但我却不知道怎么对她表达赞美。

"你怎么样？"她大声地问道。

"就是这样。"

"身体好吗？有什么需要的东西？"

"好，都有。"

我们沉默了一阵，玛丽一直在微笑。那个胖女人对着我身边的一个人大叫，很显然那是她的丈夫，个子很高，头发金黄，有着坦率的目光。

"让娜不肯照顾他！"她扯着嗓子大声说。

“这可真糟。”

“我告诉她你出来以后会接她回家，但是她就是不肯。”

这时玛丽也大声地告诉我，雷蒙让她代为向我问好，我说“谢谢他”。但是我的声音被旁边那个人的盖住了，他正在问：“他身体还好吗？”他太太笑了起来：“好，从来没这么好过。”我的左边是个矮小的年轻人，有着一双纤细的手，他对面是那位矮小的老妇人，他们专注地互相望着，从头至尾都没有说话。我听见玛丽在对我喊着不要放弃希望，因此我没有时间继续观察他们的举动。我看着玛丽说：“我会的。”突然间我真想隔着裙子搂住她的肩膀，摸一摸那细腻的布料。除此之外我不知道还能期盼什么。玛丽想的好像也是同一件事，因为她一直在微笑。

“你会没事的，等你出来我们就结婚。”

我看到她发亮的牙齿和眼角处细细的皱纹。我问她：“你真这么想的？”其实我是为了找点话说罢了。

她很快地大声地喊道：“我相信！你会被无罪释放的，我们周末还会去游泳。”这时旁边那个女人又嚷嚷了起来，她对她丈夫说她在监狱的办公室里留了一个篮子。还一样一样告诉丈夫她在里面放了什么，让丈夫核查，因为这些东西很贵。我旁边的那个年轻人仍然和他母亲对望着不说话，地上蹲着的阿拉伯人继续他们低声的交谈。外面的阳光好像越来越强，直射到窗户上。

我觉得有点不太舒服，宁愿结束会面就此离开，嘈杂的喊叫声让我很难受。但另一方面，我又想多看看玛丽。我不知道过了多长时间。玛丽和我讲她的工作，脸上一直挂着笑容。低语声、交谈声、喊话声互相交错。唯有我身边那个年轻的矮小男人和他母亲之间是一片寂静，他们一直那样对视着。

不久，阿拉伯人一一被带走了。第一个人离开后几乎所有的人都不说话了。那个小老妇人靠近铁栏杆，这时看守员向她儿子做了一个手势。他于是说："再见，妈妈。"她把手伸出栏杆，轻轻地，缓缓地摇了摇手。

她离开后，一个拿着帽子的男人占据了她刚才的位置。这一边也有一个犯人被带进来站在刚才那个年轻人的地方，他们的交谈很热烈，但是声音并不大，因为大厅这时已经安静了下来。接着我右边那个人也被带走了，不过他太太好像并没有注意到已经不需要大声嚷嚷了，还是高声喊道："小心点，好好照顾自己。"接着该我离开了。玛丽给我一个飞吻。我在离开之前又回头看了她一眼。她仍然一动不动地站在原地，脸贴在铁栏杆上，脸上露出勉强的微笑。

探视后不久，我就收到了她的信，从收到这封信开始，那些我从来也不喜欢谈及的事情也就开始了。不论怎么说，谈这些事不该有任何夸大，我要做到这一点倒比做其他事容易。在我被收押之初，最令我感到难以忍受的就是我的思考模式还跟个自由人一样，没有改变。例如我会突然想去海滩，往海里走下去。想象着第一波浪潮弄湿我的脚掌，身体浸到海水里的舒畅感觉，这时牢房里的四面墙壁就充满了压迫感。

不过这种情况只持续了几个月。然后我就只剩下跟其他囚犯一样的想法了。在牢房里等待着每天的庭院散步以及我的律师来访的时刻。而其余的时间我也安排得相当妥当。我常想若是让我住在一棵枯树干里，整天无事可做，只能抬头看看天上的流云，最后我也会习惯的。我会等着听路过的飞鸟或者欣赏云朵的聚散，就像我在牢里等待着看我律师奇特的领带，或是在另一个世界里我耐心等着星期六拥抱玛丽的身体。而且仔细想想，我并不在一个枯树干里，这世上比我更为不幸的人多的是。我想起这其实也是妈妈的一个看法，她以前经常这样说，人到最后什么事都会习以为常。

其他的我还没有想那么远。开始几个月确实很难熬，但自我努力克制，慢慢也就过去了。例如，我因为对女人的渴望无法得到满足而痛苦难耐。这是很自然的事，因为我还年轻。不过我从不特别去想玛丽，只是疯狂地想要一个女人，回想我认识的女人，想我爱她们时的种种情况。然后我的牢房里就充满了一张张女人的脸，被我的欲望占领。这虽然让我失去心理上的平衡，但从某种意义上来说，却是帮我打发时间的好办法。

后来我终于获得了典狱长的同情，他总是在开饭的时候跟厨房的伙计一起来，是他先和我谈论女人的，他说这是这里所有囚犯抱怨最多的事。

我告诉他我和其他囚犯感觉一样，并觉得这种待遇不够公平。“可是，”他说道，“这正是把你关进监狱里的用意。”

我问道“为什么？”

“自由。就是这个意思，为了让你失去自由。”

我从来没有想到这一点。“没错，不然怎么叫惩罚呢？”

典狱长点了点头，“你和他们不同，你是一个明白事理的人。他们想不明白，最后他们总是自己解决。”说完，典狱长就离开了。

还有另外一个问题，那就是烟瘾。在我进监狱时，他们收走了我的鞋带、领带以及口袋里的所有东西，包括我的烟。一进牢房，我就要求他们把烟还给我。但是他们说这是明令禁止的。最开始的几天真难熬。没有烟抽可能是让我最难受的一件事了。我甚至从床板上掰下小木片放到嘴里咀嚼。整天焦躁地散步，不时感到恶心想吐。我不懂为什么要剥夺这种不会伤害任何人的权利，后来我明白了，这也是惩罚的一部分。不过这时我已经习惯不抽烟了，因此这个惩罚对于我来说已经不是惩罚了。

除了这些困扰以外，我还不算太不幸。就像前面说过的，坐牢的重点是如何消磨时间。自从我学会了回忆过去，我就一点也不感到无聊了。有些时候我会想起我曾经住的公寓，会想象着自己从一个角落开始走，心里数着所经之处能看到的每一样东西，最后又走回原地。一开始我只用两分钟就过完一遍。但是每当我重头再数，花的时间就会变得稍长一些。我渐渐想起了每一样家具，每一样家具上的每一件东西，每一件东西的每一个细节及细节的本身，比如一个装饰的镶嵌，一道裂缝，一条有缺口的边，它们的颜色或木质的纹路。同时，我还试图让我脑海里的这份清单一直延续下去，试图把每一样东西都数上。结果几个星期之后，光是数我房间里的东西，我就可以花上好几个钟头。越是认真去想，就有越多忽略和遗忘的部分从记忆里浮现出来。

于是我明白了，即使是在外头仅生活过一天的人，都能在监狱里待上一百年。因为他已经有足够的东西来回忆，让自己不会感到无聊。如果单纯来看，这也不失为在里面的一种好处。

睡眠也是一个问题。刚开始，我夜里睡不好，白天又根本睡不着。待日子慢慢过下来，我不仅能夜里睡得好，而且白天也能睡着了。最后的几个月里，我一天能睡十六到十八个小时，这样一来，我每天需要消磨的时间就只有六个小时了。其中包括吃饭、大小便、回忆……以及读斯洛伐克人的故事。

在床板和草褥子之间，我发现了一张旧报纸，它几乎粘在布上。这张报纸已经发黄，接近透明了。上面是一则故事，虽然看不到文章的开头，但是我依然可以读出事情发生在捷克斯洛伐克。讲述的是一个捷克男子离开自己的村子外出谋生。二十五年以后他发了财，带着老婆和孩子衣锦还乡了。他的母亲和妹妹在这个村子里开了一家小旅馆，他决定要给母亲和妹妹一个惊喜，他将老婆和孩子安置在另外一个地方，自己来到母亲和妹妹的旅馆。由于多年未见，他的母亲和妹妹并没有认出他。他突然想和家人开个玩笑，就订了一个房间过夜，其间还不吝于展示他的富有。结果当天深夜，他的母亲和妹妹就用榔头将他打死，偷走了他的钱财，把他的尸体扔进了河里。第二天早上，他的老婆寻来，无意中说出了旅客的名字。于是，他的母亲上吊自尽，妹妹也投井自杀了。这个故事我读了不下一千遍。表面上，它看起来太有戏剧性，让人难以相信；但另一方面，却又很合乎常理。无论如何，我觉得那个旅客有点自作自受，永远也不应该演戏。

就这样，长时间的睡眠、回忆、读故事，昼夜交替，时间也就过去了。我在书里读过，说在监狱里，人最后就失去了时间的概念。但这对我来说，并没有多大意义。当时我并不懂，原来日子能让人同时觉得漫长又短暂。度日如年这毫无疑问，但是它竟然可以长到一天接一天，最后界限消失，丧失了自己的名字。对我来说，唯一还有点意义的词是“昨天”和“明天”。

一天早上，看守员对我说我在这里已经过了五个月了，我相信这点，却无法具体领会这句话的含义。对我来说，这只是同一天在不断重演，我也不停重复同样的事情来消磨时间。看守走了以后，我从自己的铁碗中看了看自己的脸。我发现就算是在我试图微笑的时候，它看上去也依然是严肃的。我晃动了一下铁碗，试着微笑，可是碗里显示出来的样子还是那么严肃和阴沉。

太阳渐渐下山了，夜晚来临，这是我最不愿谈及的时刻，一个无以名状的时刻。

此时此刻，夜晚的嘈杂声悄悄从监狱的每一层爬上来，随之而来的又是一片寂静。我走近窗边，借着最后的光亮，再次凝视自己的倒影。它还是一样严肃，然而这已经不再令我惊讶，难道现在的我不正是这样吗？刹那间，几个月以来第一次，我清楚地意识到了某个说话的声音，我认出来这就是长期以来一直在我耳边回响的声音。原来这段时间里，我一直在自己对自己说话。

顿时，我想起妈妈葬礼上那个女护士说过的话。是的，这种状况谁都无可奈何，没有人能想象监狱里的夜晚是什么样的。

3

季节更替得可真快，才过了个酷暑，转眼另一个夏天又到了。我知道随着慢慢转热，我的案子也将会有新的动向。我的案子定于重罪法庭最后一次开庭审理。该庭期预定于六月底结束。

审理的第一天，同样是阳光异常刺眼。我的律师向我保证，辩论的过程不会超过两至三天。“而且，”他还说“你的案子不是这个庭期里最重要的，他们会尽快结案。紧接着后面还有一个弑父案要审理。”

早上七点半，有人将我带上了囚车送到法院。两名法警把我押到一个阴凉的小房间里。我们在门边坐下等着，隔着门我听到一片说话声、叫人声以及椅子在地上挪动的声音。这让我想起了社区里办的那些节庆活动，当音乐会一结束，大家收拾场地准备跳舞的声音。

一旁的一个法警告诉我，开庭还要再等一会儿，他递给我一支烟，我婉拒了。过了一会儿，他又问我会不会感到害怕。我说不，不仅不会，反而对亲眼看一场官司的审理过程很感兴趣，我一生中还没有这样的机会呢。“的确，”这时另一个法警说道，“开始是这样的，但过不了多久，就会令人厌烦。”

过了一会儿，房间里响起了铃声。于是他们给我取下手铐，打开门，带我走向被告席。法庭上坐满了人。尽管窗户挂着帘子，仍然有阳光穿过缝隙照射进来。

窗户都是紧闭着的，闷热的空气令人窒息。我坐了下来，两名法警在我椅子两边站着。

这时我注意到在我面前有一排面孔，都在好奇地注视着我，我明白他们就是陪审员。我说不出来这些面孔之间有什么不同，只觉得他们就像是坐在电车上的一排乘客，正在盯着新上车的人，想看看他身上有没有什么可笑之处。我知道我的这种想法很荒唐，因为在这里他们要找的不是可笑之处，而是罪恶。不过在我看来区别不太大。

挤在门窗紧闭的大厅里的人群让我有点慌乱无措。我再一次看了看法庭内的每个人，却找不到一张熟悉的面孔。开始我没有料到所有人其实都是冲着我来的。平时，谁也不会注意我这个人的。所以我想了半天，才明白我是引发这场骚动的原因。

“这么多人！”我对法警说。他告诉我这是因为报纸进行报道的缘故。并指了下坐在陪审员席位下方的一群人，“就是他们。”“谁？”“报社的人。”其中一个人是他的老朋友，他向他点了点头，那个人也看见了他，并朝我们走了过来。这个人看起来上了年纪，面目狰狞，但不失亲和。他很亲切地和法警握了握手，就在这个时候，我注意大家都在互相握手、打招呼、交谈，就像是在俱乐部里，同一个圈子里的人再次聚首那样融洽。我明白了我刚才为什么会有奇怪的感觉了，在这里我就是个多余的人，仿佛是个擅自闯进来的入侵者。那个记者微笑着和我说话，祝我一切顺利。我对他表示了感谢，他又接着说：“您知道，我们有点夸大了您的案子。夏天对于报业来说是个淡季，最近只有您和那件弑父案比较值得报道。”

说完他指自己坐的媒体区给我看，在那群人中，有一个矮个子男人，长得像只被主人养胖的鼬鼠，还戴着一副又大又圆的黑色粗框眼镜。

“他是巴黎一家报社的特派记者。不过，他不是为你这个案子来的。他是专程被派来报道那件弑父案的，顺便要求他把你的案子也一起报道了。”听完，我又差点想谢谢他，但是我想这会很可笑。接着他友好地对我们摆了摆手，走开了。我们又干等了好几分钟。

这时我的律师到了，他穿着律师服，周围还有很多同行簇拥着。他先朝着记者坐的地方走过去，同他们一一握手。他们彼此谈笑风生，一副轻松自在的样子，直到开庭的铃声再次响起，他们才回到自己的席位上。我的律师走过来同我握了握手，嘱咐我一会儿回答提问要简短，不要主动表达意见，其余的只要相信他，交给他处理即可。

我听见我左边有椅子挪动的声音，只见一个身材高瘦的，穿着红色法衣，戴着夹鼻眼镜的男人小心翼翼地撩开长袍坐了下来。我知道他就是检察官了。法庭执事站起来宣布开庭，两个大风扇开始嗡嗡地响了起来。接着进来三个审判员，一个穿着红衣，两个穿着黑衣，夹着案宗快步向可以俯视整个大厅的高台走去。穿着红衣的那个审判员在中间的椅子上坐下，把帽子摘下来放在身边，用手帕擦了擦他那略微秃顶的头，宣布审讯开始。

记者们已经个个手握钢笔准备记录，全部都是一副漠不关心和有些嘲讽的表情，除了一个非常年轻的穿一身灰法兰绒衣服、系着蓝色领带的男子，他没有拿起放在桌子上的笔，他望着我。在他那张略不对称的脸上，我只看到他那双清澈的眼睛。他有一张朴实的，甚至有些憨厚的脸，引起我注意的是他的眼睛，非常淡、非常清澈的双眼目不转睛地盯着我，心思不可捉摸。这让我有一种很奇怪的感觉，好像凝视着我的正是我自己。也许是因为这个，还有就是我不懂这种场合的规矩，总之我对接下去进行的所有程序，包括陪审员抽签，审判者向律师以及检察官、陪审员提问（每问一次，所有陪审员的脑袋都同时转向审判长），接着是念起诉书（我听出了一些地名和人名），然后又是向我的律师提问。

审判长接着宣布进行证人传唤。执达员念出的人名引起了我的注意。在这群刚才看来朦胧、陌生的群众脸孔中，我看到了养老院院长、门房、老多玛·菲赫兹、雷蒙、马颂、老萨拉曼诺，还有玛丽，玛丽朝我挥了挥手，看上去有些焦虑不安。他们听到传唤一一起身离开旁听席，从侧门走了出去。我正在奇怪我刚才怎么没早认出他们时，就听到了最后叫到赛莱斯特的名字。他站了起来，我注意到在他身边是那个在饭馆见过的娇小女人，依旧穿着那件短外套，一副坚定不移、果敢坚毅的神气。她紧紧地注视着我。我没有多余的时间思考，因为这时审判长开始讲话了。

他说答辩就要正式开始了，无须特别强调，在场旁听的听众应该懂得保持安静的道理。他的职责是就以客观的角度审视本案，并公正引导辩论的进行。他将秉承法律公平正义的精神看待评审团作出的判决。一旦有扰乱法庭的行为，都将勒令休庭清场。

大厅里越来越热。在场的人纷纷拿报纸扇了起来，立刻响起了一阵持续的哗啦哗啦的翻纸声。审判长做了个手势，执达员送来了三把蒲扇给三位审判长用。

审讯开始了。审判长心平气和，甚至口吻亲切地向我提问。他让我先自报身份，虽然我非常厌烦，但还是打心底觉得这是很自然的程序，要是把一个人当成了另一个人来审，那就太严重了。

接着审判长开始陈述我做过的事，每三句就要问我:“是这样吗？”每一次我也都按照律师的指示回答：“是的，审判长先生。”他叙述得非常详细，这样的问答一直持续了很长时间。在此期间，记者一直在边听边记录。我注意到那个浅色眼睛的年轻记者和一个举止如机器般的女人的目光停在我身上。陪审员都面向审判长，我再一次感到他们就像电车座位上的一排乘客。审判长咳嗽了一声，翻阅手上的卷宗，然后边扇着扇子边认真地看着我。

他说他现在必须要提一些表面看与我的案子没有关系，但是实际上可能关系重大的问题。我猜到他又要问起妈妈的事，我感到自己对这一点是多么厌烦。他问我为什么要把妈妈送到养老院。我回答是因为我没有足够的钱请人照顾她。他又问我与妈妈分隔两地，在感情上我是否对此感到很难受。我解释说无论是妈妈还是我，都没有期望从对方身上得到太多，再说我们也不需要从任何人那里得到什么，我们都习惯了新的生活。审判长说他并不想强调这一点，然后他问检察官是否有其他的问题需要提问。

检察官半转身背对着我，没有看我一眼，说如果审判长允许，他很想知道我是否是怀着要杀死那个阿拉伯人的意图，独自一人回到泉水那里。我回答说："不是。"然后他问："那为什么会带着枪，又独自折返回到那个地方呢？"我说那只是个巧合。接着检察官用一种阴险的口气说道："很好。暂时没有其他问题了。"

接下来发生的事令人摸不着头脑，至少我是这么觉得的。在一阵讨论和交涉后，审判长宣布休庭，听取证词改在下午再进行。

我还没来得及思考，他们就把我带离法庭，送上囚车回到监狱。吃过午饭没多久，在我刚刚感到疲倦的时候，又有人来把我押进囚车。一切重新来过，我回到同样的法庭，面对那些同样的面孔。不同的是不断飙升的温度，陪审员、检察官、我的律师和几个记者手里都拿了一把扇子。那个年轻的记者和那个小女人依然在那里。但他们没有扇扇子，仍旧默默地看着我。

我擦了擦脸上的汗，闷热让我忘记自己身在何处，所为何来，直到我听到传唤养老院院长上庭做证，我才缓过神来。他们问他我的妈妈是否埋怨我，他回答说是的，不过养老院里面几乎所有老人都会抱怨自己的亲人。审判长要求他明确回答妈妈是否有责怪过我把她送到养老院，院长又给了肯定的答复。但是这一次，他没有补充什么。

回答另一个问题时，他说他对我葬礼那天所表现出的冷静感到惊讶。检察官问他所谓的“冷静”如何解释，院长低头盯着自己的鞋尖，然后说我那天不想看妈妈最后一眼，也没有流过一滴眼泪；葬礼结束我马上就离开了，没有留在坟前悼念。还有一件让事他感到惊讶：有个殡仪馆的员工告诉他，我竟然不知道妈妈的年龄。大厅里一片寂静，审判长问他说的是否的确是我。院长一时之间没有明白这个问题的用意，审判长告诉他：“这是法律规定的例行询问。请如实回答。”

接着审判长问检察官是否有问题需要向证人提问，检察官说：“噢，不必了，这些已经足够了。”他的声音很响亮，并得意扬扬地朝我的方向望过来，这许多年以来我第一次产生了想哭的愚蠢念头。因为我深深地感觉到，眼前这些人有多么憎恨我！

在征询过陪审员和我的律师有无其他问题要问之后，审判长请上了养老院的门房，听取他的证词。门房和其他人一样，也重复了相同的仪式，在抵达证人席时，他看了我一眼，然后就扭过头去避开了我的目光。他回答了审判长的提问，他说我不想看妈妈最后一眼，在守灵时抽烟，还睡着了，还喝了牛奶咖啡。这时，我感到有什么东西激怒了整个大厅里的人，我第一次认识到我是有罪的。门房被要求把我喝牛奶咖啡和抽烟的事讲述一遍。

检察官扭头看着我，目光中带着一丝嘲讽。这时，我的律师站了起来，询问门房当时是否和我一起抽烟了。但是检察官立刻站了起来，强烈反对，“请问，在这个法庭内，究竟是谁犯了罪呢？这种为了减弱证词的力量而反诬证人的做法，难道证词会因此而减弱其铁证如山的效力？”虽然如此，审判长还是请门房回答这个问题。

老人感到有些不安，一脸尴尬地说：“我知道我不对，我不该抽烟，但是先生请我抽烟，我不好拒绝。”

审判长问我有没有什么需要补充的。“没有，”我回答道，“证人说的没错，的确是我递了一支烟给他。”门房带着惊讶和感激的神情看着我。他犹豫半晌，说牛奶咖啡是他提议的。

我的律师得意地叫了起来：“陪审员一定会重视这一点的。”然而检察官在我们头上发出了雷鸣般的声音，“不错，”他的声音震耳欲聋，“陪审员会重视的。而且他们的结论会是：陌生人可以送上咖啡，而一个儿子，在孕育了自己生命的遗体面前，却应该给予拒绝。”门房回到了他的座位上。

轮到老多玛·菲赫兹说证词，他被人搀扶着坐到了证人席上。菲赫兹说他所熟悉的是我妈妈，他只在母亲葬礼那天见过我一次。他们又问他我那天做了些什么。他回答说：“你们明白，那天我太过伤心，根本就没有注意到其他事。痛苦让我什么也不愿意注意。因为失去最亲爱的朋友实在悲痛难当，我甚至晕了过去。所以，我没有看见这位年轻的先生做了什么。”检察官问他是否有看到我哭过。他回答说没有，于是检察官点头说：“我请陪审员重视这一点。”但这回轮到我的律师发火了，他用一种过于夸张的口吻追问菲赫兹：“请回答我，先生，您能否确定看到我的当事人没有掉一滴眼泪？”菲赫兹说：“不能。”他的回答引来了哄堂大笑，我的律师挽起了袖子，用一种不容争辩的口吻说：“可以说这就是这场官司的最佳注释。一切都是模棱两可的主张，无助于厘清真相！”检察官对这番话没做回应，只是拿铅笔敲卷宗夹子。

审讯暂停了五分钟，我的律师告诉我一切都在往好的方向发展。赛莱斯特被传唤上庭，他是以辩方证人的身份出庭的。辩方，当然就是我。赛莱斯特不时地朝我望望，手里摆弄着一顶巴拿马草帽。他穿着一套自己十分爱惜的衣服，有时星期天他会穿着它跟我一起去赛马场。但是我认为那时他没有戴领结，因为我注意到他的领口上只扣了一颗铜纽扣。他被问到我是否是他的顾客，他说：“是，也是我的朋友。”他们又问他对我的看法，他说我是个男子汉，他们叫他解释这词的含义，他说大家都应该明白。他们继续问他我是否是性格内向的人。“不，”他回答，“他只是不会为了表达无用的意见而多费唇舌。”

检察官问他我是否总是按时结清餐费。赛莱斯特笑了起来，说：“这是我和他之间的私事，不足为外人道。”接着他又被问到对我的罪行有什么看法。他把手放在了前面的栏杆上，看上去他是有所准备的。

“在我看来，这是厄运造成的结果，大家都知道厄运当头是怎么一回事，那会让人毫无招架之力。对我来说，这件事也是这样，就是厄运当头的结果。”

他还想继续说下去，但审判长打断了他，说他的意思已经传达清楚，并感谢他出庭做证。赛莱斯特愣了一下，他解释说他话还没有说完，希望能再说几句话。他们同意让他简短说明。他重复说着“那是厄运使然”。

“是的，我们知道了。”审判长看着他说，“我们在这里就是为了判断这类的不幸。谢谢您的证词。”赛莱斯特转头望着我。他的眼睛湿润发亮，嘴唇颤抖，看上去好像是在询问是否还能为我做点什么。我什么都没说，也没有任何动作，但有生以来第一次，我有了想亲吻一个男人的念头。审判长再度要求他回到自己的位置上去，赛莱斯特才回到了旁听席。在接下去的庭审过程中，他一直待在那里没有离开，上身稍稍前倾，两肘支在膝头上，手里拿着草帽，听着大家说话。

玛丽进来了。她戴着一顶帽子，看上去还是那么美，虽然我更喜欢她头发自然垂下的样子。我在座位上想象着她那乳房柔软的触感，还有那令人怀念的、略厚的下唇。她看上去非常紧张。她被问的第一个问题是和我什么时候相识的。她说她曾是我们办公室的职员。接着审判长问她和我之间是什么关系，她回答说她是我的朋友。在回答另一个问题的时候，她说她的确要和我结婚。检察官翻了翻材料，突然问她是什么时候和我发生关系的。她说出了确切时间。检察官立即用一种冷漠的语气指出，那正是妈妈葬礼后的第二天。接着他颇含讥讽地说他不想强调一种微妙的处境，他完全理解玛丽的顾虑，但是（说到这里，他的口气变得强硬了），他的职责使他不能不越过通常的礼仪。于是他要求玛丽讲述我遇见她那一天的情况。玛丽原本不想回答，但是在检察官的坚持下，她说出了海滨浴场、相约看电影，以及电影散场后到我家过夜的始末。检察官说根据玛丽在预审中所提供的证词，他查阅了当天的电影片目表，并请玛丽告诉大家电影的片名。回答他的时候，玛丽的声音都有些变了，她说那是一部费尔南德尔的片子。话音一落，大厅里立马变得鸦雀无声了。这时，检察官站了起来，一脸严肃与沉重，他伸出手指指着我，以让我感到他是发自内心的激动的口气，一个字一个字地慢慢说："陪审员先生们，在母亲下葬后的第二天，这个人就去海边戏水，就和一个女人发生关系，而且还在看喜剧电影时哈哈大笑。其他的，我就不想多说了。"

他重新坐下来，大厅里依然是一片寂静。突然，玛丽哭了起来，说情况不是这样的，他还有其他事没机会说出来。有人强迫她说了跟自己想法完全相反的话。她很清楚我的为人，我没有做错事。但是审判长对执达员做了一个手势，玛丽被带离证人席。审讯继续进行。

下一个证人是马颂，大家都不怎么想听了。他说我是一个老实人，"甚至还可以说是个勇敢的男子汉"。老萨拉曼诺的情况也大致相同，他说我对他的狗很好。当被问到我和我母亲的时候，他说我和我妈妈之间没有交流，我才把她送到了养老院。"大家要懂得体谅，要懂得体谅"他不断点着头。可是没有人脸上有体谅的表情。他就这样被带回了座位。

下一个是雷蒙，他是最后一名证人。他微微向我挥手致意，然后开口就说我是无辜的。但是审判长告诉他，法庭需要的是证据而不是判断，他让雷蒙等待检察官提问后再回答问题。

首先雷蒙被要求说明他和被害人之间的关系，雷蒙趁机说我和那个死者没有任何关系，被害人恨的是他，因为雷蒙羞辱了被害人的妹妹。审判长接着问他被害人是否就有怨恨我的理由。雷蒙告诉他，我们那天去海滩完全是出于偶然。审判长于是问他为什么作为悲剧导火索的那封信会是我写的。雷蒙回答说那也是一种巧合。但是检察官指出，整起事件中巧合和偶然对人良心所起的坏作用已经不少了。他想知道当雷蒙要羞辱他的情妇的时候，我没有阻止和干涉，是不是也出于偶然；我到警察局为雷蒙做证，证词完全是偏向他，是不是都是出于偶然。最后，他问雷蒙靠什么生活。雷蒙回答说他是仓库管理员，然后检察官朝着陪审员说，众所周知雷蒙是靠女人吃饭的，而我是雷蒙的朋友兼同伙，这是一桩极其下流的惨剧，由于被告的道德观异于常人，使其罪行更加令人发指。

雷蒙想要声辩，我的律师也提出了抗议。但是被告知先让检察官继续把他的话说完。“我只有一点需要补充，他是您的朋友吗？”检察官问雷蒙。

“当然。我们是最好的朋友。”

接着检察官向我提出了同样的问题。我朝雷蒙望去，他也正看着我。于是我回答说：“是的。”

检察官又转向陪审员。“还是这个人，不仅在他母亲下葬后的第二天就去干最荒淫无耻的勾当。更为了微不足道的理由和一件伤风败俗的勾当，冷血地杀了人。各位，被告就是这样一个人。”

检察官回到位子上，我的律师再也按捺不住了，他举起胳膊大声高呼，让原本卷起的袖子都掉了下来，露出里面浆得雪白的衬衫。“请问，我的当事人犯的罪究竟是杀人还是埋葬了自己的母亲？”法庭内爆发出一阵笑声。检察官再次站了起来，理了理他的袍子，说这位可敬的律师也是由于太天真，才没有觉察到这两件事之间存在着一种深刻的、本质的关系。“是的，”他大声喊道，“我控诉这个人怀着犯罪的心埋葬了他的母亲！”

这句话似乎对法庭里的群众产生了很大的效果。我的律师无奈地耸了耸肩，擦了擦额头上的汗水。但他之前脸上的乐观已不复存在，我感到我大势已去。

审判长宣布闭庭。当我走出法院登上囚车的时候，刹那间我感受到了外面夏日傍晚的气息和色彩。坐在这昏暗的、移动着的囚室里，我仿佛从疲倦的深渊里听到了这座我所钟爱的城市的，某个我有时感到满意的、熟悉的声音在我的脑海中回荡。在慵懒无力的空气里飘荡着报童的叫卖声，滞留在广场上的最后的鸟鸣，小贩售卖三明治的吆喝声，电车在城市高地转弯时发出的刺耳声音，夜幕降临前港口上空的喧嚣，这一切，在我的心中勾画出了一趟我看不见的旅程，让我在回监狱前重温了一遍。

是的，这就是许久以前，叫我感到心情愉悦的黄昏时分。那时候，等待我的总是轻松无梦的夜晚。现在事情有了转变，明日来临之前，我安身休憩的地方换成了牢房。仿佛画在夏日天空中的熟悉的路径，既能通往一场好梦，也能通向一间牢房。

4

即使是坐在被告席上，听别人谈论我，我仍然认为这是一件很有趣的事。在检察官和律师对我的案件进行辩论的时候，我认为事实上，针对我个人的谈论比较多，甚至比谈我的罪行还要多。不过，双方的主张是否真的有很大的区别？律师高举胳膊说我有罪，但是情有可原，要求减刑。检察官则挥舞双手，也说我有罪，且罪不可赦。但是有一件事让我隐隐约约地感到有些尴尬。尽管我感到不安，有时会有股想加入表达意见的冲动。但我的律师总是告诉我："别说话，这对您更有利。"在某种程度上，我就像个局外人，一切都没有在我的干涉下进行着。我的命运就这样被他们决定，而他们根本不征求我的意见。

偶尔我会想打断他们，对他们说："说来说去，到底谁才是被告？被控谋杀是件很重大的事，我也有话要说！"

但略加思考后，我发现我其实也没什么好说的。此外，我必须承认，一个人专注于听别人说话的时间不会持续太长时间的。例如，检察官对我的控诉很快使我感到厌倦。只有那些和全局无关的只言片语，几个手势，或一段激情的论述，会叫我震惊或引起我的兴趣。

如果我没有理解错的话，检察官的辩论依据是，我杀人是有预谋的。至少他这样试图证明。正如他自己所说："我会证明这一点的，尊敬的陪审员先生们，我将提出两个方面来指证。首先是光天化日之下的犯罪事实，其次是从罪犯的心理状态所呈现出的黑暗面。"

他扼要地阐述了从妈妈葬礼开始后的一系列事件。他指出我冷漠，不知道妈妈的年龄，第二天就和女人去游泳、约会、看电影以及最后带玛丽回家过夜。那时，我花了好长时间才听明白他的意思，因为他用了“情妇”这个词，而对我来说，她是玛丽。接着，他开始讲雷蒙事件的来龙去脉。我发现他分析事情的方式确实有条不紊。他的说法听起来还是有些逻辑的。他说我和雷蒙先是合谋写信把他的情妇引到他的房间，然后让这个“道德可疑”的人去羞辱她。沙滩上，我向雷蒙的仇人进行挑衅，结果使雷蒙受了伤。我乘机向他要来手枪，然后独自一人回到沙滩进行报复。我实现了我的预谋，射杀了那个阿拉伯人。第一枪之后我停顿了一下。因为我觉得“事情要做得彻底”，我又沉着地，毫不犹豫地，可以说是深思熟虑后又开了四枪。

“这就是事件的经过，先生们，”检察官说着，“我给大家分析了这一系列事件的前因后果，说明这个人是在完全理智的情况下杀人的。我想特别强调这一点，是因为这不是一宗普通的凶杀案，不是那种出于冲动、各位认为可以减轻刑罚的犯罪。被告是一个聪明且受过良好教育的人。你们听过他证词了不是吗？他知道该如何回答问题，他懂得用词的分量。我们不能说他犯下罪行时不知道自己在做什么。”

听到此处，我知道自己被认为聪明而理智。但是我不明白的是，平常人身上被视为优点的特质，到了犯罪者身上为什么就变成了决定性的证据。仅这一点已让我感到震惊，因而没有专心听检察官之后的辩论，直到我听到他说：“他曾对自己的罪行有过悔意吗？从来没有，先生们。在审讯过程中，这个人自始至终都没有对自己不可饶恕的罪行感到悔恨。”

这时他转向被告席，用指头指向我，继续控诉。而我真的不明白为什么他对这一点如此执着。我也不能不承认他说的有根有据，我确实不怎么后悔。但他这样激烈的人身攻击，确实出乎我的预料。我也想试着友好地甚至是友善地向他解释，我从来没有为任何事情后悔过。我总是专注于眼前，像今天或明天即将到来的一切，无暇顾及过往。当然，就我目前的处境，我是不能用这种口吻对任何人说话的。我失去了表达情感、拥有善意的权利。我试图往下听，因为检察官正准备探讨我的灵魂。

他说自己曾仔细探索过我的灵魂，但没有任何发现：他说实际上我没有所谓的灵魂，没有人性，没有任何维系人心的道义准则能让我有所共鸣。“当然，”他补充，“我们也不能怪他。我们不能责怪一个人拥有他原本就没有的东西。但是，在法庭上，我们必须舍弃宽容这种消极的美德，而代之以正义的积极作用，这样做并不那么容易，但是更为高尚。尤其是当这个人的心空虚到人们所看到的这种程度，它将有害社会。”接着他又提到了我对妈妈的态度，他重申他在辩论中表达的观点。但是他所说的话比谈到我的罪行时说的话要多得多。以至于到后来，我只能感觉到早晨炎热的高温在身上发酵。直到检察官停了一下，我才回过神来。他沉默片刻后，以低沉的、坚信不疑的声音和语气说道：“先生们，明天在这座法庭即将审理的，是一宗千夫所指的罪案，谋杀亲父。”在他看来，这种残忍的谋杀是几乎不能想象的。法庭要坚决予以惩罚。但是，然而他也必须承认，这一罪行在他心里引起的憎恶，比起我的冷漠而引起的他的憎恶，可谓相形见绌。

“他说，一个在精神上谋杀了他的母亲的人，和一个杀死他的亲生父亲的人，一样为社会所不容。在任何情况下，前者都是为后者的行动做准备的，以某种方式预示了这一行动，并且使之合法化。他仿佛在发表某种预言，且极力为之辩证。“先生们，我坚信，”他提高了音调，“当我说坐在这张凳子上的人，也犯了这个法庭明天将要审判的那种谋杀罪时，你们不会认为我言过其实。因此，我希望他受到应有的惩罚。”

说到这里，检察官擦了擦他因为出汗而发亮的脸。接着表示他的职责是痛苦的，但是他要坚定地完成它。他认为既然我连这个社会的基本法则都不承认，当然已与这个社会一刀两断；既然我对人类良心的基本反应麻木不仁，当然不能再有所指望。“我请求处以极刑，而且我心中坦然，没有丝毫的不安。尽管在我的职业生涯里，难免面临请求对被告处以极刑，但是却从未像今天这样让我感到这极刑适得其所。在眼前这张泯灭人性的面孔所带给我的罪恶，和那神圣不可侵犯的良心的驱使下，我的信念从未如此坚定。”

检察官坐下后，在很长一段时间里，大厅里一片静默。而我，已经在炎热和惊愕的双重荼毒下头昏脑涨了。审判长干咳了几声，低声问我是否还有话要补充。我站了起来，终于有机会表达意见，我便脱口而出：“我并非蓄意要杀死那个阿拉伯人。”审判长说会考虑这段陈述，表示目前为止他都还没搞明白我方的辩护方式，希望在律师结辩之前，先请我说下自己的犯罪动机。

我回答说，那都是太阳惹的祸。因为急着回答，话说得太快，口中的字句叠在了一起，加上自己也觉得这个理由荒谬可笑，我便更加慌乱失措。大厅里有人笑了起来。我的律师无奈地耸耸肩，接着，他们就让他发言了。但是他指出时间不早了，他需要好几个钟头，要求改在下午继续。审判长同意了。

下午，巨大的电扇依旧搅动着大厅里沉浊的空气，陪审员们手上彩色的小扇子都在向着一个方向摇。我的律师的结辩陈述看起来像是没有尽头。然而他谈到其中某一段时，倒是引起了我的注意，因为他说：“是的，我的确杀了人。”接着他继续用这种口吻，当说到我的时候，他总是用“我”来代替，我很奇怪。我弯下腰，向一个法警询问这是怎么回事。他叫我先别说话，过了一会儿他告诉我：“每个律师都是这一套。”我感觉这种行为依然是将我排斥在案件之外，把我的存在化为乌有，从某种意义上来说，他取代了我。不过，我觉得自己也已经完全从这个法庭冗长的辩论中抽离，不仅如此，律师的辩论让我感到非常荒谬可笑，他在预谋犯罪上的辩护只是匆匆带过，然后跟检察官一样，谈到了我的灵魂。但是我认为他的才华和辩护比起检察官还是大为逊色的。

“我也仔细探索了这个人的灵魂，得出的结论和这位杰出而友好的检察官恰恰相反。我发现了被告身上众多的人格特质，而且一目了然。”他说我是一个正直善良的人，勤于工作，忠于雇主，受到大家的爱戴，并同情他人的痛苦。在他看来，我在我力所能及的范围里，尽可能供养着自己的母亲，是为人儿女的一个典范。毕竟我把妈妈送进养老院是为了让她享受到我所不能给她的舒适生活。“先生们，本案中关于养老院的相关辩论所引起的骚动的确让我吃惊。事实上，资助这些养老机构运营的，不正是我们的国家政府机构吗？这足以证明它们的功能性和必要性。”只是他对葬礼的环节只字未提，我觉得这是他辩护中的一个漏洞。但我已无心顾及，那些成串的长句，连日来没完没了地对我的灵魂的讨伐轰炸，让我感到周围的一切都似乎变成了浑浊的水，令我晕头转向。

最后，我只记得，在我的律师还在高谈阔论的时候，卖冰激凌的小贩的喇叭声透过门窗传了进来，传到了我的耳畔。这时，对过去生活的种种回忆又浮上了我的脑海，虽然这种生活已经不再属于我，但是我在回忆里发现了我曾经最可怜、最深刻难忘的快乐：夏季的味道、我所热爱的街区、夜晚的天空、玛丽的笑声和连衣裙。顿时，我感到困在这里所做的一切都是毫无意义的，我心中只剩下一个急切的愿望：让他们赶快结束，好让我能回到牢房倒头大睡。

终于，我的律师在法庭上大声疾呼：

“尊敬的陪审员先生们，难道你们要把正直老实的公司雇员，因为一时疏忽而处死？我请求你们再次考虑这件案子里的情有可原之处，慎重作出裁决。因为他一生都要背负的悔恨、罪责，不是对他最大的惩罚吗？”

庭讯终止，律师筋疲力尽地坐回椅子上。他的同僚们过来同他握手，我听见他们中一个说道：“太精彩了，老兄。”其中一个甚至寻求我的附和：“你觉得怎么样？”我虽表示赞同，但这恭维不是真心的，因为我太累了。

时间已是黄昏时分，室内不那么热了。傍晚的街市之声传进窗内，我可以想象到外面夜晚的凉爽。我们都在法庭等待，而所有人关注的结果却只是关乎我一个人而已。我再次环顾法庭，一切都和第一天来的时候一模一样。我的目光与那个穿灰上衣的记者和那个像自动机器一样的女人交会。这让我想起，在整个审讯的过程里，我没有看玛丽一眼。并不是我忘了她，而是我的脑袋太忙乱。现在我看到她坐在赛莱斯特和雷蒙之间。她朝我轻轻招手，就像是在说“总算结束了”。她依然微笑着，但是我看到了她脸上的焦虑。但此时我的心仿佛已经和外界隔绝了，我甚至没有回答她的微笑。

法官们又重新回到了座位上。很快有人将一连串的问题念给陪审团成员听。我听见：“杀人犯”“预谋”“可减轻罪行的情节”等等。陪审团出去了，我被带到之前候审的那间小屋。我的律师进来看我，他说个不停，他看起来从来没有像现在这样自信和亲切过。他认为一切都很顺利，我只需坐几年监狱或服几年苦役就能出来。我问他如果判决对我不利，是否可以撤销原判。他说不能。他的策略是不提呈当事人的意见，以免引起陪审团的不满。他对我解释说除非有特殊的原因，否则是不能无缘无故撤销判决的。这听起来很有道理，于是表示了同意。若是冷静地看待整个事件，其实再正常不过。“无论如何，”

律师说道，“你是可以上诉的。不过，我确信判决会有利的。”

我们等了很久，大概有四十五分钟。然后铃声响了，我的律师说：“审判长要宣读结论。您要到宣读判决的时候才能进去。”门响了，我听到有人上下楼梯的声音，但是听不出远近。接着我听到了大厅里传来低沉的宣读声。

铃声再度响起，我再次被带进了被告席，法庭的静默吞没了我，静默中，我注意到那个年轻的记者避开了我的目光，我突然有一种很不好的感觉。我没有朝玛丽那边看。事实上，我无暇多做这样的举动，因为这个时候审判长正用一种生硬拗口的语句宣布，以法兰西国民之名，将我处以在广场上斩首示众。

这一瞬间，我仿佛读懂了现场所有人脸上的表情，我想那是带着尊敬的同情。法警对我的态度温和了很多。律师拍拍我的手背以示安慰。我的脑中已没有任何想法。审判长却问我还有什么话要说。我想了一下，回答说没有。于是法警把我带了出去。

5

我拒绝见监狱牧师，这已经是第三次了。我没有什么话可对他说，也没有说的兴致。反正过不了多久我就会看到他。我现在感兴趣的是逃避死刑，是要知道判决之后是否能找到一条生路。我又换了牢房，在这个牢房里，我一躺下，就能看见天空，也只有天空能让我盯着不放。我观察它脸上那色彩的隐退变化，看着白昼变为黑夜。我枕着双手仰卧，静静地等待。我不止一次地想，是否曾有判了死刑的人能够逃出虎口，不翼而飞，或者法警的绳索断了。然后我开始责怪自己之前没有对描写死刑的作品多加留意。我对于这种问题要随时关注着，因为谁也不知道会突然发生什么事。和所有人一样，我读过报纸上相关的报道。不过坊间一定有专门的著作，我却从来没有好奇找来看看。在这些书里，说不定我能找到有关逃跑的描写。那么我就能确信至少曾有那么一次，绞架的滑轮突然停住了，或是在一种不可遏止的预想中，仅仅有那么一回，偶然和运气改变了什么东西。仅仅一次就好！从某种程度上，我认为只有一次对我就够了，其余的就交给自己的良心去管。报纸上总是谈论一些“对社会欠下的债”——照他们所言，这笔债必须偿还，不过，在想象中这不重要，重要的是逃跑的可能性，有机会跳出那不可避免的行刑仪式，朝开启无限可能的希望奔去。

自然，所谓“希望”，不过是全力奔跑，然后被流弹打死在街道的一角。然而，无论我想得多周全，也没有任何环节容许我有这种享受，一切都禁止我做这种非分之想，我再一次被那不可逆转的进程抓住了。

尽管我竭尽全力，还是无法接受这残酷蛮横的结果。说到底，在奠定这个结果的判决和宣判后不可动摇的执行过程中间，存在着荒谬与失衡。像是判决宣读的时间是在晚上八点而不是下午五点，裁定的结果就有可能完全不同。作出判决的是那些经常更换衬衣的人，还有以法兰西人民（而非德国人、中国人）的名义作出的，而法兰西人民这个概念，又并不确切，在我看来，所有这一切都大大降低了决定本身的严肃性。但是却得被迫接受，从判决确定的那一秒钟起，它的效力是如此明确、严正，就像我身后这堵墙那般，丝毫不容改变。

当这些想法充斥我的脑海时，我想起了妈妈曾对我讲述的一段关于父亲的故事。我从没有见过父亲。我所知道的关于他的最确切的事，也许就是妈妈告诉我的这件事：他去看一个犯人被处决。尽管动了这个念头就让他感到有些不舒服，不过他还是去了，回来后呕吐了一早上。我听到这里时，对父亲产生了一丝不屑。但现在我能理解那是多么自然的事。我以前居然不懂，死刑是一件非常非常重要的事，毕竟对一个人来说，那是唯一真正让人感兴趣去看的事。假如我有幸能从这座监狱里出来，我一定去看所有的处决。不过，我这么想显然很蠢，哪有这种可能性呢！只是一想到某天的清晨，我自由了，可以站在警察的防线后面——或者以观众的身份来观看一场行刑，然后回家呕吐。一想到这些，一阵恶毒的喜悦就无可抑制地涌上心头。然而这是不理智的，我不应该让自己有这种想法，因为我这样一想就感到一阵寒意，冷得缩进毛毯里打战，还禁不住把牙齿咬得咯咯作响。

当然，一个人不可能永远那么理智。比方说有几次，我就幻想自己拟订了一些法律草案，大肆改革刑罚。在我看来，最重要的就是给犯人一个机会，哪怕只有千分之一的机会也已足够。在此前提下，我觉得可以发明一种化学药物，服用之后可以有十分之九的概率杀死受刑者（是的，我想象的是受刑者）。当然，前提条件是他事先知情。因为经过我冷静仔细的思考，发现断头刀的缺点就是没有给受刑者任何侥幸的机会。无论如何，一旦刀砍了下来，受刑的人是百分之百死定了。没有任何改变的余地。就像事业已告一段落，大势已定，正如谈妥的协议，不可能再走回头路。如果头没有被砍下来，顶多再重来一次。因此，受刑人不得不祈祷断头刀运转正常！我说这是制度不完善的地方，单从这方面看，的确如此。但从另一角度来说，我也不得不承认整个安排计算的巧妙全在于此。总而言之，受刑者在精神上得对受刑有所准备，他所关心的就是不发生意外。

此外我还发现，到现在为止，我在死刑的执行上还有错误的想法。我一直以为——我也不知道为什么——上断头台之前，要经由阶梯一级一级地爬上断头台。或许这是一九七九年大革命的缘故，也就是学校学到的，或者给我看的图片里就是这样的场景。但是有天早上醒来，我忽然记起了一次引起轰动的处决，报纸上曾经刊登过照片。事实上，处决用的刑具就放在地上。那是再简单不过的装置，而且它比我想象的要窄小一些。我奇怪自己完全没有留意到这一点。照片上的刑具看起来精密、完善、闪闪发光，这使我大为叹服。一个人对于他所不熟悉的事物，总会衍生出夸张的印象。实际上恰恰相反，行刑的安排非常简单，刑具和受刑的人都在平地上，人走过刑具的时候就像是和另外一个人擦肩而过一样平常。这也是让人懊恼的。登上断头台的感觉仿佛升上天堂，赋予人一个具有安慰作用的想象。但是现在，现有的行刑机制破坏了这一切，人犯变成是含有耻辱，在严密的安排下被审慎而精准地处决。

我一直在思考的还有两件事：黎明和我的上诉。其实，我总是想说服自己，试图不再去想它们。我躺在床上，望着天空，强迫自己专注。每当天色开始由蓝变成青色时，我知道夜晚即将来临。另外就是我转移思绪，听我自己的心跳。我无法想象这一直伴我的声音有朝一日会终止。我从来不善于想象，但是我仍然试图去想象心跳停止的那一刻。然而无论我怎么努力都是没用的。黎明和上诉的问题总是挥之不去。最后我对自己说，一切都顺其自然，不要再勉强自己才是明智之举。

我知道，他们总是在黎明的时候到来。于是，每个夜晚我都在等待黎明的到来。我从不喜欢遇事措手不及。每当有什么事要发生，我希望自己是准备好的。

这便是为什么我每天只在白天睡一会儿，而整整一夜，我都在耐心地等待，等待着阳光把天窗照亮。漫漫长夜里最难熬的就是那个我预估的他们通常执行押送的时间，所以一过午夜，我就开始戒备等待。我全神贯注地聆听着，我的耳朵从来没有听到过这么多细微的声音，还能一一分辨得那样清楚。我不得不说在这一段时间里我运气很好，我还从来没有听到脚步声。妈妈常说福祸相依，没有全然不幸的人。当天空染上颜色，崭新的一天悄悄进入我的牢房时，我完全赞同妈妈的说法。因为我也可能听到脚步声，然后心脏吓得像是要炸开似的。尽管是一点点细微的声音也能令我扑向门口，把耳朵贴在冰冷的木门上，直到听见自己的呼吸声，又急又粗，一如老狗的喘息，惹得我自己惊恐不安。但只要最后我的心脏完好如初，知道自己的生命又赢得了二十四小时，我便感到十分欣慰。

白天，我就思考上诉的问题，并且受益良多。我估量各种可能，我从我的思考中获得最大的慰藉。我总是想到最坏的结果：我的上诉被驳回，也不过就是死亡。这是显而易见的结局，只不过是比别人早一些而已。谁都知道，人生并不值得走一遭。实际上，一个人死于三十岁或者七十岁并不很重要，因为无论是哪种情况，自有其他男男女女会继续活下去，活上千年万年。总之，无论是现在就死去，还是过二十年后，反正死的都是我。我的这番理论唯一让我尴尬的是，一想到那可以多活的二十年，强烈的欲望便在我心里翻腾不止。不过在设想我二十年后会什么时候死、怎么死时，这股渴望便会被浇灭。当人生走到尽头时，什么时候死、怎么死其实都不重要。因此（困难的是不要忘记这个“因此”所代表的一连串的推理辩证）我的上诉即使被驳回，我也应该接受。

此时时刻，经历了如此多的心理建设，我才给自己探讨另一种假设的权利，那就是上诉成功，我获得了特赦。然而紧接着的麻烦就是我必须尽量平复这份让我血液沸腾、激动泛泪的喜悦。我必须以平常心来看待这个假设，这样才能使自己在第一种假设中的顺从和消极显得合情合理。当我成功压抑住自己，我就获得了一个小时的宁静，尽管这时间很短，那也是不容易的事。

也是在这思绪翻来覆去的时刻里，我又一次拒绝了牧师的来访。我躺下身子，仰望天空，天空中一种柔软的金色告诉我黄昏来临了。刚刚我的上诉被驳回了，并感觉到血液在我的全身规律地循环着。我毫无会见牧师的必要。接着很久以来第一次，我想到了玛丽。她已经很多天没给我写信了，那天晚上，我反复思索，心想她一定很烦恼，她也许厌倦了继续当死刑犯的情妇；我又想她也许是病了或是死了。一切事情都有可能发生。除了我们分隔两地的躯体，已没有任何东西联系着我们了，而且也没有什么东西可供我们彼此追忆。所以我又怎么能知道呢？再说，从推测她有可能死亡开始，我对玛丽的回忆已经变得无动于衷了。她死了，我就不再关心她了。这在我看来是非常自然的，因为我完全理解如果我死了，人们也就会把我忘了，他们不会再和我有任何关系。我甚至不能说这样的想法是冷酷无情的。

恰在这时，监狱牧师突然走了进来。我一见到他，不禁微微颤抖了一下。他看出来了，对我说不要害怕。我对他说，通常他总是在另外一个时间进来，他解释说这一次只是完全友好的探访，与我的上诉毫无关联，他根本就不知道我的上诉是怎么回事。他坐到了我的床上，并请我坐在他旁边。我拒绝了。虽然如此，但是我觉得他的态度还是很温和、亲切的。

他坐了一会儿，手臂放在膝头，低着头，看着他的手。我注意到他的手细长有力，这让我想到了两头灵巧的小动物。之后他一直那么低着头，维持同样的姿势不动，时间那么长，有一阵子我几乎都要把他忘记了。

突然，他抬起头来盯着我的眼睛问："为什么你一再拒绝见我？"

我解释说我不相信上帝。

"你真的确信吗？"

我说我根本没有必要考虑这个问题，信或不相信上帝对我而言并不重要。

听完，他把身子往后靠在墙上，两手贴在大腿上。他好像不是对着我说话，说他注意到有时候我们自以为很确定的事，实际上却并非如此。我没有回答。

他再次看了看我，问：

"你同意吗？"我回答说这是有可能的。不过无论如何，就算我不确定自己真正感兴趣的是什么，但是我能确定什么是我不感兴趣的。而他想对我谈的话题，恰恰就是我不感兴趣的。

他转过头去不理我了，但没有改变他的姿势，问我之所以这么说是不是因为我过于绝望。我解释说自己并没有感到绝望，而是害怕，这是很自然的。

"那么，"他很坚定地说，"上帝能帮助你。我所见过的情况和你相同的人，最后都皈依了他。"

我承认那是他们的权利，那也证明他们还有时间。至于我，我不需要帮助，我也没有时间去对我不感兴趣的事培养兴趣。

这时，他气得双手发抖，不过他很快重新坐正。理了理袍子上的褶皱。整理妥当后，他称呼我为“我的朋友”。他说他这样对我说话并不是因为我是个死刑犯。他认为，我们所有人都是被判了死刑的。我打断他说这根本就是两回事，不能混为一谈，而且这也根本无法安慰我。他点了点头，“你说的没错。但是，就算你今天逃过一劫，以后也是要死的。到那时就会遇到同样的问题。你又该怎么面对这个令人畏惧的考验呢？”我回答说我会用和现在一样的方式面对它。

听到这句话，他站了起来，两眼直视我的双眼。这套把戏我很熟悉。我常和艾玛努埃尔或是赛勒斯特这样闹着玩，结果通常都是他们先认输避开我的目光。我看得出来神父也惯用这一招，他的目光毫不闪烁。他的声音也很平稳，“你完全不报任何希望吗？一直以来，难道你都认为死后自己的生命会完全消失，没有什么会遗留下来吗？”我回答道：“是的。”

于是，他低下头，又坐下了。他说他怜悯我。他认为一个人要真是这样想的话，那是不能忍受的。他说如果一个人像我说的那样活着，那就同行尸走肉没有什么区别了。

我感到他开始令我厌烦，我转过身，走到天窗下，用肩膀靠着墙。他又开始问我了，我心不在焉地听着。尽管不太专注，我还是听见他问我一连串的问题，他的声音变得不安而急迫，我知道他是动了感情了，这才比较用心地听他说话。

他说他确信我的上诉一定会成功，但是我背负着沉重的罪孽，必须设法将之卸下。在他看来，人类的审判微不足道，上帝的审判才是至高无上的。我指出宣判了我的死刑正是前者，而不是后者。他说是的，但是他认为这并没有洗刷掉我的罪孽。我对他说我不知道所谓的“罪孽”是什么，我只是被告知犯了罪。因为有罪，就要付出代价，除此之外，没人有权再对我要求更多。这时他又站了起来，我忽然想明白了在这个狭小的牢房里，如果他想变化姿势，唯一的选择也只有站起来、坐下去。

我的眼睛盯着地板。他又朝我近了一步，然后停下来，好像是他不敢再靠近一样。他透过栏杆观望天空，“你错了，我的孩子，”他的表情非常庄严，“人们可以对你要求更多。或许不是在现在，而是在将来。”

“什么要求？”我问。他回答：“你可能被要求去看……”

我又问：“看什么？”

牧师缓缓地环顾了下四周，我发现他的声音有些疲惫不堪，他回答我说：“所有这些砖石都渗透着痛苦，这我很清楚。我每一次看见它们，心中就充满了忧虑。但是在我内心深处，我知道即使是你们当中最为恶劣的卑鄙的可耻之徒，也曾经从这些乌黑的石头中看见过一张神圣的面容浮现。这就是你我要看的。”

我有点被激怒了。我告诉他我已经盯着这些墙壁看了好几个月。对它们，我比对这个世上任何东西、任何人都更熟悉。也许，很早以前，我曾试着找寻过一张面容。但是那张面容带着阳光般的色彩和欲望的火焰：那是玛丽的脸。我白费力气，什么也没有看到。现在我已经放弃了努力寻找。总之，在这些潮湿的墙壁上，我从来没有看见任何影像浮现出来。

牧师带着某种哀伤看着我。我的背紧贴着高墙，阳光照着我的脸。他低声地说了句什么，我没有听清楚，然后他很快地询问是否可以亲吻我一下。我拒绝了。他转过身去走向墙边，缓慢地把手放在墙上。喃喃地说：“你真有那么爱这个世界吗？”我没有回答他。

他就这样背对着我待了很久。他待在这里让我感到越来越压抑和厌烦，我正想请他离开时，他突然转过来面向我激动地大声呼喊：“不！我不相信。我确信你一定希望有来世。”我告诉他那是当然的。任何人都憧憬过。但是这跟希望成为富人、游泳游得很快，或有一张更好看的嘴相差无几。因为那都是一样的。他打断了我，问我想象中的来世是什么样的。我咆哮道：“一种可以令我回忆起现在这种生活的来世！”紧接着我告诉他我够了，可以结束谈话了。他还想和我谈论上帝。我走向他，试图告诉他我所剩的时间真的不多了，不想把它浪费在上帝身上。他试图改变话题，并问我为什么称他先生而不称呼他为神父。他这两句话惹恼了我，我回答他不是我什么神父，让他去当别人的神父吧！

“不，孩子，”他把手放在我的肩膀上说，“我是站在你这边的。只是你的心被蒙蔽了，所以看不出这一点。我仍然为你祈祷。”

不知道为什么，一股无名的怒火在我的体内爆发开来，我扯着喉咙怒吼，对他破口大骂，叫他不要为我祈祷。我抓住他长袍的领子，在喜怒参半的迷乱中，把我内心深处那股怨气一股脑儿朝他宣泄。他的神情看起来不是坚定满满吗？但是，再多坚定的信念都抵不上一根女人的头发。他活着就像一具行尸走肉，他甚至都不能确信自己是否是真的活着。而我，表面上看起来也许是两手空空，但我对自己比他更有把握，对自己的人生以及即将到来的死亡更有把握。没错，我只有这么一个筹码。可是至少我抓住了这个真理，正如这个真理抓住了我一样。过去我是对的，现在我仍然是对的，我一直都是对的。我曾以某种方式生活过，我也可能会以另一种方式生活，只要我喜欢。我选择这样做而非那样做，我没去做某件事，却做了另外一件事。然后呢？仿佛我一直等待的就是这一时刻，这个我将被证明无罪释放的黎明。一切都已经不重要，我很清楚为什么。他也知道为什么。从我遥远的未来，一股暗潮穿越尚未到来的光阴冲击我，流过我所度过的荒谬人生。清洗了过去那些虚假岁月里人们为我呈现的假象。他人之死、母亲的爱、他的上帝，他们选择的生活与命运，又都与我何干？既然有一种命运找上我，那么也会找上成千上万像他一样自称为我的兄弟的幸运儿。所以，他真的明白吗？活着的人都是幸运儿，世界上只有这一种人。大家一样迟早会死，他也不例外。一个谋杀罪犯，如果只因为在母亲下葬的时候没有流泪而被处决，那又如何？这就像老萨拉曼诺的狗和他的老婆具有同等的地位。或者那个举止如机器般的小女人，马颂娶的巴黎女人，以及想嫁给我的玛丽一样有罪。雷蒙和比他好上许多的赛莱斯特都是我的朋友，这又有什么关系？今天玛丽向另一个默尔索献上双唇，那又有什么关系？这个也被判了死刑的人，神父，他懂吗？从我未来的死亡的深渊里我愤怒地喊出了这一切，喊得喘不过气来。这时候看守们出现了，将我的手从牧师身上拉开。他们警告我不要生出事端。牧师反过来劝他们不要发火，并默默地看了我良久。我看见他的眼里满是泪水。接着他转身掉头离去。

他走了之后，我慢慢恢复了平静。我十分疲惫，一下子扑到了床上。我想我一定是睡着了，醒来时已见点点星光映入眼帘。原野的声音从远处传来，回荡在我的耳畔。夜的清新、大地的芬芳、海盐的味道都令我精神一振。这夏夜不可思议的静谧像潮汐般将我淹没。此时，长夜将尽，拂晓之前，汽笛的鸣叫撕裂了这宁静的夜。它宣誓着旅程即将开始，通往一个和我从此没有任何痛痒的世界。许久以来，我第一次想起了妈妈。直到此时此刻，我才明白为何她晚年还要找一个“男朋友”，为什么她又玩起了“重新再来”的游戏。即使在那里，在那个生命逐一消逝的养老院周围，夜晚如同一个令人忧伤的休止符。与死亡靠近的时候，妈妈一定是有了一种解脱之感，才决定把生命再活一次。在这个世上没有人，没有任何一个人有权为她哭泣。我也像她一样，准备好把一切再重新过一遍。仿佛那场巨大的愤怒净化了我的苦痛，掏空了我的希望，面对这充满预兆和星星的夜，我第一次敞开心胸，欣然接受这世界温柔的冷漠。我感到我与这份冷漠如此相似，亲如手足。我觉得我过去曾经是幸福的，现在也是幸福的，将来也将如是。为了替一切画上一个完美的句点，也为了叫我不感到孤单，我只期盼行刑的那一天能聚集许多观众，以充满厌恶和憎恨的喊叫声来送我最后一程。